文春文庫

贅門島

上

内田康夫

文藝春秋

贅門島　上

目次

【下巻目次】

贅門島

『贄門島』関連地図

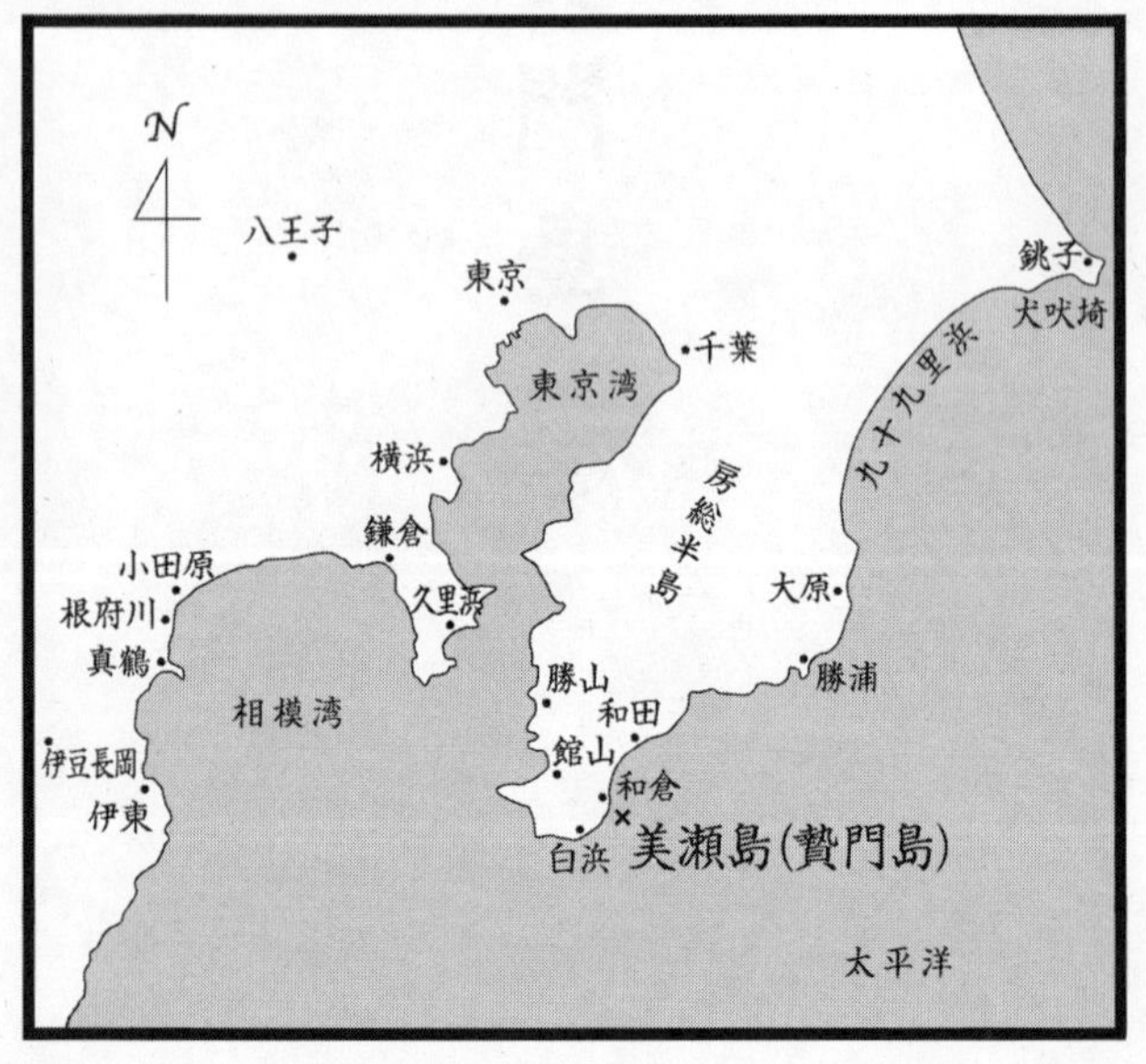

N
八王子
東京
東京湾
千葉
銚子
犬吠埼
九十九里浜
横浜
房総半島
鎌倉
小田原
根府川
真鶴
久里浜
大原
勝山
勝浦
相模湾
和田
伊豆長岡
館山
和倉
伊東
白浜
美瀬島(贄門島)
太平洋

プロローグ

紗枝子(さえこ)は重苦しい夢を見ていた。
真っ暗な中に、ゆらゆら揺れる怪しいものの影がある。いや、揺れているのは光なのかもしれない。どっちにしても、形が曖昧(あいまい)でおぼろげな、得体の知れないものである。呻(うめ)くような、歌うような、忍び泣くような、声なのか物音なのかもはっきりしないものが、揺らめくものの向こうから聞こえてくる。

いきなり、大きな怒鳴り声とドスンと体に響く音がして、紗枝子は思わず目を見開いた。仰向いた目の上の闇(やみ)に、やはり光と影がゆらめいていた。目覚めたのか、それとも、これもまだ夢のつづきなのか、紗枝子はよく分からなかった。

襖(ふすま)の隙間(すきま)から隣室の光が漏れて、壁と天井に当たっている。どうやらそれが夢に見た揺らめくものの正体らしい。しかし、紗枝子が少し頭をもたげて、辺りの様子を確かめようとした時には、もう光は揺れていなかった。光だけではない、あんなにはげしく聞こえていた物音も静まり返って、シーンとした闇の遠くから聞こえてくる、やわらかい波の音が、紗枝子の眠りを誘う。紗枝子はじきにトロンと瞼を閉じた。

その時、「大丈夫かな」という、かすかな声が聞こえた。

「サッシーを起こしちまったかも……」

（正叔父さん――）

ゆうべの寄り合いの席を仕切っていたのが正叔父であった。今夜は特別なお客を迎えるとかで、いつもより陽気にはしゃいで、紗枝子の母が酒と肴の支度をするのを、邪魔にされながら手伝ったりしていた。

夕食の後、作文の宿題もすんで、居間の壁に凭れて、父と一緒にテレビを見ていると、正叔父は「サッシーは早く寝ろや」と追い立てるような手つきをして、言った。

紗枝子は正叔父のことはそんなに嫌いではないのだが、「サッシー」と言うのだけは許せなかった。「やめて、サッシーって言わないで」と抗議すると、「あははは、分かった分かった」と笑いながら謝るのだが、そのくせ、またしばらくして会えば、「サッシーちゃん、元気か」と反省する気配がない。

その正叔父がもう一度「大丈夫かな」と言った。ほんの少し間があって、母が小声で「大丈夫だよ、あの子は眠りが深いから」と、少し気掛かりそうに言うのが聞こえた。

（あの子って、わたしのことなんだ――）

いったん眠りに落ちかけた紗枝子の意識は、ふたたび覚醒した。

たてつけの悪い襖の隙間から漏れる、上から下まで真一文字の光に、人影がさすのが見えた。本当に「大丈夫」かどうか、確かめているにちがいない。紗枝子は急いで目を閉じ、眠ったふりを装った。

少し経って、薄目を開けると、人影は消えていた。

「ありがてえことだなあ」と、今度は祖母の声が聞こえた。「うんうん」と応じたのは父の声である。「みなさんのお蔭で安泰だ」と言ったのは、あれは確か、ことし喜寿のお祝いをした天栄丸のじいさまではなかったかしら——。

意識がしっかりしてくると、隣の部屋には家族だけでなく、かなり大勢の人の気配があることが分かってきた。紗枝子は布団から這い出して、寝ころがった恰好のまま、襖の隙間に目を当てた。

思ったとおり、縦に長く細い視界に入るだけでも、ずいぶんの人数だ。おとなばかり、七、八人はいるにちがいない。

おとなたちは輪を作るように立っている。足元のほうから見るせいか、ふだんよりも大きく、怪物のように見えた。優しいはずの母や祖母までが、顔つきが強張って、何だか恐ろしげである。

父と正叔父と、それから後ろ向きで誰なのか分からないおとなが二人、何か畳の上にあるものを持ち上げた。向こう側の、父と正叔父とのあいだには、天栄丸のじいさまの、前歯が欠けた間抜けな顔が覗いている。じいさまは「ほれほれ、大事にな」と、小さな声をかけた。

四人がかりで持ち上げているのは、人形みたいな恰好をしたものだ。腕も脚もダランとぶら下がって、浄清寺さんのお祭りに、みんなで担いで海に捨てる、藁づとで作った人形があんなふうだった。

天栄丸のじいさまが「ほれ、ほれ」と掛け声をかけながら、後ずさりして、木偶人形が運ばれて行った。襖の陰で死角になっていたところから、男の人の後ろ姿が三人現れ、母も祖母もその後からついて行って、座敷には誰もいなくなった。表の戸が開いて、じいさまの声が遠ざかる。

お祭りが終わった後のように、静けさが戻って、遠くの潮騒が大きく聞こえてきた。襖の隙間から、外の冷たい空気が流れ込んだ。紗枝子は小さくくしゃみをして、慌てて布団にもぐり込んだ。

(あれは何だったのかなあ――)

ぼんやり考えた。木偶人形でなく、本物の人間だったような気もする。でも、手足がダランと垂れ下がった人間なんて、紗枝子は見たことがない。

(病気なのかな――)とも思った。

そういえば、天栄丸のじいさまが「大事にな」と言っていた。しかし、祖母が「ありがてえことだなあ」と言って、父が「うんうん」と相槌を打ったのは、あれはどういう意味だったのだろう？　どっちにしても、朝になったら母にでも訊いてみればいいことだ。

明日の一時間目は国語で、宿題の作文を提出することになっている。大好きな石橋洋子先生が「紗枝子さんの作文は楽しみだわ」と言ってくれた、その期待に添う作文を書けたような自信があった。

石橋先生は去年の春、館山の学校から転任してきて、三年と四年の複式学級を受け持つことになった。先生が島に来た時、船で一緒だった正叔父がわざわざ報告に立ち寄って、「若くてきれいで、頭よさそうだ」と、少し興奮ぎみに喋っていたけれど、学校の体育館で赴任の挨拶をした時、紗枝子も本当にそう思った。

ばあちゃんに「あんなすてきな先生が、なんで美瀬島なんかに来てくれたの？」と訊くと、「そりゃ、運命つうもんだっぺ」と言った。何だかいつものばあちゃんと違う、怖い顔に見えたので、それ以上は聞けなかった。

正叔父は「人にはそれぞれ事情があるんだ」と、訳知り顔に言った。叔父は水産学校を優等で出たのが自慢で、自分が島いちばんの漁師だと思い込んでいる。

紗枝子は館山には一度だけ行ったことがあるけれど、とても大きな町だった。先生がいた元の学校だって、きっと大きくて立派だったにちがいない。こんなちっぽけな島の、ちっぽけな学校に転任して、とてもいやだったんじゃないか――と思って、先生にそう言うと、石橋先生はびっくりしたように目をみはって「ううん」と首を横に振った。

「そんなことはないわ。この島はとてもきれいだし、それに、島の人たちはみんな親切でいい方ばかり。下宿のおばさんから、いきのいいお魚をいただいたりもするし、楽しくってしようがないわよ。美瀬島に来て、ほんとによかった」

そう言ってもらって、嬉しくて、石橋先生がますます好きになった。

「先生は結婚はしないんですか？」

訊いてすぐ後悔した。先生の顔がすーっと曇るのが、紗枝子にも分かった。

「ごめんなさい、へんなことを言って」

「いいのよ、そんなこと」

先生は紗枝子の頭を撫でて、その手で自分の胸に抱きしめるようにしてくれた。もしかすると、表情の変化を見られたくなかったのかもしれないのだが、先生の柔らかなセーターの、少し防虫剤くさい匂いの中に顔を埋めながら、紗枝子は幸せだった。

「それは、先生だってすてきな男の人と出会ったら、結婚するわよ、きっと」

先生はそう言った。

だけど、この島にすてきな男の人なんているかな――と、紗枝子は疑問だった。正叔父もまだ独身だけど、石橋先生には絶対に似合わない。もし先生が間違って正叔父を好きになったりしたら、徹底的に邪魔してやろうと思った。

もうじき三学期が終わり、春休みがきて、四月からは紗枝子は四年生になる。石橋先生がそのまま担任で持ち上がってくれるかどうか、いまはそのことがいちばん気掛かりだ。それに、ひょっとすると結婚して、島からいなくなってしまうかもしれない。

とりとめもなく、いろいろな思いが頭の中に浮かんでは消え、浮かんでは消えする。そのうちに、意識もとりとめがなくなり、いつか朦朧として夢の世界に入って行った。

朝になると、西の風が強く、窓を叩いていた。

紗枝子が起きて、台所の母のところへ行った時には、父も正叔父もいなかった。

「漁に出られるかどうかで、組合事務所に早出したのよ。西風だっけ、こんなに強く吹いてはねえ」

母は窓の外を覗くように見て、言った。

島は房総半島の南端近く、それでも少し東寄りの海岸の沖にあるから、北西の季節風には強い立地だ。しかし、海はほんのちょっと沖に出れば、白波が立つ。今日のような、北西よりも西に下がった風だと、港を出はずれた辺りから荒れている。島の漁協が船を出せるかどうか判断するのは、まだ夜が明けないうちである。

「ねえ母さん、ゆうべ、何があったの？」

ちゃぶ台に食器や漬物の器などを運びながら、紗枝子は訊いた。

「えっ、ゆんべって？」

母は紗枝子にも分かるほど、わざとらしく、とぼけて見せた。

「真夜中に、大勢で何かしてたじゃない」

「ああ、寄り合いがあって、お酒飲んでいたわね」

「そうじゃなくて……」

「みんな、飲むと賑やかだからねえ。紗枝子も眠れなかったんかい？　ごめんね、母さんから父さんに注意しておくわ。さあ、そんなことより、早くご飯を食べな。一時間目は国語なんだっぺ？　作文を出すの、遅れるよ」

それはそうなのだけれど、紗枝子は母が何だか狼狽しているようで、とってもいやな感じだった。どうやら、紗枝子の質問に答えたくない理由があるらしい。母の顔がひきつっていて、これ以上質問を重ねると、大変なことになりそうな気がする。

（訊いてはいけないことなんだ──）

漠然と、紗枝子はそう思った。だとすると、ゆうべの「あれ」は何だったのだろう。訊いてもいけないほど、とてつもなく恐ろしいことだったのか、それとも、やっぱりただの夢のつづきだったのだろうか。

食事が終わって、歯を磨いていると、父と正叔父が帰ってきた。

「いやあ、寒い寒い」

正叔父は両手で冷えた体を叩きながら、大仰に騒ぎたてて、「だけど、この西風で、いい送りになったからなあ」と言った。

「おい」と、父が紗枝子のほうに目配せして、義理の弟を叱りつけるように窘めた。正叔父は「へへ」と首を竦めて笑った。

その時、こっちをチラッと見た目に、ものすごく卑しい意図が込められているようで、紗枝子はゾッとした。

やっぱり、父も母もそれに正叔父も、みんなでわたしに言えない何かを隠しているんだ――と紗枝子は確信した。ゆうべのあの奇妙な出来事は夢なんかじゃなくて、現実にあったことだったのだ。

正叔父が「いい送りになった」と言っていたのは、あれはどういう意味？　西風が吹いて「いい送り」ができたということなのだろうけれど、いったい何を、どこへ、どんなふうに送ったのかしら？　浄清寺さんの木偶人形は沖へ流して、西方浄土へ送るのだそうだけれど、西風が吹くいまの季節は、海へ流せば東の沖へ送られてしまう。

紗枝子は、ゆうべ見たあの「木偶人形」のことを思い出さずにはいられなかった。腕も脚もダランとぶら下がった、大きな――そう、まるでおとなの人ぐらいはありそうな人形だった。

いや、人形ではなく、人の形をしたものというべきだ。

紗枝子は「人形」の二文字を、頭の中で「人の形」に分解していた。そうなのか、人形って、人の形をしているから、人形っていうんだ——と、当たり前のことに、初めて気がついた。

「あれ」は人形なんかじゃなくて、人の形をした「もの」だった。人の形をしたものなんて、人間以外にはない。

（本当に人間だったのかも——）

紗枝子は家の空気が寒くなったように感じた。

家を出ると、向かいの嶋崎さんのおばさんが、干物を作る簀（す）の子の箱を道端に出しながら、「おはようさん」と笑いかけた。空がよく晴れて、こんなふうに風の強い日は、いい干物ができるのである。それにしても、おばさんの笑顔はいつ見ても可愛らしい。

「おはようございます」

紗枝子は丁寧に挨拶した。学校に着くまで、平均すると二十回以上は、道で出会う人たちに挨拶して行くことになる。石橋先生も言っていたように、この島の人たちは誰もみんな親切で、いい人なのである。

紗枝子は思いついて、嶋崎さんのおばさんに近寄って、訊いた。

「ねえ、おばさん、けさは西風が吹いて、いい送りになったって、ほんと？」

「ああ、ほんにそうだねえ……」

言いかけて、笑顔が急に強張った。

「あれ？　紗枝ちゃん、聞いたんかい？」

「うん、正叔父さんがそう言ってた」

「そうけえ。いいのかねえ、紗枝ちゃんにまで話したりして」

「だけど、誰をどこへ送ったのかなあ。おばさん、知ってる？」

「えっ……」

おばさんは、疑わしそうな目をして、紗枝子の顔を覗き込んだ。もしかすると、紗枝子がカマをかけて訊いているのに、勘づいたのかもしれない。

「いやだ、おらあ知んねえよ」

おばさんは、これまで見たこともないような怖い顔になって、紗枝子をひと睨(にら)みしてから、そそくさと家の中に引っ込んでしまった。干物にするアジが一杯入ったポリバケツを、道端に放置したままだ。

紗枝子は「よいしょ」と、ランドセルを背負い直して、歩き始めた。昨日と今日とでは、人生が変わったような気分だった。少なくとも、人間には二つの顔があることを知った。嶋崎さんのおばさんの笑顔の後ろに、あんな恐ろしい顔が隠されていたなんて、とても信じられない。

それより何より、両親や正叔父が、隠し事をすることがショックだった。ショックで、悲しくもあったけれど、それは仕方のないことなのだろう――とも思った。おとなの世界というのは、たぶんそういう、複雑で分かりにくい面があるにちがいない。

とはいえ、紗枝子にとっては、いままでただの一度も疑問に思わなかった島の暮らしに、それこそ西風が吹き込んだような違和感を覚えたことは事実だ。

家並みが切れて、海を見下ろす道を歩きながら、（わたしはいつか、この島を出るんだ――）と心に誓った。

学校へ行く坂の途中で振り返ると、松林の向こうに、海の中からニョキッと突き出している「鬼岩」と呼ばれる奇っ怪な二つの岩が見える。その岩のあいだを抜けて島を出た者は、二度と戻らないという伝説があるそうだ。

（あの「木偶人形」は、鬼岩のあいだを流れて行ったのかな？――）

紗枝子はふと、そう思った。

第一章　霊魂のゆくえ

1

浅見家の「お盆の入りの日」の行事は、夕方の「迎え火」で祖先の霊を迎えることから始まる。本来なら長男の陽一郎が点火するのだが、警察庁刑事局長には夏休みもお盆も関係がない。代わりに次男坊の光彦がセレモニーを仕切った。

迎え火は「門火（かどび）」ともいい、霊が帰ってくるための、いわば道しるべである。玄関の前の敷石にホウロク（焙烙）を置いて、その上でオガラ（麻幹）を焚（た）くのが、正式なしきたりだ。

ホウロクというのは平たい素焼きの皿というか、フライパンみたいなもので、昔はこれで豆などを炒（い）った。熱伝導が穏やかだから、豆を炒るにはフライパンより具合がいい。

オガラは、麻の茎の表皮を取ったあとの芯（しん）である。乾くとよく燃える。

迎え火に対して、盆の最終日に焚くのは送り火で、その大型で代表的なのは京都の「大文字の火」である。

昔は七夕の笹飾り同様、どこの家でも見られる夏の風物詩だった。たそがれどきに軒先に家族が集まって、迎え火を焚く風景は、いかにも日本的で情緒があるが、近頃、こんな風習を守っている家は、東京でもごく少なくなった。だいいち、ホウロクもオガラも、簡単には手に入らない。

かつては、ホウロクはどこの家にもあった。ことに戦時中など、鉄が払底してフライパンが貴重品だった時代には、ホウロクが役に立った。

麻についても同様で、農村の至るところで栽培されていた。信州の野沢温泉に「麻釜」というのがある。十メートル四方ぐらいの源泉が湧く池で九十度近い熱湯だ。現在は温泉玉子を作ったり、野沢菜を茹でるのに利用しているが、かつてはここに麻を漬けて表皮の繊維を取りやすくしていた。それが「麻釜」の名の由来である。

このように、麻は繊維を取って、被服や麻袋の原料とするのが本来の目的だが、麻の種類の中には大麻もあった。いうまでもなく麻薬の一種、大麻樹脂の原料である。それが規制されたためなのか、それとも麻を繊維製品の原料として栽培するのは、経済効率が悪いためなのか、現在、日本の国内で麻畑を見ることは難しい。

浅見家でもオガラの代わりに割り箸を再利用している。オガラはあっという間に燃え尽きてしまうが、割り箸はよほど乾燥したものでも、オガラよりはるかに長持ちする。この日のために、お手伝いの須美子が、日頃から使った割り箸を洗ってしまっておく。須美子の郷里・越後でも、いまは割り箸を代用品に使う家が多いそうだ。

浅見はホウロクの上に、割り箸を井桁状に交差させて積み上げ、最後に残った一本にライターで火を点け、井桁の下に差し込んだ。火はゆっくりと燃え広がる。夕闇の底でチロチロと燃える火をじっと見つめていると、催眠術にかかったように、異次元の世界に引き込まれそうな気分になる。

「こんなもので、ほんとにご先祖様の霊魂が帰ってくるのかなあ」

浅見光彦の甥で中学生の雅人が、即物的で懐疑的なことを言った。去年まではそんな疑問を抱いた形跡はない。線香花火で遊ぶように、嬉々として火を燃やす作業を手伝っていたものだ。こういう理屈っぽいことを言い出すのは、それだけ成長したと思うべきなのだろう。

それはいいとして、「ご先祖様」に最も近い雪江未亡人の、せっかくの思い入れを逆撫でするような雅人の発言に、次男坊はヒヤリとした。

しかし、こっちの思惑にお構いなしに、生意気盛りの甥っ子は、「ねえ、叔父さん、どうなんですか？」と、家庭内における立場のきわめて不安定な「居候」に、やっかいな質問の矛先を向けてきた。

「そうだなあ、それ以前に、一般論として、霊魂そのものが存在するかどうか、それが問題だろう。きみはどう思うんだい？」

浅見は辛うじて質問をはぐらかした。

「よく分からないけど、僕は霊魂なんて存在しないと思います」

「あら、そうかしら、私は霊魂は存在すると思うわ」

ミッション系の女子高生である智美が、珍しく難詰するような口調で言った。彼女は、弟と対照的に情緒の豊かな優しい娘だ。

「そうでなければ、キリストの復活なんて、ありえないことになっちゃうじゃないの」

「それは宗教的な考え方だよ。科学的、物理的には絶対に説明がつかない、迷信的な考えにすぎないと思うな」

弟はむやみに「的」を連発する。

「迷信じゃないわ。このあいだ聞いた話だけれど、ある実験で、モルモットが死ぬと、ほんのわずか、軽くなるんだって。その軽くなった分が魂なのよ」

「嘘だよ、そんなことがあるものか」

「あら、じゃあどうして軽くなるの？　科学的に説明してみなさいよ」

「死んだ時にさ、最後の息を吐いて、その分が軽くなったのかもしれない」

「そんなの変よ。息は空気と同じ比重でしょう。息を吐いたって軽くなんかなりっこないわ。もしそれで軽くなるんだったら、宮原さんなんか、うんと息を吐くといいってことになるじゃない」

智美は、このあいだ浅見家に遊びにきた、やや肥満ぎみの学友の名前を言った。

「ははは、息を吐いてばかりいたら、窒息して死んじゃう……あ、そうか、そうすれば魂の分だけ軽くなるね」

「ばかなことを言うものではありません」

母親の和子が叱った。ご先祖様を迎える火を焚いているというのに、場所柄も考えずに、なんということを――と、姑の横顔を気にしている。

雪江未亡人は、腰を屈めて手を合わせ、亡き者たちの里帰りを迎える姿勢だったが、やおら立ち上がった。孫たちの賑やかで傍若無人なやり取りに気分を害したかと思ったが、「まあまあ、いいじゃありませんの」と、存外、寛容だ。

「子供たちが物事に疑問を抱くのは、いいことですよ。確かに、迎え火を焚いても、雅人が言うように、ご先祖様の魂が帰ってらっしゃるかどうか、わたくしにも分かりませんよ。でも、帰ってらっしゃると思うことにしているの。だって、そんなことを言ったら、お墓にだって霊魂が宿っているかどうか分からないでしょう。お祖父様もお骨はお墓にありますけど、本当は、いまでも大好きだったこの家に魂が宿っているのかもしれない」

「おばあちゃま、怖いこと言わないで」

智美が悲鳴をあげた。

「ほほほ、怖いことはないでしょう。あなたたちのお祖父様じゃありませんか。でもね、いつまでも霊魂がこの世に彷徨(さまよ)っていては具合が悪いから、お坊様がお経を上げて、仏様になるように、極楽へお送りするのよ。それだって、科学的なことをいえば、本当に極楽があるかどうかも分からないでしょう。ですから、極楽もあるし、お経を上げて差し上げれば成仏なさると決めて、みんなが信じることにしているのね。キリスト教でも、信じる者は救われるっていうでしょ。それでいいのですよ」

「なるほど」と、浅見は感心した。

「さすがだなあ、お母さんはいいことを言いますね」

「でも……」と智美は不満そうだ。

「それじゃ、本当は魂はないっていうことですか？」

「さあねえ、それも分かりませんよ。ただ、わたくしはあるものと思って、毎年こうしてお迎えして、失礼のないようにするだけ。智美もあると思っているのだったら、それでいいじゃないの。ちょっと考えてご覧なさい。あなた方はお祖父様が生きてらっしゃる頃は知らないのだけれど、陽一郎さんを通して、あなたたちにもお祖父様のいのちが受け継がれているのですよ」

「ああ、それって、DNAのこと？」

雅人は最近仕入れた知識らしい。

「そうね、DNAっていいましたっけね。むかしは遺伝子といってたけれど。雅人にもお祖父様と同じ遺伝子があるのね。考えてみると、お迎え火をしなくても、光彦や智美や雅人の中に、お祖父様はずうっと生きてらっしゃるわけだわねえ」

「そうかあ、僕のDNAは叔父さんと同じなのかあ」

雅人は浅見を見てそう言ったが、彼の口調はあまり嬉しそうではない。

「でも、DNAと霊魂は違うわ」

智美はまだ得心がいかない。

「やっぱり、人間は死んだら、体から魂が抜けて、天国へゆくのよ。映画の『ゴースト』みたいにね。臨死体験した人が、上のほうから自分の死体を見下ろしたっていう話だってあるじゃない」

「そんなの嘘に決まってるよ。それこそ映画の観すぎだってば」

「嘘じゃないわ、本当のことよ。そういう証言をする人が何人もいるんだから」

「へえー、そうなの、その人、姉さん知ってるの？　会ったことあるの？」

「あるはずないでしょう。本で読んだの。テレビでもやってたわ」

「だからァ、そんなのはみんな嘘っぱちだってば。本は売れればいいから、テレビは視聴率が上がればいいからって、いい加減なことを言ったり書いたりしてるのさ。姉さんみたいに素直に信じちゃう単純な人がいるから、本も売れるわけだよね」

「単純て……まあ、憎らしいわねえ。叔父ちゃま、何とか言ってくれませんか」

救援を求められて、浅見は苦笑した。浅見はほとんど無神論者だが、そのくせ、幽霊やお化けのたぐいが怖い。それこそ、見たことも会ったこともないくせに、闇の中に独りでいると、そういうものに出会いそうな気がする臆病な男だ。智美と雅人と、どっちの味方をすればいいものか、本音の部分でも決めかねた。

「お祖父様が亡くなる前の年だけれど、こんなことがありましたよ」

次男坊が答えに窮していると、雪江が言いだした。何となく物憂げな、しみじみとした口ぶりだったので、みんなの視線が彼女に集まった。

「その夏は、わたくしたちは軽井沢の別荘に行ってましたけど、お祖父様だけが、大臣の房総のお別荘にお招ばれでいらしてたの。そうして、事故に遭われたのよ。光彦は憶えているでしょう？」

「もちろん憶えてますよ。危うく死にかけたって、大騒ぎでしたね」

「私も存じてます」

和子も言った。

「そうそう、あなたも軽井沢のお別荘にいらしてたのね」

「ええ、パパ……陽一郎さんからお電話があって、お父様が大変でお聞きして、びっくりしましたわ」

浅見の父親・秀一（しゅういち）が亡くなったのは二十年前、浅見光彦が十三歳の夏である。

その前年、浅見が中学に上がった年の夏休みは、浅見は母親と二人の妹と、お手伝いのばあやさんと、当時あった軽井沢の別荘で過ごしていた。

兄・陽一郎はすでに警察庁に入り、京都府警の警備課長に就任していた。陽一郎との婚約が成立していた和子の家の別荘が、浅見家の別荘と近かったので、夏のあいだ、双方の家族がテニスやバーベキューで親交を深めていた頃のことである。

父の秀一は当時、大蔵省主計局長をしていて、次期次官の最有力候補と目されていた。その夏、大蔵大臣の招待に応じて、房総の大臣の別荘に三日間、滞在した。

そうして、九死に一生の奇禍に遭ったのである。大臣所有のプレジャーボートで釣りに出て、帰港する途中、ボートが暗礁に接触して傾き、そのはずみで、デッキにいた秀一は海中に転落した。ボートは行き足がついていたので転落現場から離れ、海中に沈んだ秀一を発見できなかった。近くでアワビ漁をしていた船に救出された時は、秀一はかなりの量の水を飲み、呼吸も心拍も停止して、ほとんど溺死（できし）状態だったという。

現地からの連絡を聞いて、浅見家の全員が房総に駆けつけた。しかし、秀一は幸い一命をとりとめ、その後の回復も早く、後遺症も残らなかった。

「これはね、お祖父様がしばらく後になって話してくださったことで、いままで、どなたにも話しませんでしたけれどね」

雪江はご近所の耳を気にするのか、小さな声で話す。ホウロクの上の火が、だいぶ乏しくなってきた。

「溺れているところを助けられて、意識のない状態がつづいている時、お祖父様は夢うつつのように人の声を聞いたんですって。周りに何人かいて、こう言っていたそうですよ。『こんなにつづけて何人も送ることはない』『そうだな、来年に回すか』って。それから、ヒソヒソとよく聞き取れない忍び笑いのような、忍び泣きのような声を囁き交わしたんですって」

「何ですの、それ？」

和子が薄気味悪そうに、肩をすぼめて言った。

「そうなの、わたくしもね、和子さんと同じ質問をしましたよ。するとお祖父様は『分からない、たぶん死神たちじゃないか』って笑ってらしたわ。それからね、『そういうわけだから、私が死ぬのは来年に延期されたらしい』っておっしゃって、その時は少し、真面目な顔をしてらした」

「じゃあ、その言葉どおりになったの？　お祖父ちゃまは、次の年に亡くなったんでしょう？」

雅人が率直な発言をして、母親に「おだまりなさい」と叱られた。

「そうね、そのとおりになりました。でも、それはご病気でしたけれどね」

平静を装ったが、雪江はかすかに眉をひそめた。悲しい記憶が蘇ったのだろう。秀一の死因は心筋梗塞。確かに病気にはちがいないが、唐突な死であることに変わりはない。

「つづけて何人も送ることはないって言っていたということは、その前に誰かほかの人が一人、亡くなったのですか」

浅見が、彼としては当然の疑問を呈した。生死の境を彷徨い、意識不明のさなかとはいえ、あの冷徹できびしかった父の体験したことを、ただのうわごとと聞き流すわけにいかなかった。

「いいえ、みなさんご無事でしたよ。あなたのお父様だけが危険だったの。ただ、それから何日か経って、九十九里浜に死体が流れ着いたというニュースがあったわね」

「それは、船の事故とは直接、関係なかったのでしょうか」

「もちろん、関係ありませんよ。夏休み中で、大勢の海水浴客も出ていたから、水難事故はほかにもあったのでしょう」

「しかし、その人が、死神たちの会話に出てきた人だったのかもしれません」

「ほほほ、光彦は本当におかしなことを言うひとだこと」

雪江は口許を押さえて笑って、「さあ、お片付けしましょう」と、完全に火が消え、燃えかすだけになった迎え火のホウロクを取り上げた。辺りは人の顔が判然としないほど、闇が濃くなっていた。

2

雪江から聞いた、父親の奇禍の話は、浅見にとっては興味以上のものがあった。奇禍そのものは、結果的にはさほどのダメージにはならなかったのだが、たとえ一時的だったとしても、呼吸はもちろん心拍まで停止が確認されたというのだから、まったく、「九死に一生」はオーバーな表現ではない。

しかし浅見は、そのことよりも、父が臨死状態で聞いたという「死神」たちの会話の記憶のほうに興味を惹(ひ)かれる。雪江が話してくれたのは、二十年という歳月が流れ、いわば時効のような気楽さからなのだろう。そうでもなければ、あのエリートの典型で、周囲の尊敬を一身にあつめていたような人物が、そんな妄言(もうげん)を漏らしたことなど、秘密にしておきたかったにちがいない。

とはいえ、そういう人物の言葉だけに、単なる幻覚として笑い捨ててしまえないものがある。

(もしかすると、父は本当にその言葉を聞いたのかもしれない——)

だとすると、その「死神」の会話はどういう意味だったのだろう？

——こんなにつづけて何人も送ることはない。

——そうだな、来年に回すか。

そしてみんなで「ヒソヒソ」と囁いたというのである。

よく考えれば、幻覚とするには、会話の内容があまりに突拍子もなさすぎる。

誰だったか忘れたが、ある評論家が臨死体験について考察して、こんなことを言っていた。「蘇生（そせい）」した人が、臨死体験を語る場合に、多くのケースで、魂が抜け出して、ベッドの周辺の様子を見たというのがある。自分の「遺体」を囲んで、医者が家族に「ご臨終です」と告げ、家族が泣いている光景を見たというのである。

しかし、それはじつは心停止した後でも、しばらくは、五感の中で聴覚だけが機能して周辺の物音を聞いていて、蘇生後、あたかもそれを見たかのように、視覚に置き換えている——というのだ。

ベッドの周辺の様子などは、「生前」にずっと眺めていたわけだし、耳で聞いたことを視覚的に記憶するというのは、ありそうなことだ。

父の場合、海に転落した時点からずっと、意識を失った状態がつづいていたのだから、視覚的に置き換えようにも、周囲の状況は何も見ていない。したがって、蘇生後も聴覚による認識しか記憶されなかったにちがいない。それは臨死体験などではなく、純粋に

「体験」そのものだ。

父の事故がどのようなものだったのか、浅見ははっきりとは憶えていない。むろん、事故の一報を軽井沢の別荘で聞いて、取るものもとりあえず、陽一郎を除く家族全員が、房総の海岸へ駆けつけた。しかし父親はすでに館山市内の病院で元気を取り戻していた。かえって、家族の顔を見るなり笑って、「おいおい、大勢揃って何しに来たんだね」と強がりを言ってみせた。

だから浅見は、どういう場所でどういう状況で事故が起こり、父がどのように救出されたのかも知らないままになった。父親も照れくさいのか、その事故については、あまり話したがらないようだった。

かりに父が「死神」の会話のことを、事故の直後に話していたら、その後の状況が変わっていただろうか。当然、事故原因等について、警察の事情聴取があったはずである。その時に、遭難者から「死神が、こんなにつづけて何人も送ることはない——などと話していた」と聞いて、はたしてどう思ったか。

どうも思わなかっただろうな——と、浅見はすぐに首を振った。意識を失った人間が、朦朧状態の中で聞いたことなど、まともに受け取るほうがおかしい。もともと、事件性でもなければ、警察というところは冷淡なものだ。冷淡といって悪ければ、ただ溺れて死にかけたというだけの事故に、いちいち関わっていたら、警察官を何人増員したって追いつかないのである。

たぶん、その事故は父が早くに回復した時点で、問題決着。その後はせいぜい関係者のあいだで、笑い話のように語られるぐらいのことで済んできたにちがいない。

何があったにせよ、すべては遠い昔の出来事。父が仕えていた当時の大蔵大臣も、十年ほど前に喜寿を目前に亡くなった。その跡目は長男が継いで、現在は政権与党の中堅どころで代議士をやっているはずだ。

それだけのことだな——と、いちど熱く燃え上がった浅見の好奇心は、夏の日が通り過ぎてゆくように、しだいにしぼんでいった。もしそのまま何もなければ、秋風が立つ頃にはそれっきり、記憶の片隅に仕舞われることになってしまっただろう。

九月に入って最初の月曜日、「旅と歴史」の藤田編集長から仕事の依頼があった。電話でいきなり「ひまだろ」と言った。「時間が取れる?」とか、「予定はどうなっているの?」ぐらいのことは言えないものか——と思うが、藤田はそういう高級な配慮には、いっさい無縁の男だ。

しかし、浅見のほうも、藤田の言うとおりひまであることは事実だ。

「きょう明日は、ちょっと予定が詰まっていますが、何か?」

見栄を張って言ったが、藤田は「ふーん」と、小馬鹿にしたように鼻を鳴らした。まるで信じた気配はない。

「まあそれはどうでもいいや、こっちの仕事は九月の二十三日だ。大原のはだか祭りを取材してきてもらいたい」

「大原というと、京都ですか？」

「京都？　ああ、京都大原三千院……か」

藤田は調子っぱずれに歌って、

「違うよ、そんな遠くじゃない、房総の大原町だ。そこの海岸ではだか祭りというのがある。それを取材してきて、グラビアと見開き六ページの本文にまとめてもらいたい。カメラマンを出すほど余裕がないから、いつもどおり写真も一緒に撮ってきてくれ。じゃあ、よろしく……」

言うだけ言うと、電話を切りかけた。

「あ、ちょっと待ってください。交通費は出るのでしょうね？」

「え？　交通費っていったって、どうせ浅見ちゃんのソアラで行くんだろ？」

「それにしても、ガソリン代と高速の通行料はかかりますよ」

「高速で行くことはないよ。急ぐ旅じゃないのだから、のんびり行ってきてくれ。何なら列車で行ってもいいんだよ」

結局、ＪＲの普通列車で行くのに相当する程度の交通費は確保できたが、それで実費が賄えるはずがない。藤田はソアラの減価償却費がどうかといった点については、まったく関心がない人間なのである。

藤田の言った「大原」とは、千葉県夷隅郡大原町のことである。房総半島東部、いわゆる外房海岸の真ん中辺にある漁港の町だ。南隣の御宿町には、唱歌「月の沙漠」で知られた砂丘があって、浅見もいちど訪れたことがある。しかし大原町のことは詳しく知らなかった。ガイドブックを繙くと、大原はアワビ漁で全国的に有名なのだそうだ。

（アワビか――）

食べることとなると、浅見はそそられる性分だ。目の前にアワビの残酷焼きや、伊勢海老、鯛、イナダの握り寿司の幻覚が現れる。房総沖はこの時季、サンマの水揚げが最盛期を迎えるのではなかったかな――などと連想が次々に浮かぶ。

そうして、その連想の中にふと、父親の奇禍のことが紛れ込んだ。そういえば、あの事故は外房の海で起きている。場所は確か、勝浦の少し南だった。勝浦市も内陸部で大原町と隣接しているから、大原から事故現場まではそう遠くないはずだ。

いったん消えかかった好奇の火が、また燻り始めた。どうせなら、ついでに現場も見てくるか――と考えた。

その際に、父の事故の詳しい状況を把握したい。できれば、救助してくれた人に礼のひと言でも挨拶したいものである。母親にその話をすると、賛成してくれた。

「光彦もたまにはいいことを考えるわね。それはもちろん、近くまで行くのなら、島の方にご挨拶するべきですよ。その時はちゃんとご挨拶のお品も忘れずにね」

「島の人に助けられたのですか」

「そうよ、美瀬島(みせしま)っていう島の漁師さんたちですよ。親切ないい方たちばかりでした。でも、あれからもう二十一年も経って、憶えていらっしゃるかしらねえ」

確かにそれは言える。しかし、転変の慌(あわ)ただしい都会と異なり、移り変わりの少ない島の暮らしだ。中には古いことを記憶している人もいるのではないだろうか。

「お父さんと一緒にボートに乗っていた人のことは、お母さんはご存じないですか」

「存じてましてよ。廣部(ひろべ)先生のご子息と秘書の方ね」

「廣部先生」とは、亡くなった元大蔵大臣廣部英視(ひでみ)のことだ。以前、浅見が雪江から聞いたところによると、廣部大臣は就任時から一貫して、浅見局長を信頼し重用していたという。房総の別荘に招待したのも、その表れといっていいらしい。

「じゃあ、そのご子息が現在の代議士さんですか。確か廣部馨也(きょうや)氏だったかな」

「廣部先生の跡をお継ぎになったのですから、たぶんそうだと思うけれど、でもほかにもご子息がいらしたかどうか、存じあげないわね。その頃、三十代半ばくらいの方でしたよ」

「その代議士さんは憶えていますかね」

「それはどうか分からないけれど、秘書の方は憶えていらっしゃるでしょう。お名前は増田さんておっしゃったわ。廣部先生がご存命の頃、律儀に賀状を戴(いただ)いてたのは、たぶんその方の代筆でしたでしょうから。もうそろそろ還暦を少し越えるご年配かしら。でも、代が替わられて、いまでも増田さんが秘書をなさっていらっしゃるとは限らないわね」

「いや、政治家が世襲だったら、秘書も継続して秘書をやってますよ、きっと。もっとも、秘書が跡継ぎを差し置いて、自分が立候補する例もあったけど」

衆議院の議員会館にある廣部代議士のオフィスに電話してみた。秘書らしい若い女性が出た。

「浅見といいますが、先代の廣部先生の秘書をなさっておいでだった方はいらっしゃいますか？」

「二人おりますが、増田でしょうか木村でしょうか」

「あ、増田さんです。いまもご在職でしょうか？」

「はい、ただいま代わります」

保留音のメロディを聴く間もなく、相手が代わった。

「はい、増田ですが」

想像したのより、かなりハイトーンで、軽めの声だ。たぶん選挙区の人たちには、そういう調子で応対するのだろう。

「浅見さんとおっしゃると？」

「以前、大蔵省の主計局長をしておりました浅見秀一の息子です」

「えっ、浅見さんのご子息というと、警察庁の浅見刑事局長ですか？」

「いえ、それは兄の陽一郎のほうでして、僕は弟の光彦といいます」

「ああ、弟さん。憶えておりますよ。二度ほど、軽井沢でお会いしているのですがね、そちらは憶えておられないでしょうな。中学生になったばかりの頃でしたが……そうですか、あの坊っちゃんですか」

懐かしそうに、ハイトーンがいっそう甲高くなったが、すぐに対照的な沈んだ口調で、

「浅見局長さんには、いろいろお世話になりました。亡くなられてから、二十年ほどになりますかなあ」と言った。

「それで、きょうは何か？」

浅見は、大原のはだか祭り取材のついでに、美瀬島に立ち寄って、救出でお世話になった恩人たちに、お礼を述べてきたいという、ことの次第を簡単に説明した。

「それにつきまして、事故当時のことは増田さんが詳しくご存じなのではと思いまして、お電話させていただきました」

「なるほど、そうですか。そうですな……そういうことなら、一度、お目にかかってお

話ししましょうか、いかがですか？」

「それは当方としてはありがたいですが、増田さんはお忙しいのではありませんか？」

「いや、いまはうちの先生は外遊中でして、ここ一両日は手が空いています。地元からの陳情もありませんしね」

その夜、議員会館に近いホテルのロビーで待ち合わせることになった。

増田秘書は雪江の話だと還暦を過ぎたあたりという印象だったのだが、実際に会ってみるとそれより五、六歳は老けて見えた。白髪頭といくぶん瘦せた頰の辺りの皺が、実年齢よりも老けさせているのかもしれない。

「私は寡聞にして知らなかったのだが、浅見さんは名探偵なのだそうですな。うちの若い者が教えてくれましたよ。ほれ、電話に出た女性ね、あのコがそうです。浅見さんの事件簿をいくつか読んでいるらしい。どうやらファンのようですな」

「いえ、僕の本業はフリーのルポライターです。名探偵などと、とんでもありません。母や兄には顰蹙をかっております」

「そうそう、ご母堂様はお元気ですかな」

「ええ、お蔭様で元気にしています」

「そうですか、それは何より。それにしてもご母堂様は、じつにしっかりした気丈なお方ですなあ。あの事故の時も少しも慌てる様子はなかった。かえってわれわれのほうがうろたえておりましたよ」

「何か、失礼なことを言ったのではありませんか」

「いやいや、それどころか、まことに行き届いた気配りをなさっておいででした。廣部大臣が目をみはって、ああいうご仁が政治家の奥さんだといい――と、漏らしたほどです。警察にはもちろんですが、救出してくれた地元の人たちに対しても、細やかに挨拶して、過分なお礼をされたようだ」

「美瀬島というところだそうですね」

「そうです。人口が四百人にも満たない小さな島で、一島一村になっています。町村合併の話は過去に何度もあって、総務省も合併を推進するよう指導してはいるのだが、どうしても合併に応じない、なかなか頑固な気風でしてな。しかし、あの辺りはすべて廣部の票田ですから、強引に推し進めてつむじを曲げられると困るのです。それにつけても、あの時のご母堂の対処の仕方の見事さが、廣部のイメージにもプラスに作用したと思っておりますよ。まあ、災いを転じて福となしたようなものです」

「その時、父とご一緒だったご子息が、現在、代議士をなさっているのですか」

「そうです、廣部馨也です。当時は私と一緒に先代の秘書をしてました。あの日は廣部と木村という秘書が交代で舵を取り、お父上と私がデッキにおりましてな。じつは、ここだけの話ですが……」

増田は必要もないのに、ことさらに声をひそめて言った。

「あれから二十年も経って、時効のようなものだからお話ししますが、あの事故は馨也か木村の操船ミスといってもいいのです。あの辺りは暗礁があるから、少し遠回りするように、くれぐれも言われていたのを無視して、島の近くを突っ切ろうとした。まあ、結果的に大事に至らなかったから済んでますがね、危うく過失致死ということになりかねなかったのですよ。そうなったら、先代の廣部代議士にも影響が及んでいたでしょうし、馨也が跡を継げたかどうかも分かりません」

増田秘書は剽軽（ひょうきん）な目をして、首を竦（すく）めた。

3

浅見は「あのこと」を増田秘書に話すべきかどうか迷った。考えれば考えるほど、「あのこと」について真面目に話すのが愚かしく思える。雪江も同じようなことを言っていたのだが、もし増田が二十年の「時効」と強調して、廣部馨也に操船ミスのあったことを打ち明けなければ、さすがに浅見も踏ん切りがつかなかったにちがいない。二十年も経ってしまえば、大抵のことは笑い話として通用するものなのだ。

「じつは、あの事故の後、父が妙なことを母に話していたのだそうです」

そう前置きして、浅見は父親が「臨死」状態で聞いたという「死神」の話をした。

——こんなにつづけて何人も送ることはない。

——そうだな、来年に回すか。

そうして「ヒソヒソ」と囁き交わしたというものだ。

増田は「ほう……」と反応した。その後は当然、笑うのだろうな——と思ったが、真顔のままであった。「死神」の予言どおりにその翌年、浅見の父親が急死したせいかと思ったが、そうではなかった。増田はそのことに気づいていなかったのである。浅見がその話をすると、「あっ、そういえばそうでしたなあ」と、いっそう深刻な表情になった。

「母が話してくれたのが、たまたまお盆の迎え火を焚いていた時でしたので、『送る』という言葉から、僕は『送り火』、つまり霊魂を送るという儀式のようなものを連想してしまったのです」

「なるほど、なるほど……いや、おっしゃるとおりかもしれませんな」

増田があまりにもストレートに受け止めるので、浅見はかえって困惑した。話し終えた後もしばらく考え込んでいる。笑い話が笑い話ですまなくなりそうだ。

「どうも、愚にもつかないことをお話ししてしまいました」

浅見がそう言うと、愕然と我に返ったように、「ん？　あ、いや、そんなことはない」

と両手を目の前で何度も交差させた。

「きわめて興味深い話です。私も房総とは縁のある人間ですので、あの辺りに御霊（みたま）送りのような風習があると聞いたことがあります。御霊というのは一般には祖先の霊魂のことですが、海岸の暮らしには水死者がつきものでしてね、それも身内の人間ならともかく、そうではない余所（よそ）の漁師や海水浴に来た人などの死霊に対しては、身内の場合や祖先の霊と違って、特別な恐怖感があるものです。それで、形代（かたしろ）のようなものを作って海に流し、霊魂を遠くへ送ったのだそうです。その風習は必ずしも海岸地方だけでなく、山中でも行なわれていた。海へ流す代わりに川へ流すのですがね。しかし、それとお父上の話とは違うようですな。お父上が話されたことは、もっと生々しい感じがする」

「確かに」と浅見も頷（うなず）いた。

「父が言った『何人も送ることはない』という言葉は、死霊のような実体のないものとは違う、生身の人間のことを言っているような感じがします。形代などではなく、本物の人間の死体を想像させました。それがとても気になったものですから、増田さんにお話ししてみようと思い立ったのです」

「なるほど……しかし、本物の死体ということはありますまいなあ」

ようやく増田の顔がほころんだ。もっとも、少し無理をして口を歪（ゆが）めたように見えないこともない。

「そうでしょうか」

浅見はいくぶん追及する口調になった。

「もし父がそのまま亡くなっていたら……と考えてみたのです。いえ、ひょっとすると、周囲の『死神』たちは、よもや父が蘇生すると思わなかったのではないでしょうか。だから安心して、そういう会話が交わされたのではないかと思いました」

「うーん……」

増田は長い唸り声を発して、しばらく思案の底に没入した様子だ。眉をひそめ、視線を落ち着きなく左右に振って、何かをしきりに考えてから、今度は腕時計に見入って、自分に考慮時間を課したように言った。

「それはどんなものですかなあ。かりにそうだとすると、水死人をもう一人、送るか送らないかという相談ですか？　どうも意味がよく分かりませんなあ」

浅見は（あれ？——）と思った。増田が初めて首をひねったのである。明らかに、浅見とのあいだに距離を置こうという意思のあることを感じさせた。このおかしな話には付き合いきれないというか、同類だと思われたくない——という警戒心のようなものが伝わってきた。

最初からそうであれば、べつに何とも思わなかっただろうけれど、その寸前までは、どちらかというと浅見の考え方に同調する受け答えを見せていた。それだけに、スッと身を引くようなポーズを作ったことが、不誠実な変節を感じさせて、不愉快だった。

相手がルポライターであることを思い出して、話の行き着く先が、選挙地盤である地元の名誉に関わりかねないという不安を抱いたのかもしれない。政治の世界に住む人間とは所詮（しょせん）、そういうものなのかな——と、浅見は妙に納得してしまった。

結局、増田秘書との会話はそんな具合にしり切れとんぼの状態で終わった。浅見にしてみれば、房総に伝わるという「御霊送り」の風習について、もう少し詳しい話を聞きたかったのだが、それはあらためて調べればいいことだ。

九月なかばに、四国の「しまなみ海道」へ四泊五日の取材に出かけた。藤田の「旅と歴史」とは違う出版社の依頼で、こっちのほうは取材費も比較的潤沢な、割りのいい仕事だ。ただし、こんなのは年に二、三度あればいいほうで、生活費のあてにはできない。

四国の旅から帰宅すると、須美子が「坊っちゃまに廣部事務所の増田様とおっしゃる方から、お電話がありました」と告げた。

「こちらからお電話をいたしましょうかと申し上げたのですけど、お急ぎではないとおっしゃって、また電話するとだけお伝えいただきたいということでした」

（何だろう——）と気になった。あの後、何か思い出したことでもあるのだろうか。心待ちにしていた連絡がないまま、浅見は房総大原の取材に向かった。

千葉県夷隅郡大原町は、房総半島が東南方向へ膨らんだ、中央付近にある。東京からJR外房線の特急で約七十分。車だと京葉道路と千葉東金(とうがね)道路、九十九里有料道路などを乗り継いで、およそ二時間あまりで行ける。想像していたより近く感じた。

長い九十九里浜の南端の岬を南に越えたところからが大原町域で、そこから先にも、九十九里浜とは比較にならないほど規模は小さいながら、弓なりの砂浜がつづく。日在(ひあり)浜(はま)という海水浴場で、その南のはずれ近くが「大原はだか祭り」会場になる。

浅見は知識がなかったのだが、あらかじめ役場から取り寄せた資料や観光パンフレットに「関東随一」と書かれているだけに、当日の賑わいは相当なものになるらしい。浅見は用心して、早朝に東京を発(た)ってきたつもりであるにもかかわらず、大原町へ向かう道路は早くも渋滞していた。駐車場も大混雑のようだ。予約した民宿に辛うじて一台分のスペースが残っていた。

はだか祭りは、町内に十八だかある神社から神輿(みこし)が繰り出すという。民宿にはその案内図をプリントしたものがあった。それらの神社のどこが有名か訊(き)いたが、民宿のおじさんは「さあなあ」と首をかしげた。十八もあってはどこと特定できないのか、それとも、一つを推薦すると他に義理を欠いて、神罰が下るのを恐れるためか、結局、明快な回答は得られなかった。

仕方がないので、浅見は町中を歩くことになった。まだ祭りの本番までは十分すぎるほどの時間がある。

大原は漁港の町――という予備知識があったので、熱海市網代のような魚の匂いの漂う町を想像していたのだが、陸側から吹く西風のせいか、さほどでもなかった。秋晴れの空は爽やかで、気温も暑からず寒からず、快適な日だ。

駅前商店街は、小さな店や事務所の種々雑多な看板や幟旗が左右から突き出し、典型的な地方の町の雰囲気に満ちている。店々の軒先には祭り提灯がズラッと下がり、道路には屋台がいくつも出ている。

町勢要覧によると、高齢化が進んで、とくに漁業などでは次代を担う若者が少ないのが悩みだそうだが、屋台の店番には屈強な若者の姿が目立つ。その代わり、町内会の祭り用の事務所のようなところでは、七、八人の老人がのんびり煙草をくゆらせて、茶碗酒を飲みながら雑談に耽っている。祭りの日ばかりは、お年寄りが長老として大切に扱われる決まりなのかもしれない。

通りは地元の人か外来の人か、判別ができない人々のそぞろ歩きで、かなり賑わっている。その風景をカメラに収めながら、浅見も観光客の一人のような気分で歩いた。

商店街を出はずれたところに八幡神社があり、その境内で朝市をやっていた。カツオや鯛、アジのひらき、サザエ、アワビなどの海産物。朝採りの野菜や名産のナシ。それに日用雑貨などが市価よりも安く売られているらしい。ここの店番はおばさんが圧倒的に多い。まもなく祭りは本番を迎え、神輿が動きだす。そうなる前に店じまいをしなければならないのだろうか、おばさんたちは盛んに声を張り上げる。

神殿脇に神輿が据えられ、法被姿の若者たちが群れはじめていた。白い股引きに赤い布を帯のように締め、赤い鉢巻きをしている。御神酒も入ったらしく、たがいに交わす言葉は、喧嘩でもしているように威勢がいい。

大原のはだか祭りは、日中に日在浜で行なわれる「汐ふみ」と、夕闇迫る頃、花火を合図に大原小学校の校庭で始まる「大別れ式」の二大ページェントがみものだという。

午前十時を期して、各所の神輿はいっせいに動きだす。

大原町には町村合併以前の大原、東海、浪花の三地区があるが、そのうち大原地区にある十社の神輿は、町の中心近くの、「親神」である鹿島神社に参集し、法楽行事を行なう。他地区の神輿もそれぞれの地区で祭事を終えて、「汐ふみ」会場である大原漁港の日在浜へ向かう。この時間帯になると、付近の道路はほとんど閉鎖状態だ。

浅見は神輿を中心に、沿道の観客たちの表情も交えながらシャッターを切った。法被を脱いで上半身はだかの男どもが、ワッショイワッショイの掛け声で、神輿を載せた七、八メートルはありそうな二本の棒を担いで走るありさまは、なかなか勇壮だ。

それにしても、沿道の人込みを掻き分け掻き分けしながら、神輿の列を追いかけるのはかなりの重労働であった。いいシャッターチャンスをかち取るには、なるべく神輿を迎える方角からのカメラアングルが望ましい。浅見はしばしば全速力で疾走して、汗だくになってカメラを構えた。

予備調査もしていなかったのだが、「汐ふみ」会場は大原漁港の北側に広がるビーチである。ビーチの南側は漁港とだだっ広いコンクリートの護岸で、東京港の埋立地のように殺風景だが、北側は遠くまで、松林を背負う美しい砂浜がつづいている。

ビーチの脇は、そのまま観客席になりそうな、半円のすり鉢状スロープと、トイレなどの設備の整った建物もある海浜公園である。ここはすでに、見渡すかぎりの大観衆で埋め尽くされていた。

　やがて、次々にやってきた十八の神輿が、海岸に勢揃いした。すべてが整ったところで、あらためて神官が祝詞(のりと)を奏上し、五穀豊穣を祈願してから、いよいよ「汐ふみ」のクライマックスに入る。順番が決められているのか、到着順なのか、とにかく神輿は波の寄せる海へ入ってゆく。それまでの賑やかさとは対照的にしずしずとした入り方だ。

　黒い屋根の神輿が波間へ向かう風景をレンズで追いながら、浅見はふと、熊野那智(くまのなち)で見た「補陀落(ふだらく)渡海」の情景を思い出した。

「補陀落」というのは、観音の住む伝説上の山のことである。中世の頃、熊野那智では、僧侶(そうりょ)を屋形船に乗せて大海へ送り出す風習があった。送るほうとしては、僧侶を生き仏として、憧(あこが)れの地「補陀落」へ送っているつもりなのかもしれないが、送られる側にとっては文字どおり、死出の旅である。たまったものではない。僧侶とはいっても、ほとんどは悟りとは縁遠い身だから、次第に迫り来る死の恐怖に耐えかねて船の向きを変え、あるいは海に飛び込んで陸地へ戻った者も少なくない。しかし、そうして逃げ帰った僧侶は「補陀落」ではない「堕落」坊主としてなぶり殺しにされたという。

その「補陀落渡海」を再現するイベントが那智勝浦の海岸で行なわれた。小舟の上に黒い屋根の屋形を造り、白い浄衣をまとい僧侶に扮した男が乗ったのを、二艘の船が曳航して沖へ向かった。その時の情景が脳裏に浮かんだ。

じつは、その再現イベントは、僧侶役の男が変死するという、悲劇的な結果を生むことになったのだが（『熊野古道殺人事件』参照）、その不吉で陰惨な記憶と、目の前の明るく陽気な風景とは、いかにもそぐわない。にもかかわらず、浅見は補陀落渡海を連想してしまった。

もっとも、はだか祭りの「汐ふみ」のほうは、じきに賑やかなことになった。海に入った神輿同士が接近し、しばらく揉み合いの状態がつづいた。ワッショイワッショイの掛け声に、浜辺を埋め尽くした観衆からも応援の掛け声がかかる。白く泡立つ海中に、日焼けした肌をさらに赤く染めた男どもが犇めくありさまは、なかなかに壮観だ。

やがて「汐ふみ」を終えた神輿が次々に海から上がり町の方角へ去って行った。観客もそれについて行き、それこそ潮が引くように、みるみる数が減っていった。

浅見は「ふーっ」と大きく吐息をついた。疲労感がどっと押し寄せてきた。海水浴場としてより海岸を埋めていた観衆が消えて、砂浜が急に目の前に広がった。海水浴場としてよりも、このはだか祭り見物のために整備したのだろうか、祭り会場周辺の日在浜海岸はよく整備されて、駐車場もかなり広く用意されていることに気づいた。昼のイベントだけで引き上げる観客も多いのか、駐車場を出る車が、国道の方向へ列を成した。

神輿担ぎや観衆と入れ代わりに、サーフボードを抱えたサーファーたちが、どこからともなく現れて、海に入った。風は柔らかい西風だが、うねりが寄せてくるのか、サーフィンができる程度の波のようだ。

浅見は海浜公園の手すりに腰を下ろして、ぼんやりとサーフィンの風景を眺めた。あとは夕方の「大別れ式」まで、何もすることがない。急に空腹感を覚えたが、しばらくのあいだは、どこの食い物屋も満員だろう。

横に人の気配を感じて振り向くと、浅見と同業のような雰囲気の男が佇んで、こっちの顔を覗き込んでいた。肩から望遠レンズをつけたカメラと、プロ用を思わせるジュラルミン製のカメラケースを下げ、手にはがっしりした三脚を持っている。

4

男は浅見としばらく、たがいの顔を見つめ合ってから、ニヤリと笑って言った。

「失礼だけど、おたく、浅見さんじゃないですか？」

かなり確信のある訊き方だ。

「はあ、そうですが……」

そう答えはしたものの、浅見は相手に見憶えがなかった。

「あ、やっぱりね。以前、何かの事件の時、記者会見場で会ったことがあるんだけど、憶えていねえでしょうね。あれはどこだったたっけな、赤坂署だったか……」

年齢は四十歳前後か。伝法な口調に、いかにもすれっからしのルポライターという印象を受ける。カタギの人間から見れば、自分もあんなふうに見えるのか——と、浅見は少し自己嫌悪を覚えた。

「おれ、平子(ひらこ)っていいます」

いささか当惑ぎみの浅見に構わず、男は名乗って、ポケットから名刺を出した。角が曲がり汗で濡(ぬ)れたような名刺に、横書きで「平子裕馬(ゆうま)」とあり、名前の下に小さな活字で「オフィスH」と、新宿区四谷——の住所が印刷されている。

「このHってのは平子のHですよ。べつにスケベってわけじゃねえです」

浅見のほうは、そんなことはこれっぽっちも思ってもいなかったが、平子はこっちの心を見透かしでもしたかのような表情と、卑しい口調でそう言い、三脚とカメラケースを下に置いて、浅見と逆向きに手すりに腰を下ろした。

「おたくが来るんじゃ、やっぱりあの噂は事実だってことですか」

平子は言いながら、ポケットからよれよれのセブンスターを引っ張りだして、ジッポーで火をつけた。

「噂？　何のことですか」

「またまた、とぼけないでくださいよ」

「とぼけてなど、いませんよ。僕が来たのはこの取材のためです」

「取材って、はだか祭りの？　ははは、そいつは世を忍ぶ仮の姿ってやつでしょう。いろいろ聞いてますよ。シャーロック・ホームズ顔負けだそうじゃないですか」

顎を突き出して、まとわりつくような粘っこい言い方だ。

浅見は反論をせずに、苦笑で応え、ほんの一瞬のうちに方針を定めた。

「そう言うからには、平子さんもそのことが目的ですか」

「ほれ、やっぱりね。おたくがわざわざ、はだか祭りの取材だけで来るはずがない」

語るに落ちた――と言わんばかりだ。

ですよ」

「いや、そんなふうに勝手に断定されても困ります。僕の目的は、あくまでもこの取材

「まあまあ、それじゃそういうことにしておきましょうや。それより浅見さん、めし食いました？　まだでしょう。だったらおれの知ってるところへ行きませんか。店は汚いが、食い物の旨いことは保証しますよ」

確かに、神輿が動きだした午前十時からずっと、飲まず食わずの状態がつづいていて、浅見も空腹だったから、この件に関しては異論はない。平子と肩を並べて歩きだした。来る時は神輿を追いかけて、無我夢中だったせいか、遠くは感じなかったが、町までの距離はかなりのものだ。

「ずいぶん遠いですね」

浅見が言うと、平子は「まったく」と頷いたが、カメラ一つの浅見とは、較べようもないほど荷物の多い彼が、わりと平然と歩を運んでいるのには敬服した。

「三脚だけでも持ちましょうか」

「えっ？　いや……」

平子はびっくりしたような目を、浅見に向けた。

「ははは、大丈夫ですよ、慣れてるから。それより、おたく、カメラだけですか」

「ええ、カメラのほうはまったくの素人だから、こんなチャチなやつで十分なんです。

他の荷物は車に置いてきました」

「ああ、そうか、車ですか。そうだよねえ、いまどき車のねえルポライターなんてのは、相当に珍しい」

　平子はあっけらかんと言い放ったが、浅見のほうはなんとなく気まずいことになって、会話が途絶えた。

　平子が推薦した店は、駅前商店街を通り越して、さらに役場を過ぎたところにある民宿兼食堂のような店だった。それだけ海岸から遠く、つまりは客も少ないらしい。現に客のいるような気配はなく、庭先で六十歳前後かと思えるおばさんが、のんびり、一夜干しのイカを取り込んでいた。

「おばちゃん、昼飯食ってなくてよ、何か食わしてくれねえかなあ」

　平子はこの店とどういう馴染みなのか、ずいぶん親しげに、土地訛りのある言葉で食事を頼んだ。おばさんも客扱いせず、「そしたら、このイカでも焼いてやっか」と、ぶっきらぼうに答え、調理場とおぼしき方角へ引っ込んだ。

「平子さんはこちらのご出身ですか」

「ああ、大原ではないけど、この近くの出ですよ。あのばあさんの息子と、高校の野球部で一緒でね。息子が死んじまったもんだから、たまに来ると、おれを息子みたいに面倒みてくれる」

平子は照れたように頭を掻いた。だとすると、この男は見かけに反して、存外、人情味のあるいいやつなのかもしれない。

イカを焼く香ばしい匂いが流れてきて、まもなく食事が運ばれてきた。イカ焼きだけかと思ったが、カツオのたたきと伊勢海老の味噌汁までついている。

「どうです、旨いでしょう」

平子に言われなくても、これはちょっとした感動ものだった。彼に対する好感度までぐんと上昇しそうだ。

「さすが、房総は海の幸に恵まれてますね」と言うと、「だめだめ」と手を振った。

「昔はこの辺りの磯は、どこへ潜っても伊勢海老とアワビの宝庫だったが、いまはこんなちっちゃなやつしか獲れない。日本全国どこでも似たようなもんでね。だからこのあいだの宮城県産カキがじつは某国産だった――みたいな産地詐称事件が起こるんです」

平子は「こんなこっちゃ、日本はだめになる」と、にわかに愛国者めいたことを言い、すぐに照れて「へへへ……」と笑った。

ナイトイベントの「大別れ式」までは二時間近く、空きがある。平子は二本目のビールを注文し、昼間はアルコールはやらないという浅見には、コーヒーを勧めた。

「信じられねえでしょうけどね、あのばあさんのコーヒーはなかなかのもんですよ」

そう言われても、浅見は内心、インスタントの魚臭いコーヒーが出てくるのではないかと危惧したのだが、これがまた、いい意味で予想を裏切られた。まったく平子の言うとおり、本格的なものであった。

「ところで浅見さん、さっきの話だけどさ、おたくはどこまで摑んでいるんですか」

「いや、ですから僕は何も知らないと言っているでしょう」

「まあ、おたくの立場としてはさ、喋るわけにいかないだろうけど、仲間同士として、少しぐらいは情報交換したっていいんじゃねえですか。もちろん、おれのほうからも知ってることはオープンにしますよ」

「仲間同士」の認識は浅見にないが、この時点に至っても、平子が何のことを言っているのか、さっぱり摑めていない。ただし、話のニュアンスから察すると、何らかの事件性のあることには間違いないようだ。

「それは僕なんかより、地元出身の平子さんのほうが詳しいでしょうから、話を聞かせてもらいたいとは思いますが、しかし僕は本当に、事情が分かっていないのですよ。もちろん、噂の真偽のほども確認できていません。かりに事件性ありと疑われているものなら、警察が動かないはずがありませんし」

「警察なんかあてにならねえでしょう。何人死のうと、みんな事故で片付けちまうんだから。もっとも、そうだよねえ、浅見さんに警察批判を求めるのは無理ってもんかな」

　その言い方だと、兄・陽一郎のことについても知っているようだ。承知の上で接近してきたとなると、ますます警戒しなければならない。それにしても、平子が言った「何人死のうと」という言葉には驚いた。どうやら彼は、警察が事故で処理したものの多くが、殺人事件であることを言いたいらしい。

ともあれ、浅見が警察擁護の立場でいなければならない事情を平子が知っているのは、浅見にとって好都合ではある。いくら正直に「知らない」と言っても、平子の目にはおとぼけや韜晦に見えるのだろう。

「警察の捜査はそんなにいい加減なものではありませんよ。たとえ事故であっても、多少なりとも事件性が疑われれば、とことん調べ尽くします」

「ははは、まるっきり警察の公式発表みたいな言い方ですな。もっともね、おれだって柿島のケースがなければ、何も思わなかったかもしれねえけどね」

「柿島？……」

この店に入った時、ここの屋号が「民宿柿島」であることを見ていた。

「じゃあ、このお宅が？」

「そうですよ。柿島はおれたちの仲間内では素潜りの名人で通ってたからね。四分くらい平気で潜ってアワビを取ってきた。そのあいつが溺れるわけがない。おふくろさんだってそう言って、警察に調べ直してくれって頼んだのに、まったく相手にしてくれねえって、嘆いてますよ」

店のおばさんが顔を出して、「やめときなよ、裕ちゃん」と言った。

「何も知らねえ人に、その話はしねえほうがいい」

「いいんだよおばちゃん、この人はべつだ。浅見さんていってよ、有名な探偵さんだもんな」

平子はさっき受け取った浅見の名刺をおばさんに渡した。

「平子さん」

今度は浅見が慌てた。しかし、平子のひと言は効果的ではあったようだ。「柿島」のおばちゃんの、客を見る目つきが変わった。

「ふーん、そうかね、お客さん、探偵さんかね」

「いや、そういうわけでは……」

「そうだよ、おばちゃん、これまでにも、警察がお手上げの事件をよ、いくつも解決している名探偵だ。シャーロック・ホームズみてえな人だな」

「困りますよ、平子さん。おばさん、いまのは冗談ですからね、信じないでください。さて、そろそろ……」

浅見が腰を上げかけるのを、おばちゃんが「まあまあ」と制止した。

「大別れ式はまだまだ始まらねえですよ。それよかお客さん、探偵さんだったらぜひとも調べてもらいてえね。この人が言ったみてえに、うちの息子が溺れて死ぬなんてことは、イルカが溺れるみてえなもんだものね。絶対におかしいだよ。お願えしますよ。うちらは大したお金は出せねえけど、ちゃんとお礼はさせてもらいますで」

「いや、お金の問題じゃなくてですね、しかし参ったなあ……」

浅見は頭を抱えた。相手が平子のような人間なら、いくらでもすげなくできるが、こういうご婦人には弱い。

「分かりました。僕にできることはさせていただきます。といっても、現時点で何が起きているのか、本当に知らないのです」

「ほんとかね……」

おばさんは当惑ぎみに平子の顔を見た。彼女のほうがまだしも、人の言うことを信じる素直さを持っているらしい。

「いいからいいから、おばちゃん、後はおれに任してくれや。この人にはいろいろ事情があってよ、おおっぴらに引き受けるみてえなことは言えねえのさ。探偵だって、それを商売にしてるわけじゃねえしな。そうはいってもやる時はやる人だからよ、心配ねえって。なあ浅見さん」

「はあ、まあ……」

仕方なく、浅見は頷いてしまった。それで「商談」は成立してしまったらしい。おばさんは不安半分、期待半分といった面持ちで、「ほんとに、よろしく頼みます」と、深々と頭を下げた。

あらためて平子から話を聞くと、おばさんの名前は柿島一代、息子は一道といい、いま生きていれば三十九歳になるそうだ。

一代の夫は十二年前に時化の海に単独で漁に出ていて、遭難したそうだ。操業中に船から転落したらしい。遺体は発見されなかったが、主のいない船だけは二日後に、犬吠埼の沖合で仲間の船に発見され、大原漁港に曳航されて戻ったという。

一道は漁師が嫌いで水戸の証券会社に勤めたのだが、父親が死んだ後、一念発起して船に乗るようになった。持ち船が無事だったこともあるが、ちょうどその頃、仕事に行き詰まりを感じたことも転業の理由かもしれない。

一道は大原に戻ってから知り合った、五つ歳下の金子香という女性と結婚した。子供は出来なかったが、母親の一代と三人で、順調な暮らしがつづくかに思えた。しかし、一道にはそれなりの悩みがあったようだ。その第一は不漁である。

房総の海は黒潮と親潮のぶつかるところにあたり、海産物の宝庫といわれた。沖では鯛、カツオ、ヒラメなどが、磯ではアワビ、サザエ、伊勢海老などが、それこそ湧くように獲れる、まさに豊饒の海であった。

しかし数十年前から漁獲高が急激に減少してきた。不漁の原因はさまざまなことが想定される。とくに挙げられるのは水質汚染である。伊勢湾や東京湾などと違って、黒潮よせる太平洋に面しているので、水質汚染に関してはさほど神経質ではなかったのだが、そのことが油断となって、対策が遅れたということはあるだろう。

たとえば、大原町の真ん中を貫流する塩田川にしても、かつて、フグが産卵に遡った清流を知る者の目には、情けないほどのどぶ川と化した。上流部で使われる農薬や、町の生活廃水が汚染源と思われる。そうした水質の悪化が、磯の生物を棲みにくくしたことは疑いもない。本来の川は、単に上流に降った雨を海まで送るというだけでなく、野や森の有機物を豊富に供給する「美し水」なのだ。その川が毒を流したのでは、水棲生物にとってはたまったものではない。

築港や護岸の整備も、彼らの住環境という視点に立てば、最悪だった。そうして結果的に磯の生物を駆逐し、次いでそれに依存していた根魚類が寄らなくなり、さらに回遊魚からも敬遠される世界になってしまった。日本中の沿岸で起きていることが、ここでも起きたということである。かつては捨てるほど獲れたアワビもサザエも、いまは希少価値の高い産物に昇格した。

一道の父親が時化の海に、しかも単独で出漁するという、いわば漁師仲間ではタブーと言われるような真似をしたのも、その不漁からくる焦りが原因ではなかったかと考えられた。そうして一道もまた、父親の轍を踏むことになった。夜間の単独出漁を重ねた挙句、ついに還らぬ人となったのである。

夜間の出漁自体は、たとえばイカ漁やサンマ漁など、集魚灯を利用する漁法があるほどだから珍しくもないし、禁止されているわけでもない。しかし、それには一定のルールがあるし、初心者や不慣れな者にとっては、夜の海ほど危険なものはないのだ。柿島一道が初心者であったとは思えない。少なくとも転業してから十年の経験があるのだ。とはいえ夜の海に関しては不慣れであったと言わざるをえないだろう。それでも夜間の出漁を始めて数カ月は無事であった。漁に出るたびに、母親が驚くほどの豊漁がつづいた。一道の話によると、誰も知らない穴場を発見したということだった。「内緒だぞ」と母親と妻に怖い顔をしたそうだ。

そして悲劇は突然、起こった。二年前の秋、海の穏やかな闇夜の出来事である。

第二章　豊饒の海

1

民宿「柿島」のある辺りまでは、祭りの賑わいは聞こえてこない。まるで疎外されたような静けさと侘しさが漂っている。はだか祭りの会場には、あれほど人が溢れ返っていたというのに、ここには客の気配もない。そういえば、呑気に一夜干しのイカを取り込んでいるくらいだから、柿島一代は祭りに積極的に参加しない主義なのかもしれない。

事件のいわば当事者であるにもかかわらず、一代は息子の悲劇的な最期を語るのはつらいらしく、「解説」を平子に任せ「用があったら呼んでくんなよ」と言い置いて、奥へ引っ込んでしまった。

平子の話によると、柿島一道の遺体が揚がったのは、彼が消息を絶った夜から四日目の昼、「おせんころがし」の沖合五百メートル付近だったそうだ。

「おせんころがし？」

浅見は耳慣れない名称に聞き返した。

「あれ、浅見さんは知らねえのですか」

平子が目をみはって意外そうに言ったところをみると、知らないのがおかしいほど有名なのだろう。

大原町の南隣、勝浦市の南端に連なる、長さ四キロに及ぶ絶壁を「おせんころがし」と呼ぶ。何万年も昔からの度重なる岩盤の隆起と、太平洋の浸食によって形成された断崖である。高いところではおよそ百メートルもあり、これがあるために、かつて南房総は陸の孤島と呼ばれた。鉄道が最後に開通したのもこの区間で、トンネルが完成する前は、国道も細く曲がりくねった難所だった。

昔、おせんという親孝行な娘がいて、父親の病気を治す費用にあてるため、草刈りに出かけ、突風に吹き飛ばされ、海に落ちたという悲話がある。その伝説から「おせんころがし」の名がついたという説もある。

「いまは断崖の上から眺める絶景のお蔭で、この付近最大の観光スポットになってるんですけどね、そのすぐ沖ですよ」

平子は地元自慢に脱線しかけた話題を、元に戻した。

「消息を絶った翌日には、鴨川沖で柿島の空船だけは見つかったのだが、死体は四日後になって、船よりさらに東へ行ったところで、地元勝浦の漁船に発見された。死体が揚がらなかった父親の場合より、少しはましだったことになりますか」

「それで、柿島さんの遺体の様子に、事件性を疑われるような痕跡があったのですか。たとえば、外傷のようなものとか」

「いや、それはまあ、外傷のようなはっきりした痕跡はなかったみたいですね。それだから警察は事故と断定したのだろうけどね。ただ、さっきも言ったように、あの柿島が溺死(できし)するはずがねえのですよ」

「しかし、そうは言っても死因は溺死だったのでしょう?」

「それはそうだけど、ただの溺死とは考えられない」

「というと、操業中に過(あやま)って海中に転落したのでしょうか」

「そうではなくてですね、かりにそういうことを含めたとしても、あの男がおめおめと溺死するはずがねえのです」

「困ったなあ」

浅見は苦笑した。

「溺死するはずがないと言うばかりでは、説得力がありませんよ」

「分かってる。分かってますがね、それでも溺死したのだから、何か不測の事態が起きたと思うしかねえでしょう。たとえば、何者かに溺死させられたとか」

「ほうっ、それはまた大胆な推論ですが……じゃあ、着衣の乱れなど、争った跡のようなものがあったのですか」

「いや、それはなかったですがね」

これではまるで説明になっていない。しかし浅見はその時、心なしか平子の表情が曇るのを、すばやく見て取った。

「そうそう、遺体が発見された時、柿島さんはどういう服装だったのですか」

「ウエットスーツでした」

「ウエットスーツ……」

やっぱり――と、浅見は黒ずくめの恰好を思い浮かべた。

「この辺りの漁師さんは、漁をする時にウエットスーツを着用するのですか」

「そういうわけではないけど……」

なぜか平子の口調は歯切れが悪い。

「なるほど……」と、浅見はその理由が飲み込めた。

「つまり、柿島さんは潜りをやっていたのですね」

言いながら、「モグリ」という語感が密漁に通じることを意識していた。それは平子も同じだったらしく、苦々しげに顔を歪めて頷いた。

「断定はできねえですけど、その可能性はあります」

「ボンベは使用していたのでしょうか」

「たぶん使ってはいなかったのじゃないですかね。死体はもちろん、そんなものはつけてなかったし、発見された船の上にボンベがあったそうだから」

「そのボンベの空気の残存量はどうだったのですか」

「さあ、そこまでは知りませんよ」

「警察は当然、調べているのでしょうね」

「どうかなあ……なぜです？」

「空気が満杯状態なら、そのボンベは予備として用意されたものと考えられます。かりに、素潜りでなくボンベを使用したのだとすると、同じ密漁にしても悪質と見做されるのではありませんか」

「それはまあ、そうだけど……」

平子はますます歯切れが悪くなった。

「いずれにしても、柿島さんが夜間、潜水による密漁を行なっていたことは事実だと考えていいのですね」

「そうねえ……そう思われても仕方ねえかもしれませんなあ」

「どこで何を獲っていたか、分かっているのですか？」

「いや、それは分からんですよ。船には何も獲物がなかったし、漁場がどこだったのかも特定できなかったみたいです」

「しかし、想像することは可能なのではありませんか。船が発見された時の位置と、潮流や風向きの関係から遭難した位置を割り出せるはずです。それに、潜水による漁となると、常識で考えても、獲物は伊勢海老か、アワビか、サザエか……でしょう」

「まあね」

「そういうものが獲れる漁場として、仲間内で最も知られているところはどこなのでしょう？」

「それはいちがいには言えねえですよ。ここら辺りの磯は、どこもそういった獲物の宝庫と言っていいのだから」

「おかしいですねえ……」

浅見は嘆かわしそうに首を振った。

「さっき平子さんは、ずっと不漁つづきだと言いませんでしたか？　もし、どこもかしこも宝庫と言えるほどなら、何も密漁しなくてもいいのじゃありませんか」

「……………」

ついに平子は口を閉ざした。口許(もと)を歪め、視線を落ち着きなく動かして、かなり長いこと黙りこくった。その間、浅見も辛抱強く沈黙を守った。

「確かに」と、ようやく平子は言った。

「いい漁のできる穴場みたいなものは、この房総にも何カ所かしかねえですよ。だから、昔から漁場荒らしの騒ぎは繰り返されてきました。テリトリーごとに漁業組合ができて、自分たちの漁場を定めてからも、漁場を侵害する事件はあとを絶たない。柿島の事件も、おれは漁場荒らしの結果だと睨んでいる。それは事実ですけどね、しかし、だからといってその漁場がどこかを特定して言うのは、あたかも、確たる根拠もなしに殺人事件の容疑者を告発するようなものじゃねえですか。それだけに、地元の人間としては具合が悪いのです。警察が積極的に動かないのも、じつはおれを含めて、ことその問題に関しては、どうしても口が重くなるせいでもあったことは否定しません。いま言ったような話は、おたくだから言うのであって、警察にはおくびにも出しませんでしたよ」

「平子さんはどこの出身なんですか？」

浅見は訊いた。

「和倉ですよ」

平子はまるで喧嘩腰のように言った。

和倉は大原町から四十キロほど行った、房総半島の最南端といってもいい町だ。確かに、伊勢海老やアワビなど磯ものの獲れる土地として有名だが、浅見はその名前を聞いてドキリとした。和倉町の沖合には例の、浅見の父親が遭難しかけた美瀬島がある。

「明日、僕は美瀬島へ行く予定です」

「ほうっ……」と、平子は嬉しそうにニヤッと頬を歪めて、「やっぱりねえ」と、独り合点している。何がやっぱりなのか、浅見が意味を取れないでいると、「そうですか、ニエモンの島へ行きますか」と言った。

「いや、仁右衛門島でなく、美瀬島です」

仁右衛門島というのは鴨川市にある、観光名所として知られた小島である。浅見がそう言うと、平子は「あはは」と笑った。

「美瀬島のことを、地元ではニエモンの島と呼んでいるんですよ」

「なぜでしょう？」

「それは行けば分かりますけどね。そうだ、明日、おれも一緒に行って、案内役を務めましょうか。ついでに東京まで乗せて行ってくれるとありがたいなあ。どうですか」

「それは構いませんが、僕は美瀬島で一泊するつもりです」

「ああ、それならなおさら好都合だ。おれも久しぶりに和倉の親の家に泊まります。浅見さんのほうも島に渡るには、どうせ車を置いて行かなきゃならねえのだから、うちの庭に駐めればいい。うん、それがいいな」

「美瀬島にはフェリーはないのですか」

「フェリーって、車で渡るつもりでした？　ははは、あそこは車で走らなければならねえほどの島じゃねえですよ」

平子は陽気そうに話すのだが、浅見の目にはそれが何となく、カラ元気のように見えてならなかった。

「ところで」と、浅見はもう一つの肝心なことを訊いた。

「平子さんは何人も死亡事故がつづいたと言いましたが、そのすべてが柿島さんと同じような死に方で、しかも殺人事件を疑いたくなるようなものだったのですか」

「いや、そういうわけじゃねえですよ。柿島みたいに溺死したのもいるけど、転落したか何かで、岩で頭を打って死んだケースもあるし、年齢も職業もさまざま。地元の人間もいるし、東京だとか、遠くの人間もいたんじゃねえかな。といっても、おれ自身、柿島が死ぬまでぜんぜん興味がなかったもんで、詳しいことは知らねえですけどね。だから、決定的な事実としてでなく、浅見さんも知ってるとおり、単なる噂、風評として囁かれるだけで終わっていたってわけですよ」

平子は「浅見さんも知ってる」と思い込んでいるのだが、じつのところ、浅見はまったく何も知らない。しかしここは知ってるふりを装いつづけることにした。

話が終わり、浅見が引き上げる頃、まるでタイミングを計ったようにおばさんが顔を出した。「よろしくお願いします」と、用意してあったらしい封筒を差し出す。「探偵」に対するお礼のつもりなのだろう。

「とんでもない、僕はそのつもりはありませんよ」

浅見は笑って固辞した。おばさんは引っ込みがつかないとばかりに、封筒を突き出したままの姿勢で固まった。

「おれが預かっておこうか」

平子が言うと、「おめえは信用がなんねえからなあ」と、冗談とも本気とも取れる口調で言った。

「大丈夫ですよ、おばさん、そういうものを戴かなくても、ちゃんとやるべきことはやりますから」

浅見にしてみれば、むしろ柿島の事件は、父親のことを調べる手掛かりになりそうな予感がしているのだ。

「そっけえ、ありがてえことだねえ」

おばさんはしきりに頭を下げていた。


夕方から始まった「大別れ式」の取材は、何となく気分が乗らず、形ばかりのものになったような気がする。思いがけなく遭遇した柿島一道の事件や、明日行く美瀬島のことなどが気にかかるせいである。

とはいえ、「大別れ式」そのものは、なかなか見応えがあった。場所は大原小学校の校庭で、景気のいい花火と同時に十八基の神輿が繰り込み、威勢のいい揉み合いが始まる。それぞれの神社の名前を書いた弓張り提灯を中心に、無数の祭り提灯が、闇の中を右往左往する様子は、昼間の「汐ふみ」の勇壮とは少し違う、哀愁さえ漂う光景であった。

「どうです、景気のいいもんでしょう」

いつの間に現れたのか、すぐ背後から平子が声をかけてきた。大型のストロボがついたカメラを手にしている。さっきまで、神輿の群れの反対側で、さかんにフラッシュを焚いていたのは平子だったにちがいない。

「景気はいいけれど、どことなく哀しげでもありますね」

浅見は率直な感想を述べた。

平子は「ふーん」と感心したように、浅見の顔を見つめた。

「おたく、いいセンスしてますねえ。この騒ぎを見て、哀しげだと思う人間は、そうザラにはいねえですよ」

「ははは、少しおかしいのかもしれません」

「いやいや、そうではない。考えてみると、大別れ式っていうくらいだから、祭りの後ってことでしょう。神事ではあっても、何となくお盆の送り火みたいな侘しさがあるのかもしれない。あかあかと燃えて、やがて燃え尽きる……」

この男のイメージとは似つかわしくなく、妙にしんみりと言って、神輿の乱舞をぼんやりと眺めている。

浅見は平子が「送り火」と言ったことが、何か不吉な出来事が起こる前兆のように気にかかった。

宿に戻り、同宿の客たちと一緒に遅い夕食をとった。子供連れの客もいたりして、ずいぶん賑やかだ。「はだか祭りが終わると、今年の夏も本当に終わりだねえ」と、民宿の主人が語っていた。その言葉どおり、夕方から吹き始めた風には、秋の気配があった。

寝る前に自宅に電話すると、須美子が出て、廣部代議士の増田秘書からまた電話があったことを伝えた。

「ご用件を伺ったのですけど、坊っちゃまに直接でないといけないみたいでした」

少し不満げな口ぶりだ。急ぐ用事でもなさそうなので、「じゃあ、明日にでも電話してみるよ」と電話を切った。

2

翌朝八時過ぎ、浅見がこれから朝食にかかろうとしている時に、思いがけなく平子がやって来た。

「あれ？　僕のほうから迎えに行くことになってませんでしたか」

それも、確か九時の約束である。

「そうなんだけど、何だか落ち着かなくて、浅見さんに置いてけぼりを食いそうな気がしたのかな」

それが癖らしい、口許を歪めるような笑みを浮かべて言った。

大原町から和倉町までは片側一車線の道がえんえんつづく。ただし、市街地を避けるバイパスが何カ所かあって、車の流れは比較的スムーズだ。

この辺りの風景は、南紀の海岸線とよく似ている。房総半島というと、海水浴場や沢山のゴルフコースばかりが脳裏に浮かんで、何となく平坦(へいたん)な土地のように思いがちだが、じつはそうでない。「おせんころがし」のように海岸から立ち上がる断崖もあるし、少し奥に入れば「養老渓谷」のような深山の雰囲気も備えている。

沿線のところどころに、びっくりするような近代建築のレジャー施設やホテルがあるけれど、総じていえば鄙(ひな)びた半農半漁の町が多い。平子裕馬は、通り過ぎる風景を見やりながら、「田舎でしょう」と、やや自嘲(じちょう)ぎみに言った。

「そうでしょうか。僕は牧歌的でいいところだと思いますが」

浅見はお世辞でなく、そう思った。

「ああ、景色を見ているぶんには、確かにいいかもしれないが、住んでる人間はおそろしく古い。しきたりだとか、タブーだとかがむやみに多くて、がんじがらめ。ガキの頃は、一日も早く、ここから脱出したいと思ったもんですよ」

「しかし、余所の人間はそうは思わないでしょうね。千葉県といえば成田空港はあるし、東京湾横断道路や東京ディズニーランドや幕張メッセのある、洗練されたところだと思っていますから」

「あはは、あっちとこっちはまったく別物ですよ。千葉市から向こうは東京都千葉特別区みたいなもんだもの。住民だって、土着の人間より東京やほかの地方から来た人のほうが多いんじゃねえかな。そこへゆくと、南房総のこの辺りは土着も土着、『南総里見八犬伝』の時代や、安房の国と呼ばれた頃からちっとも変わってねえ」

中世の頃、房総半島の大半は里見氏によって支配されていた。里見氏の先祖は清和源氏・新田家の出で、源頼朝の挙兵に参加した。その後、およそ百五十年間にわたって房総の地に君臨し、豊臣秀吉と徳川家康の大名となったが、外交の失敗や内紛などがあって、慶長十九（一六一四）年、滅亡した。『南総里見八犬伝』は、江戸時代の戯作者・曲亭馬琴作の読本。室町末期・戦国時代に里見家の危機を救った八人の剣士の物語である。

「いくら古くても、里見八犬伝は古すぎるでしょう」

浅見は笑ってしまった。

「いや、笑い事でなく、とにかくものすごく封建的で閉鎖的で、お祭りや葬式はもちろんのこと、行政に関することだって、事実上は網元の親分が仕切っているようなところだったんですよ。何しろ、漁業権の取り決めにしたって、江戸時代の代官のお墨付きが、いまだに尾を引いているんだから」

「まさか……」

「いや、ほんとの話ですよ。政治家だって、元をただせば悪代官に取り入ったヤクザの親分みたいなのがいたくらいだものねえ。いまはだいぶよくなったといっても、やっぱり基本的にシマ社会であることに変わりはない」

「政治家といえば、廣部代議士はどうなんですか」

浅見はさり気なく訊いた。

「廣部ねえ、先代はそれこそ親分肌の人で、それはそれで存在感があったみたいだけど、いまの二代目は迫力がないねえ。ほんとはワルのくせに、なまじ正義派ぶって、スマートに振る舞おうとしているのが、かえってマイナスだな」

「ははは、平子さんにかかると、たまったものじゃありませんね」

「いや、事実だからしようがねえのです。だけど浅見さん、廣部代議士がどうかしたんですか？」

「いえ、べつにどうということはありませんが、以前、父がお世話になったことがあるのです。といっても、二十年も昔、父が生きていた頃の話ですが」

「ふーん……なるほど、そういう繋がりがあるんですか。それがおたくの情報源っていうわけね」

ハンドルを握りながら、浅見は平子の鋭い視線を頰に感じた。

「とんでもない、情報源などというものではありませんよ。先代がご存命中、年賀状のやり取りがあったぐらいで、それも秘書さんが書いて送ってくれる、ほんの形式的なものです」

「まあいいじゃないですか。廣部代議士と付き合いがあったって、誰も文句を言いませんよ。そういうのは大いに利用するに越したことはない。そうですか、二十年前かァ……おれがここを出て行った頃だなあ。あの頃はおれもワルだったけど……」

平子が天を仰ぎ、懐旧の情にかられたような声を発するのを聞きながら、浅見はふと気がついた。

「そうだ、平子さんはその頃のことは憶えていませんか。正確に言うと二十一年前のことですが」

「二十一年前ねえ、まさにここを出ようとしていた頃だな。高校を卒業してから、漁協の使い走りみたいなことをやっていて。いやだいやだと思いながら、脱出のタイミングを計っていたもんです。だから、その頃のことはわりとはっきり記憶してますよ。それで、二十一年前に何かあったんですか」

「ええ、父が事故で、危うく死にかけたのです」

浅見はプレジャーボートの事故で、父親が九死に一生の目に遭った話をした。

「一時は呼吸も心拍も停止したのを、美瀬島の人たちに助けられたというのです」

「へえー、そんなことが……ああ、そういえばそういうことがあったような気がする。漁協にいた時に、無線で何か話したな。そうそう、和倉の港に救急車が待機して、島から船で運ばれてきたのを乗せて、館山の病院へ運んだんじゃなかったっけか……待てよ、あ、そうだ、それって確か、廣部代議士の息子が関係した事故でしたよ」

「えっ、知ってるんですか」

浅見は驚いた。廣部馨也のことにまで触れるつもりはなかったが、相手が知っているのなら、隠す必要もない。

「そうだそうだ、思い出した。代議士先生の息子の不注意で起きた事故だから、余所者には誰にも喋るなと箝口令がしかれた。たぶん新聞にも出なかったんじゃないかな。あ、そうかァ、そのバカ息子がいま国会議員になっている廣部だね。へえー、あの時のあれが浅見さんの親父さんだったんですか」

バカ息子は余計だが、平子は蘇った記憶に興奮ぎみのようだ。

「それじゃ、浅見さんが美瀬島へ行くっていうのは、その件でですか」

「ええそうです。事故の後、母がお礼に行ったっきりで、僕を含め、家族のほかの連中は館山の病院まで駆けつけただけだったのです。父は実際は美瀬島にいる時点でほとんど回復していて、大事を取って入院したのだそうですから、美瀬島の人たちが文字どおり命の恩人だったわけです。今回、たまたま大原のはだか祭りを取材するついでで、というと申し訳ないけれど、近くまで来たからにはぜひ立ち寄ろうと思ってました」

「ふーん、それはまた義理堅いことだけど、憶えていますかねえ、先方が」

「そうですね、忘れられたかもしれません。それでも気は心ですから」

「まあね。しかしそうか、おたくの親父さんがねえ……それじゃ、噂どころの話じゃないってわけだ。なるほど、そういうことだったのか……」

平子はしきりに独り合点している。彼が何を考えているのか、浅見には摑みかねたが、あえて訊こうとはしなかった。いずれにしても、柿島一道が死んだ「事件」を含む、いくつかの死亡「事故」について、浅見が何らかの情報を得ていると、平子は思い込んでいるのだろう。しかも、どうやら浅見の父親の奇禍まで、その「事件」や「事故」と関連があるように想像している様子だ。

浅見は父親が臨死状態で聞いたという、例の「死神」たちの会話の一件を話すべきかどうかで迷ったが、結局、それは言わずじまいになった。

和倉は大原町に比べても、さらに鄙びた印象の町であった。平子が「田舎」と自嘲して言うのも、頷けるような気がする。

「ここの自慢は花だけです。町のスローガンみたいのは『花とみどりと海の楽園』っていいましてね。とにかく一年中、何かしら花が咲いてますよ」

確かに沿道には色とりどりの花畑が広がっている。かなり露悪的、皮相的な平子も、その風景だけは自慢したいらしい。何だかんだと言いながら、彼にも人並みな郷土愛があるにちがいない。

「ちっぽけなきたねえ家だけど、笑わないでくださいよ」

平子はそう言っていたが、オレンジ色の瓦屋根を載せた平屋は、小さいながら、彼が謙遜するほど汚くはなかった。

車の音を聞きつけたのか、家の中から男が現れた。四十代半ばかといった感じの、がっしりした男だ。ジーンズに長袖のシャツを着ている。見かけないソアラに怪訝そうな目をしたが、助手席から平子が出ると、「なんだ、おまえか」とそっけなく言い、運転している人間に視線を移した。

「大原のはだか祭りで一緒になってよ、送ってもらったんだ。浅見さんという、おれと同業の人だよ」

浅見も車を降りて挨拶した。平子は「兄の龍太です」と、照れ臭そうに紹介した。

「電機メーカーの下請けの工場で、勤続二十何年。おれと違って律儀な男です」

兄は（余計なことを言うな――）という目で、弟を睨んだ。それを無視して、平子は

「おやじは？」と訊いた。

「釣りに行った」

「兄貴は今日は、勤めは？」

「休みだっぺぇ」

「あ、そうか、この仕事をしてると、曜日の感覚がなくなっちゃう。ねえ浅見さん」

いきなり振られて、浅見は「はあ、まあ」と曖昧に頷いた。

「義姉さんは？」

「昌代の運動会へ行ったよ」

「兄貴は行かねえんけ」

「ああ、あんなもん見たってしようがねっぺぇ」

さっぱり愛想がない男だが、「とにかく入ったらどうだ」と言って、浅見のほうにも小さく会釈した。

眩しい日差しのところから建物に入ると、しばらくは瞳孔の開くのが間に合わなかった。真っ暗な中に、しだいに物の形が浮かんでくる。玄関から真っ直ぐ裏庭へ抜ける土間があるのは、やはり農家風の造りだ。土間からすぐに上がれる座敷には、昔なら囲炉裏が切ってあっただろうと思わせる。

座敷に落ち着くと、平子の兄はすぐにビールとつまみのさきイカを持ってきた。客が来たら何はともあれ一杯――というのが、この辺りのしきたりなのだろう。浅見はそう飲めるクチではないのだが、断るわけにもいかず、グラスを手にした。

「今日は何だね？」

兄が平子に訊いた。

「べつに何ってことはねえけど、大原まで来たついでに寄ってみただけだ。浅見さんが美瀬島へ行くっていうから、案内しべかと思ってな」

「美瀬島へ行くんか、いいのか」

兄は気がかりそうに鼻先に皺を寄せて言った。

「ああ、構わねえっぺぇ。おれはもう、ここの人間でもねえしよ」

「そりゃまあ、行くなとは言わねえけどな。しかし、何でまた美瀬島なんかに……浅見さんは島へは観光ですか？」

「いえ、ちょっとわけありの用事がありまして」

「わけあり、というと？」

訊かれても、ちょっと説明しにくい話だ。浅見が躊躇っていると、脇から平子が「二十一年前によ」と言いだした。浅見の父親が遭難したのを、美瀬島の人が助けてくれたという話だが、浅見にはどことなく、島の人々の人命救助を、美談としてではなく語っているように思えた。

「ふーん、美瀬島でそんなことがあったかなあ」

その「事故」のことを、平子の兄は憶えていないようだ。平子が言っていた「箝口令」がきちんと機能したのだろうか。

「それにしたって、美瀬島の人間が人命救助をするとはなあ。人殺しをするなら分かるけどよ」

おそろしく物騒なことを言った。

「ははは、そんなこと、事情を知らねえ者(もん)が聞いたら、びっくりすっぺぇ」

平子は笑った。

「和倉と美瀬島の人間は、たがいに相手のことをくそみそに言うんですよ。それに、美瀬島にはそういう歴史があるんですよ」

安永九(一七八〇)年の春、南京から長崎へ向かっていた中国の商船が、春先特有の嵐(あらし)に帆を飛ばされ、黒潮に乗って和倉沖に漂着した。最初に接触したのが美瀬島の磯で、救助を求めて上陸した船員の一人を、島民が撲殺するという事件が起きた。その後、船は和倉の浜に座礁して、その時は集落の人々に手厚い看護を受け、幕府を通じて無事に長崎まで送還されたというものだ。

平子はその「歴史」を解説し、「それ以来、美瀬島を『見せしめ』と言ったり、『ニエモンの島』と言ったりするようになったのですよ」と付け加えた。

「ニエというのは、生贄の『贄』のことでしてね」

手帳を取り出すと、その文字を書いて、浅見に見せた。

「行くと分かるけど、島の向こう側に、海の中から鬼の角みたいな二本の岩が突き出してましてね。毎年、立春の日に豊漁を祈願して、その岩の間から生贄を送り出し、神様に捧げる行事があるのです。その二本の岩が門みたいな感じがするところから、贄門の島と呼んでいるってわけです」

「生贄ですか」

浅見はいやな予感がした。

「どんな生贄を送るのでしょう？」

「それがねえ、よく分からない。立春にやる行事だって言うけど、一年中、人が死んだり、何かあるたびに生贄を送るっていう噂もある。神事なのか仏事なのか、実際どうなのかは、島以外の人間は誰も見たことがねえんですよ。いや、島の人間に聞いても知らねえって言いますからね。よっぽど秘密にしてるにちがいねえ。大原のはだか祭りとは大違いですな。ははは……」

平子は意味もなく笑った。

「ただね、だいぶ前だけど、勝浦沖の定置網に藁人形みたいなものがかかったことがあるそうです。ほら、よくあるでしょう。敵対国の大統領か何かを模した等身大の藁人形に、民衆が火をつけて騒いだりするやつ。あれみたいなものでしょうね。だから生贄の正体はそれじゃねえかっていう説もあるけど、藁人形がかかったのはその一回っきりで、ほんとにそうかどうか分からない。美瀬島の贄門から送った場合、潮流がまともなら、はるか沖のほうへ流れて行っちまうのがふつうです。藁人形だから、海に浮かんで風に吹かれたんじゃねえですかね。これが本物の人間だと、いったん沈んで浮かび上がるから、もっとずっと先の沖のほうへ行っちまうね。ということは、ほかのケースは本物だったのかもしれねえ」

「やめとけや、裕馬」

兄が叱った。

「いいじゃねえか、陸の人間はみんなそう思っているんだから。浅見さんだって、その噂を聞いて来たんでしょう？」

「えっ、いや、まあ、そこまではっきりとは……」と、浅見は口を濁した。

「それにしても、和倉と美瀬島とはそんなに反目しあっているのですか」

「そう、ものすごく仲が悪いですよ。さっき車の中で話した漁業権の問題がね、江戸時代からずーっと燻りつづけている」

「ああ、代官のお墨付きとかいう、あれのことですか」

「そうです。余所の人には信じられねえかもしれないが、ほんとの話です」

平子は剽軽(ひょうきん)に首を竦(すく)めてみせた。

3

いくら何でも、江戸時代からの漁業権争いがいまだに尾を引いているとは、浅見には信じられなかった。

浅見がそう言うと、「いや、ほんとの話ですよ」と、平子の兄が脇から言った。

「源頼朝が伊豆で旗揚げして、緒戦に敗れて逃げてきたのがあの島でしてね。その時の恩義に報いるために、頼朝が島の名主に永久漁業権を許したという言い伝えがあるくらいだから、とにかく古い。里見氏の時代もそれが受け継がれていたというし、記録に残っているところでも、江戸期に何度となく陸側とのあいだで訴訟騒ぎがあって、その都度、島側が勝訴しているんですよ。奉行所や代官に鼻薬を効かせて、有利な裁定を引き出したことは間違いない。明治維新の際も、時の政府出先機関に膨大な運上金を貢いで、漁業権の継続を勝ち取ったんです」

平子の兄は証拠があると言って、奥から古臭い資料を取ってきた。茶色に変色したガリ版刷りの書物だ。陸と島の軋轢(あつれき)の歴史を洗い出してみたもののようだ。

最初のほうのページに「延享三年」の日付があった。一七四六年のことである。

延享三年　和浦村　九兵衛
　　　　　　　　　勘右衛門
　出入留帳
寅十一月十三日初御評定

という表書きがあって、内容は要するに和浦村（注・江戸期にあった村名、後に数次の合併を経て現在の和倉町に到る）から「島」への入会権を認めてもらいたい旨の要望書が奉行所に出され、それを受けて奉行所の裁定が下った経緯を記録したものだ。確かに平子が言ったとおり、申し出を門前払いされたような裁定だ。もっとも、文書の内容は「安房国和浦村名主組頭惣百姓御願申上候者」といった具合に、漢字ばかりの古文書の写しだから、難解きわまる。しかも、同様の文書が数十はあるらしい。中には陸側が島の漁業権を侵害したことについて非を認めた覚書もあるらしいのだが、浅見はあっさり解読作業を諦めた。

「しかし、そんな理不尽が現代にも生きているとは考えられませんが」

「そりゃまあ、法的には成立しねえことだけど、事実上、美瀬島の周辺については陸側の人間は立ち入りができねえようになっているのです。言ってみれば経済水域みてえなもんですな。なぜそんなことが、いまだに罷り通っているかというと、たとえば借金です。とにかく島は磯物の宝庫みたいなもんだから、ものすごく裕福でしてね。和倉の有力者でさえも、島の人間からの借金で首が回らねえやつがいるんだから敵わない。暗黙のうちに先方の言いなりに既得権を認めちまっているってわけです」

平子ならともかく、現に地元で生活し、陸と島との確執を毎日のように見聞きしている兄が言うことだから、真実味がある。

「ひょっとすると」と浅見は気がついた。

「平子さんは、柿島一道さんの密漁の場が、美瀬島の水域だったのではないかと、そう思っているのですか？」

「まあ……いや、それはだから、さっきも言ったとおり、証拠も何もねえ話だから、そうだとも違うとも言えねえですけどね」

その言い方はつまり、肯定したも同然である。

証拠の有無はともかくとして、柿島が密漁を繰り返して、それなりの収穫を得ていたらしいことから推理すると、密漁の場が豊饒の海に恵まれた美瀬島であったことは、ほぼ間違いなさそうだ。「経済水域」の侵犯が度重なれば、島の連中としても見逃すわけにいかなかっただろう。

「しかし、だからといって、殺人事件にまでゆくとは思えませんが……」

浅見は自分の軽率な判断を戒めるように、そう言った。

「何でですか」と、平子は不満げに口を尖(とが)らせた。

「漁場争いで血の雨が降ったことは、過去に何度もありますよ。しかも相手は島の連中ときてる。どんなことがあったって、不思議じゃねえのです。なんたって贄門の島だし、見せしめが好きな奴らだ」

（やれやれ――）と浅見は気が重くなった。これから向かう美瀬島のイメージがどんどん悪くなる。

車を庭先に置いて、浅見は平子の案内で島へ向かった。平子の兄は「大丈夫なのか、気イつけて行けや」と、最後まで妙に念を押していた。

軒を接するほどに密集した漁民の集落を抜けると、和倉港に出る。

和倉港は元は入江を利用した小さな漁港だったのだろうけれど、現在はコンクリートの防波堤で囲まれた、完全に人工的なものだ。規模もかなり大きく、二重の防波堤が太平洋の荒波を防いでいる。

港まで来ると、美瀬島はすぐ目の前に横たわって見える。距離はおそらく七、八百メートルといったところだろう。素人考えでいっても、地理的な条件としては、美瀬村が和倉町と合併しない理由はありそうにない。

陸と島を結ぶ船は、夜明けから日が暮れるまで、二時間置きに運航されるという。ふだん、島と陸とのあいだは波も静かで、台風など、よほどの風が吹かないかぎり、欠航することはないのだそうだ。「白鳥」と船体に書かれた名にふさわしい白塗りの船体は、想像していたより上等だった。スピードは出そうにないが、小さいながら、ちゃんとクーラー付きのキャビンも備えている。

「この船も美瀬島の所有ですよ」

平子が囁いた。

船長は頬髯をたくわえた老人で、夏用の白い船員服に白い帽子をかぶっている。そのまま大型客船の船長を務めさせても似合いそうな風格だ。浅見には笑顔を見せたが、平子を見た時に、(どこかで見たな――)と、遠い記憶をまさぐるような目をして、少し考えたものの、じきに諦めたように首を振った。

船員は船長のほかには、Tシャツ姿のアルバイトのような若い男がたった一名いるだけ。もっとも、客の数も全部で十二人と少ない。浅見と平子以外は全員が島の関係者らしく、船長と船員に気軽な挨拶を交わしている。船員も客も陽気で愛想がいい。見知らぬ乗客である浅見たちに対しても、白い歯を見せて会釈する。釣られて浅見も一人一人に頭を下げた。平子が対照的にブスッとした顔をしているのが、何だか恥ずかしい。

「皆さん、親切そうですね」

それとなく、もう少し愛想よくしてもいいのでは――という意図を込めて言ったが、平子は「ふん、うわべだけですよ。騙されちゃいけない」とそっぽを向いた。

キャビンの中は乗客たちのお喋りで賑やかなことになった。女性客のほうが圧倒的に多く、それも四、五十代から上のおばさんタイプばかりといっていい。年配の男が二人いたが、隅っこのほうで小さくなって、ニヤニヤ笑いながら煙草を吸っている。

出港時間の直前になって、岸壁にタクシーが停まり、中から若い女性が飛び出した。運転手に「どうも」と手を振って、小走りに船に乗り込んできた。白いコットンシャツにベージュのパンツ、小麦色に日焼けして、鼻筋が通り、目尻と口許がきりっとした美人だ。浅見はひと目見た瞬間、奈良の興福寺にある「阿修羅」像を連想した。

「あれぇ、サエちゃんでねえの」

乗客の中からおばさんが声をかけて、若い女性は「はい」と、照れたようにお辞儀をした。ほかの連中もいっせいに彼女に視線を集め、口々に「サエちゃんかね」「へえー、美人になったな」と、無遠慮なことを言っている。「サエ」と呼ばれた女性は、その都度、声のした方角に小さく会釈を返し、見知らぬ二人の男にチラッと一瞥を投げた。知人たちの集中砲火が有難迷惑なのと、そういう様子を部外者に見られることを鬱陶しく感じているのがよく分かる。

浅見は彼女の気持ちに応えるように、さり気なく平子を促して、デッキに出た。

船はブーッという、あまり美しくない汽笛を鳴らして港を出た。

島まではものの五、六分ほどで着く。陸が遠ざかり、島に近づくにつれて、海の色が変わるのが分かった。明らかに海水の透明度が高い。そのことを言うと、平子は複雑な顔で頷いた。

「潮流が絶えず島を洗っているんですよ」

それこそ、黒潮洗う——という表現がぴったり当てはまるのだそうだ。東京湾から溢れ出た汚水混じりの海水は、湾口を出はずれたところで黒潮に押され、房総半島の岸近くに沿って流れ、島までは達することがない。

「だから、この島だけがいい磯を保っていられるってわけです」

島の港は小さな岬に抱かれたような、いわゆる天然の良港であった。岬は緑豊かで、陸側の港と違って人工的な構築物があまりない。人の姿は少なく、真昼の港はどこまでも、のどかな気配に静まっていた。

港内の水面は鏡のように静まり、周辺の景色をそのまま逆さまに映す。水深はそれなりにあるのだが、海底の砂の一粒一粒までが識別できそうに透明だ。そこを鯛(たい)なのかイナダなのか分からないが、かなり大型の魚が群れをなして行き来している。

魚に見とれているうちに、いつの間にか船は接岸し、「降りますよ」と平子に肩を叩(たた)かれた。気がつくと、ほかの乗客はとっくに降りてしまっていた。むろん例の「阿修羅」の女性も消えている。遠くにそれらしい女性の後ろ姿が見えたが、すぐに漁協の建物の角を曲がって行った。

港には六隻の漁船が舫っている。いちばん手前の船の船腹には「第二十四美瀬丸」と書かれ、ほかの船もそれぞれの番号こそ違え、「美瀬丸」のシリーズであるらしい。どれも純白の新型船で、この島の漁獲高の豊富さを物語る。

「もしかすると、漁船も島の所有なのかもしれませんね」

浅見が言うと、平子は「もちろんですよ」と言った。

「島民の共同出資という形のようだけど、万事、大網元の家が取り仕切っているんです。網元の分家は何軒もあって、そのまた分家が何十軒もあって、島中が全部、どこかで繋がりがあるみたいなもんです」

岸壁に建てられたほとんど屋根だけの広大な建物は魚市場で、いまは閑散として、ネコが三匹、寝そべっている。市場と道路を挟んで漁協がある。木造モルタルの粗末な二階建てで入口脇の壁に「世界平和の架け橋・廣部馨也」のポスターが貼ってある。浅見はまずそこを訪れたが、あいにく今日は休日で、日直の若い職員が二人、のんびり将棋を指しているだけだった。船の客たち同様、応対は親しげで、愛想がよかったのだが、何しろ若い。二十年前のことを言っても、その頃はまだ小学校にも入っていなかっただろう。

漁協の隣に「源太商店」という看板を掲げた雑貨屋があった。船具や大工道具、日用品など、細々した雑貨が所狭しとばかりに並んでいる。客の姿はなく、店の奥を覗くと、七十代と思えるおばさんが、ひまそうに机に頬づえをついて、居眠りをしていた。

「こんにちは」と浅見が声をかけると、びっくりして目を覚まし、見かけない客であることに気づいて、慌てて愛想笑いを作った。

「ちょっとお聞きしたいのですが」

浅見は二十一年前の「海難事故」のことを話し、「憶えていませんか」と訊いた。

「はーてなぁ、わたっしゃ何も知らねんですけどなあ」

笑いが仮面のように張りついた顔になっている。仮面の裏側には当惑と警戒心が隠されているような気がした。まだぼけるほどでもなく、この年代なら当然、事故のことを知らないはずはない。余所者にはめったなことは話せないのかもしれない。

浅見はざっくばらんに、その事故の当事者が父親だったことと、その時、お世話になった島の人へのお礼をするために伺ったことを話した。おばさんの表情は少しずつ緩んでゆくように見えた。

「ああ、そういやあ、そげなことがあったかもしんねなあ」

ようやく思い出したらしい。「それだったら、漁協さ行って訊いたほうがいいんでねえかね」とも言った。

「ええ、漁協へも行きましたが、若い人しかいないのです。事故のあった頃は、まだ小さかったから、たぶん知らないか、憶えていないのでしょう」

「そっけえ、分かる者はいねかったかね。そんだら、浄清寺の住職さんがいっぺぇ」

おばさんは浄清寺の場所を、簡単な地図に書いて教えてくれた。

港近くには漁協事務所と雑貨屋のほかに、昔風の食堂、それに数軒の民家があるにすぎない。すぐ背後が崖のような茂みになっていて、その上の高台に島の主要な集落があるらしいのだが、高く生い茂った樹木に覆われてここからは見えない。

ちょうど昼どきだったので、二人は食堂に入った。お客は男ばかり三人いたが、すべて地元の人間らしい。何か他愛のない話題で盛り上がっていたのが、新来の客にいっせいに振り返った。見かけない顔に戸惑いながら、誰もが一様に笑顔で迎えた。

従業員は中年の女性一人で、調理も店先のサービスも彼女だけで切り盛りしているらしい。「いらっしゃい」と、満面の笑みで、グラスに麦茶を注いで運んできた。壁にレトロな蚊取り線香のポスターと並んでメニューが貼ってある。カレーライス、ラーメンその他、大したものはできないようだ。浅見はきつねうどんを注文し、平子はさんざん迷ったあげく、浅見と同じものを注文した。知らない土地で食べるのは、この手のものに限る。

ここでも女性に「事故」のことを知らないか訊いてみたが、雑貨屋のおばさん以上に頼りない返事しか返ってこなかった。浅見は内心、三人のお客のうちの誰かが知っているのでは――と期待したのだが、三人とも素知らぬ様子でそっぽを向いた。どの顔も申し合わせたように薄笑いを浮かべている。

「ふん」と、平子が鼻先で笑った。

「あれは知ってる顔だね」

聞こえはしまいか――と心配になるくらいの声で、囁いた。

食事を終えると早速、浄清寺へ向かった。びっくりするほど狭い道路が高台へ登ってゆく。道は舗装はされているものの、車が一台通れる程度。岸壁近くにワゴンRが停まっていたから、島内にまったく車がないわけではなさそうだ。しかし、道路の狭さからいっても、平子が言ったとおり、車を必要としないほど小さな島なのだろう。

坂道は切通しを抜けると高台の住宅地に出た。住宅地といっても、道路に面して建物が一軒か、細い路地を入って二、三軒が並ぶ程度だ。家々のすぐ後ろは畑で、ところどころに茂る亜熱帯の照葉樹林が風除けになっているらしい。どこの家の庭にも、黄色い柑橘類の実をつけた樹木がある。

道は集落に入ったところで突き当り二つに分岐している。地図で示されたとおりに右手の道を進むと、集落の中を通ってすぐ、寺が見えてきた。何の変哲もない、小さな寺だ。参道の両脇に大きなソテツの樹があるのが、いかにも房総の島らしい。

本堂の右手に庫裏がある。扉は大きく開かれたままになっていて、訪うまでもなく、入口から土間を覗いたところに「住職さん」が佇んでいた。

「こんにちは、お邪魔します」

浅見が挨拶したが、住職は無表情で、コクリと丸い頭を下げただけである。この島に来て、初めて笑わない顔を見た。かえって何となくほっとした気分がする。外国人が日本人の笑顔を「不気味」と評している気持ちも納得できた。

住職はすでに還暦は迎えていそうな年恰好に見える。しかし、いかにも聡明そうない顔の人だ。二十一年前の事故のことも、もし知っていれば記憶があるだろう。

浅見が差し出した名刺を、住職は面倒臭そうに受け取り、首から紐で吊るした老眼鏡を目に当てた。浅見が「事故」の話をして、救助されたお礼に伺ったと話すと、住職は意外そうな顔になって、「それで、親父さんは死ななんだのかな？」と言った。

4

住職の口ぶりからは、どことなく、死ななかったのが不思議——というニュアンスが感じ取れた。

「ええ、その時は幸い、命拾いしました」

「そうかね、死ななんだかね」

まだ得心がいかないのか、しきりに首をひねった。

「そうしますと、住職さんはその事故のことはあまりご存じないのでしょうか？」

「いや……ああ、そうですな。そのような事故のあったことは知ってはおるが、はっきりとは憶えて……ん？　いまあんたは『その時は命拾いした』と言われたかな」

「はあ、そう言いました。父はそれから一年後に亡くなったのです」

「ふーむ、それはあれかな、その事故の後遺症でしたか」

「いえ、そうではありません。心筋梗塞という診断ですが、ただ……」

口ごもると、住職は白毛混じりの長い眉毛の下から、鷲のような目をこっちに向けて、じっと話の先を待っている。白い衣で端然として身動ぎもしない恰好で、そうやって見つめられると、かなりの圧迫感がある。

浅見は話していいものかどうか、迷った。住職だけならともかく、平子に聞かれることに抵抗があった。

「そうそう、立ち話もなんだな。まあ上がってください」

ようやく気づいたように、住職は土間つづきの座敷に上がった。二人の客が卓子を前に坐ると、奥へ向かって、まるでテレビのコマーシャルのように「おーい、お茶」と呼んだ。人数を言わなかったにもかかわらず、間もなく現れた夫人は、盆の上に茶碗を三客と、お供物のお下がりなのか、菓子を盛った皿を載せていた。どこからか、二人がやって来るのを見ていたのだろう。

しばらく逡巡したものの、浅見は結局、父親が事故の際に体験した「死神」の幻覚のことを話すことになった。周りを囲んだ死神が「こんなにつづけて何人も送ることはない」と言ったという、あの話である。

「おかしな話なのですが」と前置きしたのだが、話し終えると、それまで、ただの一度もニコリともしなかった住職が突然、「ははは……」と笑いだした。

「それはまた、妙な話ですなあ。死神とは面白い」

浅見自身が「おかしな話」と言ったのだから、そんなふうに笑われても怒る気にはならないが、それよりも、住職の笑い方に、いかにも「笑い捨てる」という作為が見えて、そっちのほうが気になった。

住職とは対照的に、平子のほうは「そんなことがあったんですか」と、ひどく深刻そうな顔になっている。

「それは浅見さん、幻覚で聞いたんじゃなくて、現実にあったことなのかもしれない」

平子がそう言うと、住職は笑った表情を強張らせ、ジロリと平子に視線を向けた。

「お宅さんはどういう？」

それまではあたかも、浅見の添え物のように振る舞っていた平子は、気が進まない様子で名刺を出した。「オフィスH」の肩書のある名刺だ。

「平子……というと、和倉の者かね」

浅見は知らなかったのだが、平子姓は和倉町に多い名字らしい。

「そうです。しかし二十年前に和倉を出て、いまは東京に住んでます」

平子はどことなく弁解がましい言い方をした。

「ふん、なるほど、和倉の者か……」

住職は眉をひそめ、「白鳥」の船長のように、何かを思い出す目で、じっと平子の顔を見つめた。平子もまた船の上でしたように、そ知らぬ顔でそっぽを向いた。

「だがなあんた、滅多なことを言うものではない。そうすると浅見さん、あんたはこの人に唆(そそのか)されて美瀬島に来たのかな？」

「いえ……」と浅見が言うのより早く、「それは違う、唆したりしませんよ」と平子が怒気を含んだ口調で言った。

「第一、その話は初めて聞いたんだから、唆しようがないじゃねえですか」

（やれやれ——）

和倉と美瀬島の対立関係を聞いて、浅見はこういう揉めごとになりそうな予感がしていた。それだから平子には聞かせたくなかったのである。それにしても、浅見にとっては深刻な問題を、頭から笑い話にしてしまおうという住職の態度も腑(ふ)に落ちなかった。

「ははは、これはわしが言いすぎたかな」

平子の反発を、住職はまた笑い捨てるつもりだ。

「だがなあんた、事実だなどと、そんな死神のような馬鹿げたことを、信じるほうがどうかしておるのではないかな。どうなのかね浅見さん、まさか、あんたまでがお父上の話を信じてはおらんでしょうな」

「ええ、ですから最初におかしな話だとお断りしたのです。きょう、僕が美瀬島に来た目的は、事故の際、お世話になった方々にお目にかかって、お礼を申し上げたいという、それに尽きます」

「そうでしょう、そうでしょう、それならばよく分かる。そういうことであるなら、死神がどうこうしたとか、そのような話はここだけにして、余所ではしないほうがよろしい。わしはともかく、島の連中の中には、何かと神経質な人間もおるのでな。それはあんた、平子さんも同様ですぞ」

クギを刺して、「さて」と腰を上げた。

「これから一軒、法事がありましてな。ゆっくりはしておれんので失礼しますよ」

引導を渡されそうになって、浅見は慌てて肝心な質問をした。

「その二十一年前の事故のことを知っていそうな人というと、どなたでしょう？」

「ん？　そうだなあ、古い話だでなあ……網元の天栄丸へでも行けば分かるかもしれん。この道を真っ直ぐ行って、港へ下りる道を通りすぎたところにでかい家があるからすぐ分かる」

「お名前は何ていうのでしょう？」

「名前？　ははは、名字は天羽だが、天羽という名字を頼りに行っても無駄じゃよ。裏の墓を見てみるがいい。どこもかしこも天羽ばっかしだ。そうさな、ついでだから言っておくが、天栄丸へ行くのならあんた一人で行くがいいな。和倉の者は嫌われておるでな。ははは……」

住職は笑いながら座敷を出て行った。

「口の悪い坊主だな」

庫裏を出たとたん、平子は憎々しげに言った。浅見が思わず後ろを振り向いたほどの声量だった。

「美瀬島と和倉とは、想像以上に仲が悪そうですね」

浅見は笑いを含んだ口調で言った。

「仲が悪いどころじゃないですよ。怨念と憎悪の塊り、イスラムとキリスト教みたいなもんというか、パレスチナとイスラエル状態といったらいいかな。しかもつい目と鼻の先同士だから、日常的に付き合わないわけにいかない。早い話、港は和倉にあって、島の人間はどこへ行くにしても和倉を通らなければなんねえし、警察も和倉の駐在所に依存しているんですからね」

「えっ、それじゃ、美瀬島には駐在所はないのですか」

「ないですよ。これだけの島だから、あっても不思議はねえのだが、島の連中が駐在はいらねえって言い張るのですよ。島には悪いことをする者はいねえっていうのだから、話にならない」

「島の人たちが悪くなくても、たとえば観光客や僕のように、ほかの土地からやって来た人間が、何か事件を起こさないという保証はないと思いますが」

「ひひひ……」と、平子は引きつったような妙な笑い方をした。

「浅見さん、おたく、気がつかなかったですか？」

「は？　何のことでしょう？」

「さっきの船、地元民ばっかしで、観光客らしき人間は一人も乗ってなかったでしょう。休日のきょう、それって、おかしいとは思いませんか」

「ああ、そういえばそうですね。しかし、たまたまそういうこともあるのでは？」

「それじゃ、港に帰りの客がいましたか？　さっき飯を食ったあの食堂にだって、昼飯どきだというのに、地元の人間しかいなかったじゃないですか」

「確かに……なぜですかね？　観光客誘致には、あまり積極的ではないのかな」

「そう、積極的でねえどころか、余所者が来るのを極端に嫌っているんですよ。その証拠に、ガイドブックには何も紹介されていないでしょう」

「あっ、そうだったんですか。僕も変だなとは思っていました。雑貨屋と食堂の軒先には看板がありましたが、あれは自分の店の表示だからともかくとして、いわゆる屋外広告はどこにもありませんでしたからね」

この島の港に下り立ってからここまで、廣部馨也のポスターと食堂の中の古いポスター以外、日本国中、どこへ行っても出くわす広告看板に、一つも遭遇しなかった。

「ふつうなら、これだけいい磯に恵まれた島なんだから、磯釣りに訪れる客がいても不思議はねえのだが、釣り客はいっさいオフリミット。近頃の釣り人は、寄せ餌(え)のアミやイワシのミンチなんかをばら撒(ま)いて磯を汚すし、第一、魚を怖がらせるというのがその理由です。だから海水浴客なんか、もっての外(ほか)ってわけですな」

「なるほどねえ、聞いてみればもっともな理由ですね」

「感心してどうするんです。それより、異常だとは思わねえんですか。いまどき、外界とまったく付き合わねえ社会など、成り立つわけがねえでしょう」

「しかし、それでもこの島はやっていけてるのでしょう?」

「それはまあ、そうだけど……それにしたって、自分のところさえよければいいというのはないんじゃねえですか」

「どうしてですか、いいじゃないですか」

浅見は不思議そうに言ったのだが、平子はそれ以上に信じられない目になった。

「驚いたなあ、浅見さんは早くも美瀬島のシンパになっちまったんですか」

「べつに、そういうわけではありませんが、どこも同じ考え方をしなきゃならないということはないと思います。僕なんか、近所で変人扱いされている落ちこぼれだけれど、僕は僕なりに、自分は十分、正常だと思っていますよ。いや、平子さんだって和倉町では相当な変わり者だと思われているんじゃありませんか？　しかし僕の目にはきわめて尊敬すべき先輩に見えます」

「尊敬だなんて、やめてもらいたいな」

平子はガラにもなく照れた。

「ま、いいや。浅見さんもそのうちに分かってきますよ、この島の変てこさ加減と、常識はずれの秘密主義がね」

港への分岐点を通りすぎ、別の集落に入って間もなく、道路の左側に他を圧するほど立派な建物が見えてきた。反り返った瓦屋根、巨大鬼瓦を備えた純日本風の家だ。正面玄関は、任俠物の映画に出てきそうな雰囲気である。玄関脇には免許の鑑札を思わせる大きな表札に「天栄丸」と墨書してある。

建物のすぐ後ろには海が迫っているらしい。ことによると、浜伝いに直接港へ行く道があるのかもしれない。

「ここですね」

言いながら、浅見はそのまま足を停めずに、天栄丸の前を通りすぎた。

べつに気後れしたわけではないのだが、じつをいうと、その少し前から、浅見は集落の家々のそこかしこから、誰かがこっちの様子を見つめている気配を感じて、少なからず気になっていた。そういえば、浄清寺の住職夫人も、境内に入った辺りから、二人の行動を窺っていたフシがある。

「ねえ平子さん」と、浅見は声をひそめて言った。

「どこからか、誰かに見られているような気がしませんか？」

「ああ、見られてますよ」

平子は事も無げに言った。

「というより、監視されているというべきかもしれねえ。この島の連中はいつだってそうだ。余所者イコール盗人だとでも思っているんじゃねえかな」

「まさか……」

そこまで悪意があるとは思えなかったが、何にしても、物陰からこっそり見られているというのは、気分のいいものではない。

「いや、古いことを言えば、このおれだって、まんざら後ろめたいことがねえわけでもないのです」

平子は照れ笑いを浮かべて、

「そういうわけだから、浅見さん、やっぱりあの坊主が言ってたみたいに、天栄丸にはおれは行かないほうがいいな。この先の北浜ってとこに、問題の『贄門岩』があるんだけど、そこへ先に行って時間をつぶしてますよ。浅見さんもどうせ贄門は見たいのでしょう？」

何がどうなっているのか知らないが、平子としては気を利かせたのだろう。せっかくそう言うのだから、浅見もそうさせてもらうことにして踵を返した。

いよいよ単身、天栄丸に乗り込むとなると、風格たっぷりの玄関先で、何だか気圧されるものを感じた。人けのない開けっ放しの玄関に頭の先だけ突っ込んで、「ごめんください」と声をかけた。御影石を敷きつめた広い土間の先に、これまた映画で見た、博徒の親分の家を思わせる板の間がある。その向こうの間仕切りには大漁旗を再利用したと思われる、大きな暖簾が下がっている。遠い潮騒が聞こえるほど、屋内はシーンと静まり返っているのだが、やはりどこかから視線が向けられている気配を感じた。

浅見は、静寂と見えない視線の重圧を撥ね除けるように、大きな声でもう一度「ごめんください」と言った。

いきなり足音がしたかと思うと、暖簾をかき分けて男が顔を出した。見た感じ、浅見と似たような年恰好だが、この網元の家では、いわゆる「若い衆」なのかもしれない。頭は五分刈り、色浅黒く、スポーツシャツにジーンズという恰好で、さほど大柄ではないが、いなせないい男である。板の間に片膝立てて坐り、顔を突き出すように挨拶して「どちらさんで」と言われた時には、浅見はもう少しで「手前、生国と発しますのは……」と言いそうになった。

名刺を渡し、これこれこういうことで、二十一年前に父親が救助された時のことを知る人を探している——と伝えると、男は小首をかしげた。どっちにしても、彼がその「事故」のことを知っているはずはない。「ちょっとお待ちを」と奥へ引っ込み、十分近くも待たせて戻ってきて、「いまは分かる者がおらんのです」と言った。彼の手から名刺が消えていた。「分かる者がいない」と言いながら、誰かにそう対応しろと言い含められてきたような感じだ。電話で問い合わせでもしたのだろうか。浅見は仕方なく、また後ほど——と言って外に出た。

この道の先にあるという北浜へ向かったのだが、家並みが途切れて、海沿いの道にはなったものの、「浜」の印象とは逆に切り立った崖の上の道で、しかも緩やかな上り坂にかかった。少し先の岡の上には、何軒かの民家と学校らしい建物も見える。

(道を間違えたかな——)

立ち止まった時、向こうから女性がやって来た。驚いたことに、和倉からの船に乗っていた若い女性客だ。浅見は近寄って、「ちょっとお訊きしますが」と声をかけた。女性はビクッとして身構えた。

「確か、サエさん……でしたね」

「え？　ええ……」と、彼女も相手が船の乗客だったことに気づいた様子だ。だからといって気を許すわけではないらしい。むしろ、いっそう警戒を強めたように、唇を引き締めて、鋭い目でこっちを睨んだ。

5

双方のあいだの距離が五メートルほどのところで、二人は向き合った状態で立ち止まった。「サエ」が足を停めたのは、こっちを警戒してのことだろうが、浅見のほうも、それ以上近寄ると、彼女が逃げだしそうな気がして、しぜんに動きを停めた。

「この辺りに贄門岩とかいうのがあるそうですが、場所はどこか、ご存じないですか」

「贄門？……」と、サエはいっそう眉をひそめた。地元の人間なら当然、知っていそうなものだけに、浅見は少し意外な気がした。

「そう、北浜にあるとか聞きました」

「北浜なら、あそこを右に曲がったところですけど」

サエは浅見の背後を指さした。振り返ると、二百メートル以上も通り過ぎた、この上り坂にかかる直前のところに、どうやら海岸へ抜ける分岐点があったらしい。注意しながら歩いてきたつもりだったが、山側の集落へ行く岐れ道は途中に二カ所あったものの、海側へ行く道があった記憶がない。よほど分かりにくいところなのだろうか、サエが現れる前だから、べつに美女に心を奪われて、気がつかなかったというわけではない。

浅見は礼を言って彼女に背を向けた。これ以上、質問を重ねたりすると、怪しい人物に思われかねないと思った。

「贄門に何しに行くんですか？」

歩きだした浅見に、思いがけなくサエのほうから声がかかった。咎めるようなきつい口調だったので、浅見は驚いて振り向いた。サエは立ち止まった時の姿勢のまま、じっとこっちの様子を窺っている。

「何しにって……どういうものなのか、見たいだけです」

そして浅見は、思い切ってズバリと言ってみた。

「この島では、そこから死者を送り出す風習があるのだそうですね」

「そんな……」

サエは息を呑んだ。

浅見はその後につづく言葉を待ったが、それっきり沈黙して、動こうともしない。

「まあ、そんなのは、ただの伝説にすぎないのでしょうけどね」

誘い水のように言うと、サエは呪縛が解けたように、硬直した姿勢を崩して、いきなり走りだした。浅見に向かってくる勢いだったので、思わず身構えたが、すぐ脇をすり抜けて坂を下って行った。微かに、甘い香水の風が鼻先を掠めた。

彼女の後を追うように坂を下り、教えられた場所へ行くと、確かに、草を踏みしだいたような細い道が畑のあいだを海側へ向かっている。それにまったく気づかなかったわけではなかった。ただ、すぐその先の松林で行き止まりになる農道のように見えたから、気にも留めずに行き過ぎたのだろう。

だいたい、贅門のような「名所」があるのなら、案内板でも立てておくべきだ――と思ったが、考えてみると、この島は観光客を歓迎しないのだった。

その道を折れると、行き止まりのように見えた松林の中に、ジグザグに海岸へ下る道があった。ズズーンと腹にひびく波音が近づいて間もなく、突然視界が開け、浜辺に出た。丸く磨耗した石ころだらけの、奥行きのない浜である。「北浜」というけれど、確かに島の北の端には近いが、いまいる場所は実際には東に向いた浜のようだ。

浜伝いに百メートル行った辺りの海中に二本の岩が、片面に日差しを受けて、黒々と聳えている。南紀にある橋杭岩と似ているが、橋杭岩のほうは長くいくつも連なっているのに対して、ここのは二本だけ。ニョッキリと円錐形に佇立している。向かって右のほうがいくぶん低いが、まさに平子の言った「鬼の角のような」という形容がぴったりだ。

(これが贄門か……)

岩を正面に見る位置まで行って、あらためて岩を見上げ、浅見は少し寒けを覚えた。

贄門の左右には暗礁が沈んでいるらしく、寄せくる波はその辺りで急速に盛り上がり、白く逆巻いて崩れ、沸騰したように狂奔する。贄門のあいだだけが妙に静かで、そこを抜けた波が浜に打ち寄せ、引いてゆく。

西風の吹く日、その引く波に「贄」を委ねれば、スーッと贄門を通って大海へ送られそうに思える。

(彼は？――)

その時になって、平子の姿が見えないことに気がついた。先に贄門へ行くと言っていたはずである。浅見のほうは天栄丸に立ち寄ったのと、道を間違えたことで、平子よりはたぶん、三十分ほど遅れたかもしれないが、彼がもし、待ちきれずにここから引き揚げたとすれば、途中で出会いそうなものだ。それともほかに抜け道があるのだろうか。

周囲を見渡したが、浜の幅はそれほど広くなく、右も左も少し先で険しい岩場になる。そこを越えてどこかへ抜ける道があるのかどうか、分からなかった。その気になれば松林の中を通って行くこともできるかもしれないが、だからといって、ここで待つ約束をした平子が、断りもなしに立ち去るとは考えられない。

浅見は大声で「平子さーん」と呼んだ。ふだんはそんなふうに、はしたない声を出したりしない男だが、ここではべつに、誰にも気兼ねする必要はない。二度三度と大声を張り上げた。しかし平子が現れる気配はなかった。松林の中で「キジ撃ち」でもしているのかと思い、しばらく様子を見たが、動くものは波と松の大枝ばかりである。

（どうしたのかな？――）

いまのいままで、平子が消えてしまうことなど、想像もしていなかった。大原町で会ってからこっち、平子の人柄もだいたい飲み込めたつもりである。少しヤクザがかった、斜に構えたようなところもあるが、本質的には気のいい男だと思う。友人の柿島一道の死に疑惑を抱いて、浅見という「名探偵」を引っ張り出したのにも、駆け引きや衒いのようなものは感じられなかった。

三十分以上も待ったが、平子はついに現れる様子はない。浅見は諦めて元の道を引き返した。時間はたっぷりあるが、天栄丸にも顔を出さなければならないのだ。いずれにしても、帰路は港から船に乗ることになる。そこで待つか、ひょっとすると、平子のほうが先に行って待っているかもしれない。

天栄丸を訪ねると、例の「若い衆」が出てきて、今度は浅見の顔を見るなり、何も訊かずに奥へ行って、入れ代わりに六十がらみの恰幅のいい男が現れた。「この家の主、天羽助太郎です」と名乗り、客の名刺と顔をしげしげと見比べた。

「あの時、事故に遭われた方のご子息だそうで、懐かしいですなあ」

頬がつやつやした顔で、こぼれんばかりに笑いかけた。言葉つきは少々、イントネーションに房州訛りがある程度で、かなり歯切れがいい。

「では、憶えておいででしたか」

「もちろん憶えています。あの頃は親父がこの家の主で、万事、親父が仕切っていましたが、この私も救助に手を貸した者の一人でしたからな」

「そうでしたか。その節は本当にお世話になりました。母からもくれぐれもよろしくと、申しつかって参りました」

浅見はあらためて深々と頭を下げ、挨拶の品を差し出した。天羽も「それはご丁寧なことで」と、かえって恐縮したような口ぶりだ。どう見ても、頼り甲斐のある好人物——としか思えない。しかし、もし父親の聞いた会話が幻覚でないとすれば、天羽助太郎も「事故」の際、父親の周りにいた一人であったかもしれない。

父親の不気味な体験談と、いま目の前にいる天羽の印象とのギャップに、浅見は戸惑いを覚えた。

「どうぞ上がってください」

天羽は言って、なかば背中を見せた。

「はあ、ありがとうございます。ですが、一緒に来た仲間とはぐれてしまいまして、そっちのほうが気になりますので、ゆっくりしてもいられません」

「まあいいでないですか。小さい島です、そのうち見つかりますよ。さ、どうぞ」

さっさと暖簾をくぐって行ってしまう。否応なしに上がらざるをえない。大漁旗の暖簾の向こうは広い廊下が左右に延びている。廊下に面して骨太の障子の嵌まった部屋がいくつかある。浅見は小樽で見たニシン御殿を連想した。たぶん、部屋は間仕切りを取ると、大きな広間になって大漁の宴や祝儀不祝儀の寄り合いなどに使われるのだろう。

廊下を右へ行き、「広間」の角で天羽は立ち止まり、こっちを振り返ってから左へ曲がった。逆に曲がると台所などがあるらしい。廊下はグルッと「広間」を囲んでいた。「広間」の裏側、廊下を隔てたところが主人一家のプライベートゾーンなのだろうか。そのとっつきの襖を開けると和洋折衷の二十畳ほどの客間であった。中央の天井からぶら下がったシャンデリアが場違いな感じだ。革張りのソファーと肘掛け椅子、黒檀のテーブルと違い棚——といった具合に、趣味はあまりいいとは思えない。

天羽がカーテン代わりの障子をいっぱいに開けると、窓の外に太平洋が広がった。すぐ眼下は断崖で、左右に松林を配する以外、視野を遮るものはない。

「すばらしいですねえ」

浅見は正直に感嘆の声を発した。「いいでしょう」と、天羽もこの風景が自慢で、客に見せたかったにちがいない。それにしても、これほどの絶景に恵まれていながら、美瀬島はなぜ観光開発を考えようとしないのか、不思議な気がする。

「こういう風景があって、きれいな海があるのですから、さぞかし観光客も多いのでしょうね」

浅見はそういう言い方で、疑問を確かめてみた。

「いいや、観光客はぜんぜん来ません。というより、観光客はお断りしていると言ったほうがいいのですがね。だから、ホテルはおろか民宿みたいなものも、ここには一軒もありません。島の人間だけで、ひっそり暮らしております」

「ああ、そういえば、美瀬島には釣り客はいっさい入れないと聞きました。磯を汚され、海を荒らされるからだそうですね」

「そのとおり、観光客も同じことです。島が汚され、島の人間の心が荒らされる。ロクなことはないのです」

部屋の外に「失礼します」と声がして、さっきの「若い衆」がお茶を運んできた。それまで窓辺に佇んでいた二人は席について、お茶を啜った。

「それは、島の経済が豊かだから、観光収入に頼る必要がないということでしょうか」

浅見は訊いた。

「そうですな、確かに水産物の水揚げ量が房総の他のところよりは豊かだが、それだけではないですよ」

天羽は少し背を反らしぎみにした。

「島民は誰もが分相応に、慎ましく生きておるのです。たとえば、この島には車が必要ないでしょう。あるのは漁協のちっちゃな軽トラックとワゴンだけ。それを必要に応じて、みんなで使っている。車のローンに苦労しなくてもいいし、ガソリン代も要らない。漁船は漁協で一括して購入・管理しているから、経済効率がいい。島の需要を賄える程度の田畠と果樹園が少しあるが、耕運機つきトラクターが一台あればみんなで使える。家が古くなれば、島に一軒だけある大工さんにみんなが協力して建ててあげる。七面倒臭い建築許可証だとか、そんなものはいらない……といった調子ですな。贅沢をしたり、見栄を張ったりしなければ、経済的にはもちろん、心豊かに生活していけるところですよ」

「なるほど……」

浅見は感心したが、同時に疑問もないわけではない。

「お医者さんはどうなのでしょうか」

「お医者は一人おります。以前は診療所だけあって、お医者は定期的に健康診断に来てくれるだけだったのだが、東京のお医者が、島が気に入ったと言って移住してきました。奥さんを亡くされ、いまは天涯孤独、無欲恬淡の人ですな。ひまな時は寺の住職さんと碁を打ったり、畠仕事を楽しんでいますよ」

「それですと、急病人や事故があった場合は困りませんか」

「それは島でなくても、どこでも同じことでしょう。そんな時には船で鴨川か館山か、場合によっては東京の病院へ運びます。しかし、それは特別な場合に限りますな。大抵はこの島の中でことが足りるのです。最近のお産はみんな病院でやるようだが、島では昔ながらに、産婆さんや近所のばあさんが取り上げてくれますよ。それに、死ぬと決まった者に針や管を突き刺して、延命措置を講じたりするような、ああいうばかげた真似はしません。一カ月か二カ月か知らないが、そうまでして、意識不明のまま生きなければならないとは思いませんな。死ぬ時はすべからく、穏やかに死んでゆくのがよろしい」

「それで島の皆さん、とくに若い人たちは満足して暮らしているのでしょうか？　東京など都会の華やかさに憧れたりすることはないものなのでしょうか」

「もちろん、それはありますよ。住職さんではないが、人間は煩悩の生き物ですからな。テレビなんかで刺激を受けて、島を出て行く者もあとを絶たない。そうならんように親も躾けるし学校でも教えるようにしておりますが、それでも欲望は抑えることはできないものです。しかし、それもまたよしとしなければならない。人間は自ら考え、進歩する生き物でもあるわけですよ。どこかの国のように、ひたすら戒律を守り神に仕えて生きているのでは、ただ種を保存するために生まれてきたようなものでしょう。そうして、戒律に従わない者を罰したり、時には殺したりする。その部分だけは人間の憎悪と殺戮の快感を満足させるために行なっているみたいだ。それじゃ、神様だってお喜びにはならないんじゃないですかね。したがって、島では住民の自由を束縛するようなことはしておりません。いうなれば、島は大きな揺り籠か鳥の巣のようなものです。巣立った者が島に留まるもよし、遥か彼方へ飛び立つもよし。ただその者の心のどこかに、美瀬島の精神が息づいておれば、それだけでよろしい」

浅見はほとんどあっけに取られて、天羽助太郎の熱弁に聞き入っていた。網元の天栄丸の主人といっても、所詮は気性の荒っぽい漁師の大親分かと思っていたが、とんでもない、さながら思想家のように喋った。

「お聞きしていると、この島が理想郷のように思えてきました。しかし、美瀬島といえども日本の政治の中にあるわけですよね。いろいろなしがらみやら、締めつけやらがあるのではありませんか」

「それはありますな。何かにつけて国や県が干渉したがる。村長はじめ役場の連中はそれが悩みの種です。そういったことは役場で聞いてもらったほうがよろしい」

「はい、僕もそのつもりでしたが、きょうは休日ですので……」

「ああ、そうじゃった。それならあなた、ここに泊まりなさい。島には旅館は一軒もないですからな。さっきの里見に世話をさせます。いや、遠慮はご無用ですぞ。この島では、くどくどしいことは言わない習わしです」

天羽は大きな手をパンパンと鳴らした。すぐに最前の「若い衆」が現れた。彼の名が「里見」というらしい。『里見八犬伝』ゆかりの土地だから、先祖は里見家に繫がっているのだろうか。

「大事なお客さんがお泊まりになる。粗相のないようにしろ」

完全に客が泊まるものと決め込んでいるように、天羽はそう命じた。強引で、浅見にとっては思いがけない展開だが、断るわけにもいかない。頭の中に平子のことが浮かんで、消えた。

第三章　神隠し

1

天羽紗枝子は船を降りると真っ直ぐ、石橋洋子の下宿先だった西ノ岡の小島家を訪ねた。そこの主である小島多恵に石橋先生の消息を訊いたが、多恵は目を丸くして「いんや」と首を横に振った。

小島家は美瀬島の中で、ここ一軒だけの小島姓の家である。昭和二十（一九四五）年の終戦から間もない頃、先々代の網元の天羽助太郎が、何かわけありらしい少女を拾ってきて、育て、長じてから西ノ岡にある少しばかりの畠と果樹園を分けてあげたのが小島家の始まりだと聞いたことがある。その少女が多恵らしいのだが、詳しい事情は紗枝子は知らない。

「石橋先生からは、ここ一年ばっか、手紙も来ねんだよ。年賀状もこっちから出したっきりだで、あの律儀な先生がどうしたんだっぺかと思っていたがね」

多恵はそう言って、紗枝子の不安に感染したような顔をした。石橋先生が小島家に下宿している頃、紗枝子はときどき遊びに来て、気風のいいおばさんだという記憶しかなかったが、いま見る多恵はすっかり老いてしまった。そのせいか、上目遣いに紗枝子を見る目が黄色く濁り、何となく意地悪そうな気配を感じさせる。

「石橋先生に何かあったんかね？」

「いいえ、そうじゃないけど、館山の先生のお宅に連絡してもいらっしゃらないし、いま勤めてる学校に訊くと、しばらくお休みしているって、詳しいことを教えてくれないんです。何か隠しているみたい」

「ふーん、いやな病気にでも罹ったんでなければいいがなあ」

「いやな病気って？」

「そりゃあ分かんねっけんが、ガンだとか結核だとか、いろいろあっぺえ」

結局、小島家では収穫はなく、その足で学校へ行ってみた。学校は休日で、昔からいる用務員のおじさんに訊いたけれど、こっちのほうがさらに消息を摑めない。紗枝子は不安がつのった。

石橋先生は紗枝子が中学を卒業した後、二年ほど勤めて館山の学校へ移って行った。その頃は紗枝子は東京の女子高に入って、寮生活を送っていたから、石橋先生がどんなふうに島の学校を辞めてしまったのか、詳しい様子は知らない。

（やっぱりあのことが原因なのか――）

紗枝子には思い当たることが一つあった。高校二年の夏休み、帰省して先生と二人で北浜の贄門岩を見に行った。浜辺で並んで坐って、とりとめもない話をしているうちに、先生は照れたような口調で話しだした。

「紗枝ちゃんが小学校三年の時、先生は結婚しないのかって訊いたの、憶えてる？」

「ええ、憶えてますよ。そう言ったら先生、すごく悲しそうな顔をしたから、あっ、悪いこと言っちゃったんだって思って、とても後悔しました」

「そうだったの、そんなふうに気にしていてくれたの。じゃあ、かえってあなたに悪いことしちゃったかもしれないわね」

「ううん、そんなことありませんよ。でも、それが何か？」

「私ね、結婚することにしたのよ」

「えっ、ほんとですか？」

「うん、あの頃はいろいろあって、ずっと結婚しないつもりだったんだけど、そんなわけにもいかないのかなって思って……私ももうおばあさんになっちゃうし」

そんなことないのに――と、紗枝子はそういう、ふつうの人みたいな月並みなことを言う先生が悲しかった。

「じゃあ、学校、辞めちゃうんですか?」

「いいえ、学校は辞めませんよ。私はこの島も学校も好きですもの」

「それじゃ、結婚する相手の人は、美瀬島の人ですか?」

「そう」

「私の知ってる人?」

石橋先生は黙って、はにかんだ笑顔を見せながら頷いた。とたんに紗枝子は不吉な予感で、心臓の鼓動が高くなった。

「まさか……あの、それって、うちの叔父ですか?」

「そうなの、正さんなのよ。だからね、紗枝ちゃんには話しておこうと思って」

「だめ……」と、紗枝子は思わず呟いた。石橋先生は「ん?……」と目を丸くして、紗枝子の顔を覗き込んだ。

「それ、もう決めちゃったんですか?」

「ええ、まあ、天栄丸のご主人から正式にお申し入れがあって……あら、何だか気にそまないみたいね」

「やめたほうがいいです」

紗枝子は言い放った。

「どうして?」

「どうしても」

「そんな……」

理不尽なことを言う教え子に、石橋先生は複雑な表情を浮かべた。先生とのあいだの距離が、どんどん大きくなるのを感じた。

「叔父は、あの、人を殺したんです」

「えっ、嘘（うそ）でしょう……」

石橋先生の悲鳴のような声を聞いた途端、紗枝子はキーンと耳鳴りがして、波の音も聞こえなくなった。

それから何を言ったのか、自分の声さえも聞き取りにくくなって、紗枝子は無我夢中で喋（しゃべ）った。はっきり憶えているのは、「贄門岩から死体を送り出した」と言ったこと。それは石橋先生が「贄門岩から死体を送り出したって、それ、どういうことなの？」と、おうむ返しに訊いたから、記憶に刻まれた。

ちゃんと説明できたとは思えない。夢の中の出来事のようなものを、現実にあったこととして喋るのは間違いだし、身内である叔父を中傷するようなことは、人の道に反するのかもしれない。たぶん石橋先生もそう思ったことだろう。まるで汚らわしいものを見るような目でこっちを見ていたけれど、その視線すらも最後には背けてしまった。

これ以上はない気まずい雰囲気で、その日二人は別れた。石橋先生はおとなだから、手を振って「体に気をつけるのよ」と笑ってくれたけど、紗枝子は顔が強張って、どうしても笑いを装えなかった。

それっきり、石橋先生とは会うことがなかった。

石橋先生と正叔父の結婚は取りやめになったらしい。そして石橋先生はその年の秋、館山の学校に転勤になったとかで、美瀬島を去った。秋の異動というのは異例のことだから、何か特別な事情でもあったにちがいないなどと、島の人たちのあいだで取り沙汰されたそうだ。

そういう噂を、紗枝子は息が詰まるような想いで聞いた。何もかも自分が蒔いた種の結果であることは間違いない。

そんなこともあって、紗枝子は美瀬島に帰るのがつらくなった。

(石橋先生は、正叔父に「あのこと」を確かめたのだろうか——)

それも気になる。その年の末に帰省した時、正叔父とはなるべく顔を合わせないように、避けて歩いた。母親に石橋先生が辞めた事情をそれとなく訊いたが、「さあねえ」と口を濁すばかりで、はっきりしたことは言いたくないらしい。正叔父と石橋先生とのあいだに婚約関係があったかどうかさえも言わなかった。

ただし、紗枝子が先生にとんでもないことを吹き込んだ事実については、母親は何も知らない様子だ。正叔父もべつに紗枝子に対して敵意を抱いているようには見えない。

石橋先生は「あのこと」を叔父に確かめたりはしなかったのだろうか——。

一月なかばに東京の寮に戻ってみると、石橋先生からの年賀状が届いていた。館山市の住所になっている。「謹賀新年」と印刷されたはがきに、ただありきたりの文章が、素っ気なく書き込まれているだけで、紗枝子にだけ通じる親しみのあるメッセージや、いつもの優しさやぬくもりのような気配は、まったく伝わってこなかった。

むろん、正叔父との結婚についてはひと言も触れていない。あればあったで、つらいことになりそうだけれど、もはや石橋先生にとって、紗枝子は沢山の教え子たちの一人に過ぎなくなったにちがいない。

月日は流れ、毎年の時候の挨拶(あいさつ)をはがきでやり取りするほかは、石橋先生との交流は途絶えたままであった。紗枝子は高校と同じ系列の女子大に入り、大学を卒業すると、地元選出の代議士に紹介された東京の会社に就職して、島には帰らなかった。

学生時代と、社会人になってからと、恋愛らしきものを二度、体験した。どちらも長続きはしなかった。最初は双方とも好きあって、うまくいくような感触なのだが、間もなく、気持ちが遠のいた。何がどう——という理由もないのである。紗枝子の側が相手を鬱陶(うっとう)しく思うのと同じタイミングで、相手も気持ちが離れるのか、悔しまぎれの捨て台詞(ぜりふ)のように「きみは怖いよ」と言って、紗枝子の前から消えた。

二人が二人とも同じ台詞を言ったから、紗枝子は気にはなった。

（私って、よっぽど怖いのかな――）

鏡を眺めて、そう自問してみる。少しきついところはあるかもしれないが、そんなに悪い容貌とは思えない。

（プロポーションだって、まあまあじゃないかな――）

とはいえ、二度の「失敗」を経験すると、男に対してフランクな気持ちでは付き合えなくなった。相手に対してというより、自分に対しての警戒心が先に立つ。石橋先生が「いろいろあって……」と、結婚しない理由を話していたことが、いまになって納得できるような気がした。

（そうか、まごまごしていると、私もあの頃の石橋先生と同じ年頃になっちゃうんだわ――）

愕然と気がついた。

石橋先生が「おばあさんになっちゃう」と言っていた年代だって、そう遠くはないのかもしれない。自分の身に置き換えて考えれば、先生がせっかく思い定めた結婚を妨害したのは、ひどい仕打ちだったかもしれない。あんなことをしなければよかった――と、いまさらのように、そのことが重くのしかかってきた。

正叔父が本当に人を殺したのかどうか、確かめたわけではない。元々は幻覚のようなものだったのだ。しかし紗枝子の頭の中には、その幻覚どころか、殺人の情景までが、まさに目の前で起きた出来事として、克明に記録されている。叔父は悪鬼の形相で、生贄を海の底に引きずり込んでいた。

冷静に考えると、そんなばかな——と自分でも思う。かりに本当にそういうことがあったとしても、その現場をこの目で見られるはずがないではないか。幻覚から生まれた空想が独り歩きして、ありもしない「事件」を作り上げてしまったのだろう。

それなのに、石橋先生が結婚話を打ち明けた時、頭の中のスクリーンに殺人の現場がありありと蘇り、胸の奥底から噴き出す警告を抑えることができなかった。あの時の自分はどうかしていたにちがいない。少なくとも正常ではなかった。

そういえば、紗枝子は自分で自分をコントロールできなくなる瞬間がまれにある。二人の恋人が「怖い」と言った意味も分かるような気がする。何かのきっかけで正気を失い、相手をひどく怯えさせたのだろう。そうなる自分が、紗枝子は恐ろしかった。

三日前、留守電に石橋先生からのメッセージが入っていた。先生の声を聞くのは、あの時以来、九年ぶりのことである。

「紗枝ちゃん、お留守でしたのね。あなたに報告したいことがあって、電話しました。でも、お留守でよかったのかもしれない。余計な心配をかけることに……ただ、あなたにひと言、お礼を言いたかったの。あのことがあって、私の運命は決まったわ。あれは本当だったみたい。それにはちゃんとした理由があるのよ。とても怖いことだけど、それを知ったお蔭でやっと私の居場所が見えてきました。そのことを確かめ……」

そこで録音が途絶えていた。紗枝子の留守電は三十秒で自動的に録音が停止するシステムの機械だ。話し方の様子だと、石橋先生はその後も、何かを語りつづけていたにちがいない。

紗枝子はすぐに石橋先生のところに電話した。しかし呼び出し音がむなしく聞こえるばかりであった。留守電の設備もないらしい。それから何度も電話してみたが、やはり通じなかった。そのつど、紗枝子の胸の中には不安が広がった。

電話の内容から推測すると、石橋先生は紗枝子の言ったことが真実であると知ったらしい。なぜいま頃になって——という思いと、正叔父との婚約を解消した時は、まだ紗枝子の言葉を完全には信じていなかったのだと分かった。それにもかかわらず別れたのは、そういう疑惑を抱いたまま結婚する気にはなれなかったのだろうか。

それはともかくとして、石橋先生が言った二つの言葉が気にかかる。

「あれは本当だったみたい」

「そのことを確かめ……」

そこまでで留守電は切れた。「確かめた」で完結しているのか、それとも「確かめに行く」とか、その先にまだ何かがつづいたのかによって、意味がまるっきり違ってくる。

石橋先生はそれが録音されていると思って話していたはずだ。自宅に留守電がないのだから、機械の機能を理解していなかったと考えられる。

「ちゃんとした理由」って、人を殺すのにどんな理由があったというのだろう。もし「確かめに行く」だとしたら――と紗枝子は思い、背筋が寒くなった。

連休の最後の日になって、紗枝子はとうとう美瀬島へ帰ることにした。途中、館山に寄って石橋先生のアパートと学校を訪ねた。やはり先生は留守で、学校に訊いても詳しいことは分からなかった。

久しぶりに見る故郷はまったく変わっていなかった。東京や千葉県の西のほう、それにここまで来るあいだのところどころで、風景がどんどん変化しているのと比較すると、本当に、美瀬島はまるで時間が停止しているかのように変わっていない。

連絡船の「白鳥」も、船長や乗客の様子も以前とあまり変わりないが、向こうからこっちを見ると、よほど変貌を遂げているのか、会う人ごとに「美人になったな」と、冷やかし半分に声をかけてきた。それにいちいち応えなければならないのも、昔と変わらぬこの島のしきたりのようなものだ。船に乗り合わせた余所者の男の客が二人、興味深そうにこっちを見ているのに気づいて、紗枝子は恥ずかしくなった。

ひとわたり挨拶が完了すると、紗枝子はひまそうに煙草をふかしている船長の耳に口を寄せるようにして、「石橋先生、来ませんでした？」と訊いてみた。

「いいや、来てねえよ」

船長は塩辛声で言った。船長の名前は「神宮」といい、その名のとおり、代々、島の神社の神主を務める家柄だ。神社には戦前まではなにがしかの幣帛料もあり、島の有志からの寄付もあって、神主だけで暮らしていけたのだが、いまはそうはいかない。春と秋の例祭や贄門岩の神事、それに結婚式を司る時以外は、連絡船の船長がむしろ本業である。戦時中、江田島の海軍兵学校に学んだのが役に立って、先代の宮司が健在の頃に、役場の依頼もあって船長になったのが、いまもつづいている。しかし何十代もつづいた神職だけに、真っ黒く日焼けしても、どことなく風格がある。

「べつの船で来たとかいうのなら分からねえけどよ、石橋先生が島を去ってから、もうずいぶんになるが、一度も来てねえんでねえかな。まあ、ああいうことがあっては、無理もねえけどなあ……」

「ああいうことって、何ですか？」

「ん？　なんじゃ、紗枝ちゃんはあのことは知らねえのかや。ふーん、そうか、まだ子供だったからなあ」

神宮船長は煙草を揉み消すと、ブリッジに向かった。

(子供じゃないわよ、知ってるわよ——)

紗枝子は船長の背中を睨みながら、また不安が大きくなった。

2

帰宅すると母親の菜穂子が軒先に佇(たたず)んでいて、不審そうな顔で迎えた。

「どこへ行ってただ？　南浜の時枝さんから紗枝子が船に乗ってたって聞いたから、ずっと待ってただのによ」

「小学校へ寄ってきたのよ」

「ふーん……だったら電話ぐらいしたらいっぺ。船には余所者が二人、乗っていたっていうし、何かあったんでねえっぺかって、心配してただよ」

久しぶりで聞く母親の言葉が、紗枝子には懐かしいというより、ひどく鈍重なものに思えた。

東京に出て、いちばん苦労したのは方言である。学園の寮には、東京近辺ばかりでなく、違う地方の出身者もかなり混じっていた。関西出身のコは平気で饒舌(じょうぜつ)に喋ったが、紗枝子はしばらくは会話に参加できなかった。とくに教室に入れば大半は東京の学生ばかりだったから、どうしても卑屈になる。紗枝子だけでなく、東北出身の学生は概してそうだった。

千葉県の外房地方は茨城県の海岸地方と同様、福島県以北の東北地方の影響を受けたのか、ところどころに東北訛りが残る。うっかり語尾に「だっぺ」などと言おうものなら、東京の学生は漫才でも聞いたように、ドッと笑った。

東京の連中だけならまだしも、関西出身の者のほうがよく笑う。「あんたたちには笑われたくないわよ」と言いたいところだが、むしろ、京都や大阪の人間は、上方のほうが文化的「先進国」だという自負があるらしく、共通語を関西弁に統一しそうな勢いで、関西弁丸出しで喋りまくる。紗枝子はとてもあの真似はできない。一所懸命、共通語に慣れ親しむように努力した。英会話を習うよりもエネルギーを傾けたといっていい。

「その余所者っていうのがよ、源太さんの店と食堂と、それからお寺さんへ行って、何やら探ってたっていうだから」

菜穂子はそう言った。

（ああ、あの男のことだわ――）

紗枝子は坂道で出会った男のことを思い浮かべた。

船で一緒だった見知らぬ男に、坂道で声をかけられた時、紗枝子は無意識に足が停まった。なぜそうしたのか、自分でも理由が分からなかった。「サエさんでしたね」と、親しげに名前を言ったことが、いっそう警戒心をかき立てたのかもしれない。しかしよく考えると、船の中で何人もの人から名前を呼ばれているから、その男が名前を知っていたとしても不思議はないのだ。その証拠に「サエ」とは言ったが「紗枝子」と、きちんと呼んではいない。

　男が「贄門岩はどこか」と訊いた瞬間、紗枝子は不吉な予感で全身に鳥肌が立つような気がした。頬が強張って、しばらく口がきけない程だった。男に贄門岩へ行く目的を訊くと、男は「この島では、そこから死者を送り出す風習があるのだそうですね」と言った。だとすると、あの男は島中、贄門岩のことを尋ねて回るつもりなのだろうか。

　それにしても、母親がいろいろ知っているのには驚かされた。連絡船が着いてから、まだそんなに時間が経っていないというのに、この島の情報ネットワークは、以前にも増して素早いものになっているらしい。

「探ってるって、何を探ってるの？」

「それは知らねえけどさ、そういう報せが回ってきたんだよ。そんなことより紗枝子、帰ってくるなら帰ってくるって、連絡ぐらいしたらいっぺ。手紙も何もなしにいきなり帰ってきたら困るでないの」

「ごめん、その予定じゃなかったから。ばあちゃん、元気？」

　菜穂子の愚痴を封じるように言って、ようやく玄関に入った。声を聞きつけて出てくるはずの祖母が、姿を見せないのも気にはなっている。

「このところちょっと、具合が悪んだよ。眠ってるみたいだから、起こさねえでや」

「そう……」

祖母はことし八十三歳のはずである。健康ならまだ寝たきりになるほどの年齢ではない。何かの病気なのだろうか。そういえば、大澤さんのところのおばあさんも、あんなに元気そうだったのに、去年亡くなった。何の変化も進歩もない島だと思っていたが、そうやって少しずつ、変わってゆくということか。

「父さんは漁？」

「漁はどこも休みだっぺや。父さんも正も、新しい船の仕上がり具合を見るとかで、漁協の昇さんと一緒に名古屋さ行ったよ」

「昇さん」とは、漁協の組合長のことだ。

「ああ、休みなんだ。どうりで港も漁協も静かだと思った。ところでさ、正叔父さんはまだ結婚しないのかな？」

「ああ、正はだめだっぺえ。本人にまるっきりその気がねえもんな」

「ふーん、じゃあ、やっぱり石橋先生にはふられたんだ」

紗枝子はさり気なく言ってみた。とたんに菜穂子の顔色が変わった。

「紗枝子、そのこと、知ってたんか？」

「うん、先生からね、正叔父さんと結婚するかもしれないって。だけどその後、結婚したっていう話、聞いてないから、どうなったのかなって思ってた。叔父さん、なんでふられたの？」

「ばかなこと言うんじゃないよ、ふられたなんて……正のほうからやめたって言ったんだよ」

「嘘……それって、叔父さんからそう聞いたんでしょう？　かっこつけて、そう言ってるのよ。先生はそんなふうには言ってなかったもの」

「先生は何て言ってた？」

「正叔父さんが、何か悪いことをしたとか、そんなようなこと言ってたわ」

「悪いことって？」

菜穂子はますます不安げに、窺うような目で紗枝子を見た。

「はっきりしたことは聞いてないけど、先生が怯えたような声で話してたから、よっぽど恐ろしいことじゃないのかしら。人でも殺したんじゃないの」

冗談めかして笑いながら言ったのだが、菜穂子は笑うどころか、引きつったような顔になった。

「そういう……紗枝子、めったなこと言うと承知しないよ」

「ははは、冗談よ冗談、どうしてそんなにマジになるのよ」

「ばか、冗談ですむこととすまねえことがあっぺや。まさかおまえ、余所でそげえなことを言ったりしてねえっぺな」

「言うわけないでしょう。だけどやだなあ、そんなに怒らないでよ。しばらくぶりで帰った可愛い娘なのにさ」

「……」

菜穂子もわれに返って、あわてて表情を緩めた。

「べつに怒ってるわけじゃねえけど……それより紗枝子こそ、結婚はどうするつもりなのさ。誰か好きな人でもいるの？」

「そんなのいないわよ」

「だったら、漁協の修さんなんかどう？　おまえの二年上だったと思うけど。おまえさえよければ、そう言っとくよ」

「修って、西浜の鷲見修？　いやよ、あんな痩せっぽち。どっちみち、結婚は当分しないつもりだから、余計なこと言わないでね」

紗枝子は煩そうに後ろ向きに手を振って、祖母の部屋へ向かった。祖母のハルは夏がけの布団を胸までかけて、よく眠っていた。ふっくらと可愛かった頬がすっかりこけて、別人のように見えた。

祖母の部屋は西向きで、開いた障子の向こうは、松林までのあいだ、祖母が丹精込めた野菜畠が広がっている。春夏の野菜は出荷できるほど採れるし、冬野菜も小さなビニールハウスで、自給自足分程度は間に合う。

少し風が出てきたらしい。祖父の代に日陰作りのために植えたというケヤキの大枝がサヤサヤ揺れ始めた。紗枝子は祖母の布団の裾（すそ）を回って、障子を閉めた。

「開けといてくんな」

気配で目覚めたのか、ハルが小さな声で言った。

「畠と空を見ていてえ」

「あ、ごめん、起こしちゃった？」

「いいや、ずっと起きてんだ。そうでもねえかな。ずっと眠ってるのかもしんねえ。よく分からねえけんが、紗枝が来たのは、知っておったよ」

「そうなの……」

紗枝子はなぜか急に、むしょうに悲しくなって、祖母の枕元（まくらもと）に坐り込んだ。

「ばあちゃん、痩せたね」

「ああ、おらも長（なげ）えことはねえ」

「そんなこと言わないでよ。もっともっと長生きしてよ。ばあちゃんがいなくなったら、この家がこの家らしくなくなっちゃう」

「そげなことねえだよ。そうだとしても、家も世の中も人も、どんどん変わっていくのがいいんだ。紗枝だって、すっかり変わってしまったでねえかね」

「それは言葉のせい？」

「言葉も変わったし様子も変わったけんが、そればっかしではねえ。紗枝はもともと、この家や島に縛られてはいねえ子だったよ。余所ん家の子を見たらいい。いちどは島を出て行ったとしても、やがて帰ってくるっペ。だっけんが紗枝は違う。紗枝が生きてゆくのは島ではねえな。そういう運命だったと、おらは思ってた。だから、紗枝が東京さ出てゆくって言った時、おらは反対はしねかったんだよ」

「ああ、そうだったのか……だけど、どうしてなの？　私のどこが違うの？」

「はてなあ。おらにも分かんねっけんが、家でも島でも、ときどきそういう運命の子が生まれてくるもんでねんけ。もしかすっと、おらもそうだったかもしれねえ。だっけんが、おらの頃は、勝手は許されねかったもんな。おらのじいさまやおやじさまは、それは恐ろしかっただよ。それでも、いまの世の中みてえに、バスも汽車もある時代であれば、東京さ出て行ったたっぺな」

ハルの目は、遠い雲を見つめている。

「ばあちゃんが元気になったら、東京を案内してあげるからね」

「ありがとよ。だけんが、おらは、はあ長くはねんだよ」

「またそんな……」

紗枝子は涙ぐんだが、感傷的になる気持ちに鞭打つように言った。

「ばあちゃん、一つだけ訊いてもいい？」

「ああ、何だい？」

「私がまだ小学生の頃、夜中に隣の部屋で何かあったのよ。大きい人形みたいなのを、みんなで抱いて行ったんだけど、正叔父さんが『いい送りになる』とか言ってた。その時、ばあちゃんもそこにいたでしょう」

雲を見つめていた目が、ゆっくり閉じられた。そのまま眠ったふりを装うのかな——と思ったが、ハルは目を閉じたまま、掠(かす)れ声で言った。

「そげなこともあったかしんねえなあ」

「やっぱり……じゃあ、あったのね。あれは何だったのかな?」

「あったとしても、忘れてしまったな。遠い昔のこった」

「昔じゃないわ、小学校三年の時だもの、まだ十六年……」

言いながら、紗枝子はすでに殺人（だったとしても）の時効が過ぎていることに気がついて、言葉を失った。ハルが漠然とではあっても、紗枝子の話を肯定したのは、そのためかもしれなかった。

「紗枝はいつまでおんだ?」

ハルは何も聞かなかったように、のんびりした口調で言った。

「今日、帰るつもりだけど」

「そうけえ、はあ帰るんか……そしたら、これっきり会えねえかもしんねえな」

「ばあちゃん……会えるわよ、ことしは正月休みには帰ってくる。十二月の末頃かな」

「うんうん……」

ハルは逆らわずに、目を閉じて頷いた。それから寝息を立てて黙ってしまった。

紗枝子は衣擦れの音にも気を使って、ゆっくりと立ち上がった。とたんに「紗枝や」とハルが呼んだ。

「ん？　何？」

「そこの箪笥の引き出し、いちばん上の右端の小引き出しを開けてくんな」

言われるままに引き出しを開けると、「底のほうさ、木箱があっぺや」と言った。平たい桐の箱であった。

それを手にして祖母の枕元に戻ると、「開けてみい」と言う。隙間なくぴったりした蓋を取ると、和紙で作った熨斗袋のような形のものが出てきた。上書きに「里見家文書」と墨書してある。和紙の変色具合から見て、よほどの年代物のようだ。

「何、これ？」

「おら家のご先祖様の系図だ」

「うちの先祖は里見っていうの？」

「おらにもよく分かんねっけんが、そういうことになってんだ。とにかくおめえにあげておくんで、おらが死ぬまで、誰にも内緒にして、仕舞っとけや」

言い終わると、また寝息が聞こえてきた。ハルの言うとおり、睡眠と覚醒のあいだを行ったり来たりしているらしい。

桐の木箱をバッグに仕舞って部屋を出た。本当にもう会えないかもしれないと思って、振り返って祖母を見た。畠仕事の日焼けが褪めて、白っぽく痩せこけたが、穏やかな寝顔をしている。

居間では菜穂子が心待ちにしていたように、紗枝子の顔を見るなり、「ばあちゃん、何か話したかい？」と訊いた。

「うん、紗枝はもう島には帰ってこなくていいって」

「またそんなことを……」

「本当よ。嘘だと思ったら訊いてみて。それから、畠のことが気になるみたい」

「ああ、それはそうだっぺな。わたしがなんぼ畠の面倒見るつったって、ばあちゃんみてえなわけにはいかねえもんね」

菜穂子はここからでは見えない畠の方角に視線を向けて、吐息をついた。

「ねえ母さん、うちの先祖は里見っていうの？」

「ああ、そうだよ。里見はうちのご先祖だけど、それがどうかしただか？」

「ううん、べつにどうもしないけど」

はぐらかそうとしたが、菜穂子は急に眉をひそめ、気掛かりそうに訊いた。

「ばあちゃんが、何か言ったんか？」

「そうじゃないわよ。それより母さん、ばあちゃんはよっぽど悪いの？」

「よく分かんねえけど、歳が歳だからねえ。それに、お医者が嫌いっつうか、子供らに迷惑かけたくねえ人だからねえ」

「ばかねえ、どうして……ばあちゃんがいやがったって、お医者さんを呼べばいいじゃないの。あのままじゃ、ほんとに死んじゃうわ。何なら勝浦か館山の病院に入院させればいいのよ」

「そげなこと、おまえに言われねえでも分かってんだよ。だっけんが、ばあちゃんはどうしてもいやだっつうんだもの。この島の中で死にてえっつうんだもの、仕方ねっぺや。外にいる紗枝子には分かんねんだよ。わたしらがばあちゃんに意地悪してるみたいなこと、言わねえでもらいてえわ」

涙ぐんでそう言われると、紗枝子には返す言葉がない。母と娘のあいだに、気まずい空気が澱んだ。夏の終わりを告げるヒグラシが、思い出したように鳴きだした。

3

菜穂子はしきりに、晩ご飯くらい一緒に食べて行けと言うのだが、紗枝子は明るいうちに島を離れたかった。

「明日は会社だから」

自分でも気がさすようにつれなく言って、家を出た。玄関先まで見送りに出た母親が、急に老けたようにひどく心細げに見えた。

暑さ寒さも彼岸まで——とはよく言ったもので、陽が傾くと、島を吹き渡る東寄りの風は少し涼しすぎるほどだ。このぶんだと、明日は雨になるかもしれない。

港には連絡船の姿はなかった。定時の出港まで三十分あまりある。待合室を出て岸壁に佇んで、小魚の群れを目で追っていると、背後から「やあ」と声がかかった。振り向くまでもなく、「あの男」であった。

「さっきはどうもありがとう、お蔭ですぐに分かりました。それにしても、あの岩はずいぶん不気味ですねえ。贅門と呼ばれるだけのことはあります」

「あれは本当は鬼岩っていうんです」

「えっ、そうですか？　僕は贅門岩と聞きましたが」

「余所者でしょう、そう言うのは」

「なるほど……」

紗枝子の素っ気ない言い方をどう受け取ったのか、男は納得したような顔になった。

「ところで、どこかで僕みたいな男を見かけませんでしたか？」

「いいえ、それって、船で一緒だった人ですか」

「ああ、そうです、彼です。北浜で待っているはずだったのに、いなかったんですよ。どこかで行き違いになったのか、それとも道に迷ったのか」

「迷うような道はありません」

「でしょうね。この島には車も必要ないそうだし。しかし時間がずいぶん経ってますからねえ。どこへ行っちゃったのかな……」

男は不安げに腕時計を確かめた。

「先に陸のほうへ帰られたのじゃないんですか」

「確かに、そうかもしれません」

ポーッと短く汽笛を鳴らして、連絡船の「白鳥」が岬を回ってきた。桟橋に下りてくるお客は、例によって島の人間ばかりのようだ。ふだんの日なら、そろそろ仕事帰りの者が乗ってくる時刻だが、休日の今日は遊び帰りの若者や親子連れで混んでいた。日が暮れた後は、船は九時の最終便まで往復する。それ以降は緊急の場合か予め電話連絡があった場合だけ船を出す決まりだ。

「あんだ、日帰りかい、紗枝ちゃん」

神宮船長が岸壁に下り立って、煙草に火をつけながら言った。紗枝子が東京へ出て行った頃より、髪と頬髯がすっかり白くなったけれど、年寄りくさくなく、なかなか貫禄のあるいい風貌だ。

「たまに帰ったんだから、少しは親孝行したらいっぺや」

「ええ、そうしたいんだけど、でも明日、仕事がありますから」

紗枝子と船長が話している脇から、男が口を挟んだ。

「ちょっとお訊きしますが、昼前、僕と一緒に船に乗ってきた男は、もう島から出て行ったでしょうか？」

「ん？　ああ、あんたかね。いや、そういうお客は乗ってねかったですよ。まだ島におるんでねえすか」

「そうですか……それじゃ、もし彼を見かけたら、僕は天栄丸さんのところにお邪魔しているからと伝えていただけませんか」

「ああ、いいですよ」

男は紗枝子に「じゃあ」と手を振って立ち去った。

「なんだや、あの男、紗枝ちゃん、知ってるんか？」

「ううん、知りませんよ。きょう初めて会っただけ」

「そうけえ、油断のなんねえ感じだな」

「そうかしら、ボーッとしてるみたいに見えるけど」

「ははは、紗枝ちゃんは男の見方がきびしいからな。だっけんが、人は見かけによらねえって言うっぺ。わしの見たところ、あれはただ者ではねえな。気ィつけねっばなんねえ」

「気をつけるも何も、もう会うこともないですよ」

「それもそうだな。ところで、ばあちゃんの具合はどうだ？」

「あまりよくないみたいです。あ、そうだ、船長さんなら知ってるかな。里見っていう名前ですけど、知ってますか」

「サトミ？　そりゃもちろん知ってるっけんが、それがどうかしたんか？」

「えっ、知ってるんですか。どういう家柄なんですか？」

「家柄って……はははは、そうか、そっちのほうか。それだらおめえだって知らねえはずはねえと思うっけんがなあ」

「知りませんよ。ばあちゃんの話だと、うちの先祖みたいだけど、里見なんて名前、初めて聞いた」

「それは知らねんでなく、忘れたんだ。『南総里見八犬伝』の里見氏だっぺや」

「ああ……」

紗枝子は開いた口がしばらく塞（ふさ）がらなかった。そういえば「里見」の名前はずいぶん子供の頃に聞いたことがある。歴史でちゃんと習うわけではないが、房総の子らはどこかでいつの間にか「里見八犬伝」のことを耳にして育つ。しかし、どういう話だったのかは、きちんと憶えていないし、まったくイメージが湧（わ）いてこない。

「その里見なのかなあ……」

「だから、それがどうかしたかと訊いてんだっぺや」

「ううん、べつにどうってことないけど、ばあちゃんがその名前、言ってたから」

紗枝子は半分、嘘をついた。祖母に貰った木箱のことは、何となくぼかしておいたほうがいいように思えた。

「ばあちゃんがか……だったらやっぱし里見氏のことだっぺ。おめえんとこの天羽家にとっては、大切な名前だ。それで、ばあちゃんは里見がどうしたって言ってたんだ？」

「名前を言っただけで、すぐに眠っちゃったから、それっきり。このところ、ばあちゃんは眠っているような起きているようなことが多いんですって」

「ふーん……」

神宮船長は首をかしげた。紗枝子が突然、その話を持ち出したことで、何か引っかかるものがある様子にも見えた。しかし、それを追及する気はないらしい。

「そっけえ、そんなに具合が悪いんか。いちど見舞いに行かねっばなんねえな」

神宮はそう呟いて、「さて、そろそろ行くっぺか」と船に戻った。彼の背中を見ながら、紗枝子はさっき、神宮が「そうか、そっちのほうか」と言ったことをチラッと思い出した。（どういう意味？——）と気になったが、ほんの一瞬で消えた。

この時刻になると、島を出る客はほとんどいない。帰ってくる島民を迎えにゆくようなものだ。船の客は紗枝子のほかには、やはり休みを利用して帰省していた天羽伴文という若い男が一人、乗っている。紗枝子と同じ天羽姓だから、どこかで親戚関係にあるのだろうけれど、名前を憶えている程度で、あまり親しくは付き合っていない。

船が港を出ると、空いているのをいいことに、紗枝子はブリッジに入って船長の隣に立った。エンジン音がやかましいから、つい声が大きくなる。

「船長さんは鬼岩のこと、贄門岩って呼ばれているの、どう思います？」

「そんなもん、誰がどう呼ぼうと構わねっぺや。わしだって贄門岩って言うよ」

「でも、余所の人もそう呼んでるみたいですよ。そんなふうに呼ばれて、変な噂を立てられたりするの、いやじゃないですか」

「変な噂って、何だい？」

「贄門岩のところから、死んだ人を送り出すとかいう」

「ははは、そげなばかなこと……」

神宮は笑ったが、笑いの残る顔で振り向いた。目だけは真剣な色を浮かべている。

「誰が言ってたんだ？」

「誰って……さっきの男の人、道を訊かれたんだけど、その時、そんなようなことを言ってましたよ」

「生贄を送り出すってか？」

「ううん、生贄とは言わなかったけど、死者を送り出すって」

言いながら、紗枝子は神宮がなぜ「生贄」と言ったのか、少し気になった。

「あれはどこん者だい？」

「知らないけど、言葉つきは東京の人みたいでした」

「東京者か……そういえば紗枝ちゃんよ、おめえはすっかり東京弁になってしまったな。東京にいい人でもできたんか」

「そんなのいませんよ」

紗枝子はプイと横を向いて、ブリッジを出た。船長はそれを見越して、紗枝子がいやがるようなことを言ったのかもしれない。

キャビンに一人でいた天羽伴文が「紗枝ちゃんよ」と呼びかけた。紗枝子よりは三つか四つ歳上のはずだ。付き合いはないし、すっかり忘れてしまったが、小学校の時にでも、そんなふうに呼ばれていたのだろう。紗枝子はあまり気乗りはしなかったが、無視するわけにもいかない。「何？」と応じた。

「ちょっと聞いたけど、おめえ、石橋先生を探しているんだって？」

まったく、誰がどう操作しているのか知らないが、この島の情報ネットワークは完璧（かんぺき）すぎる。

「ええ、まあそうだけど」

「石橋先生はこの島には二度と来ねっぺぇ。正さんとあんなことがあったんでよ」

「あんなことって、叔父と石橋先生と何があったの？」

「なんだ、おめえ、知んねんけ？　正さんがよ、石橋先生を追いかけて、小島のおばちゃんのとこまで行って土下座したっていうんだ」

「叔父が？」

なんというみっともない——と、紗枝子は腋の下と背中に汗が湧いた。母は正叔父の側から結婚話を断ったと言ったが、これが真相なのだろう。

「そんでも石橋先生がＯＫしなかったもんだからよ、正さんは『ぶっ殺してやる』って怒って、おっかねかったもんだ」

「えっ、殺すって、石橋先生を？」

紗枝子はゾーッとした。そんなことがあったというのに、石橋先生は島に来ようとしたのだろうか。留守電の最後に「確かめ……」と入っていたのは、紗枝子が「贄門岩から死体を送り出した」と言ったことを確かめるという意味だったのだろうか。もうとっくに過ぎてしまった話だというのに、いまさら危険を冒してまでそんなことを確かめて、いったいどうするつもりなのだろうか。

頭の中をいろいろな「？」が駆けめぐった。よほど険しい顔をしていたらしく、伴文は「いや、本気で言ったわけではねんだろけどな」と言ったきり、呆れたように紗枝子を見つめて、黙ってしまった。

和倉の港に下りて振り返ると、美瀬島は夕映えの茜色にあざやかに染まった空と、濃紺色が深まった海のあいだに、黒々とシルエットを浮かべていた。その形が仰向けになった人の横顔のように見える。紗枝子の天羽家はその顔の目の辺りにある。慣れ親しんだはずのこの島が、どんどん遠ざかってゆくような気がする。

和倉から館山駅までバスに乗る。考えてみると伴文とはそれから東京まで、ずっと一緒になるのだった。バスでは離れた椅子に坐ったが、列車でもそんなふうにつれなくできる自信はない。下手をすると同じ椅子に並んで坐る羽目になりかねない。現に、バスを降りたところで、伴文は当然、そうなるものと決めていたように馴れ馴れしく寄ってきて、「電車の時間まで、お茶でも飲まねえか」と言った。

「私、館山でちょっと人に会うから」

紗枝子はとっさにそう言って、別れを告げた。まんざら嘘ではない。もういちど石橋先生の消息を尋ねてみるつもりだ。伴文はあてがはずれて、つまらなそうに「じゃあ、今度、東京で会おう」と言っていた。

石橋先生はやはり留守だった。アパートの管理人室を訪ねると、六十歳ぐらいの人の好さそうな女性が応対した。「東京からわざわざ見えたのに」と気の毒そうだったが、いくぶんは迷惑を感じてもいるにちがいない。

「学校からも、どうしたのかって言ってくるんですよ。そんなこと言われたって、私には何も分からないのにねえ」

「私も学校で聞いたんですけど、詳しいことは分からないって教えてくれないんです」

「あら、そうなの。私には連休の前から無断欠勤しているって言ってましたよ。いつもそんなことはしたことのない先生だから、どうしたのかって」

学校は体裁を考えて、本当のことは言わないのだろう。それにしても、律儀な石橋先生が無断欠勤するのは、確かにふつうとは思えない。

「お部屋を留守にする時も、あらかじめそう言ってくれるのに、今回は何もおっしゃってなかったですからねえ」

「何かあったんでしょうか」

「何かって、何ですか？」

管理人夫人は心配そうに、紗枝子の顔を覗き込んで「いやですよ、事故だとか、そんなのは」と首を横に振った。

「事故かどうかは分かりませんけど、でも一応、行方不明ってことでしょう？」

「そんな、神隠しじゃあるまいし、行方不明だなんて、大げさなこと言わないでください。明日になればちゃんと学校にお出になるかもしれませんよ」

「だといいのですけど……」

紗枝子は「もし何かありましたら」と、自分の連絡先を書いた紙を渡しておいた。

館山から東京方面へ向かう内房線は、夕方六時過ぎの特急が行ってしまうと、それから先は直通列車がなく、一時間置きの各駅停車で千葉かその二つ手前の蘇我まで行き、総武本線か京葉線に乗り換えることになる。東京都に隣接する県で、都心まで三時間近くもかかるところなんて、そうざらにはないにちがいない。やっぱり房総は田舎なんだ――と思ってしまう。

紗枝子のマンションまでは東京駅からさらに小一時間かかる。辿り着いたのは、かれこれ十二時をまわっていた。マンションといっても賃貸アパートのちょっと上等なもので、全館共通して部屋も小さい。不動産屋の話によると住人には独身女性が多いというので、ここに決めた。

部屋に入ると、まずテレビをつけてバスタブに湯を張りながら、缶ビールを飲む。夜遅いご帰館の時の、これが決まった儀式のようなものだ。

テレビはニュースの最終版を報じている。バスの湯量を確かめて戻ってきた時、聞くともなしに耳に入ってくるアナウンスが「亡くなっていたのは千葉県……」と言ったので、紗枝子はギョッとしてテレビを見た。とっさに石橋先生のことを連想した。アパートの管理人夫人が「神隠し」と言った言葉が、不吉な予言のように思えていたのだ。

「……千葉県選出の衆議院議員廣部馨也氏の秘書・増田敬一さん六十三歳で、関係者の話によると増田さんは、昨夜以降、連絡がつかなくなっていたということです。小田原警察署と神奈川県警では、増田さんの死因を調べると同時に、事件性があるのか、関係者や現場付近での聞き込みを進めております」

紗枝子はキーンと耳鳴りがして、バスタブの湯が溢(あふ)れる音も聞こえなかった。

4

平子裕馬は夜に入っても現れなかった。浅見を放ったまま和倉の実家へ引き揚げるとは考えられないが、かりにそうしたとしても、連絡船の船長に頼んでおいたのだから、何か言ってきそうなものである。

浅見は港から戻る時に公衆電話で、平子の実家に電話している。平子の兄はあまり機嫌がよくなさそうな声で、まだ帰っていないと言った。「あいつはそういう男ですよ」とも言った。自分勝手なやつだから、客を放ったらかしにして、さっさと東京へ帰ったのではないかということだ。

まさかそんなことは——と思うが、浅見のほうも平子の人となりを理解できるほど、長い付き合いではない。

「今夜は美瀬島に泊まります」と言うと、平子の兄は「へえーっ」と驚いた。なんと物好きな——という口ぶりである。

「そんなとこさ、よく泊まりますな。第一、ホテルも旅館もねっぺやで」

「ええ、天栄丸という網元の家に泊めていただくことになりました。平子さんから連絡がありましたら、そこに電話してくださるよう、お伝えください」

「えっ、天栄丸かね」

またしても呆れたと言わんばかりに、「あんた、気をつけたほうがいっぺえ」と忠告めいたことを言った。

「はあ、気をつけるとは、何があるのでしょうか？」

「何があるか知んねっけんが、とにかく天栄丸は悪いやつだかんな」

敵意剝き出しだ。美瀬島と和倉町とのあいだでどういう確執があったのか知らないが、双方とも、とにかく相手方に対しては不倶戴天の敵という認識で、一歩も譲らない姿勢があることは確かのようだ。

天栄丸の主人は大いに歓迎してくれて、夜の食事も豪勢なものであった。観光客はお断り——と言っていたが、プライベートのお客に対してはこういうもてなし方をするのが、この島の常識なのだろうか。それにしても、大振りの伊勢海老や、肉の厚いアワビなど、房総の産物の旨さをあらためて堪能した。

テーブルには天羽助太郎と里見が陪席した。挨拶に出た天羽夫人はふっくらと肥えた大柄の女性で、陽気な性格なのか、ちょっとしたことでケラケラ笑う。この島で生まれ育ったそうだが、網元の家を仕切るには、うってつけの姐御肌タイプに見える。一緒にテーブルにつくのかと思ったが、夫人はしばらく話し相手になっただけで、間もなく奥へ引っ込んだ。台所仕事に徹しているのか、それともこういう場には同席しないのがこの島の慣習なのか、お運びもお手伝いの女性が務める。

里見の前にも料理は並んでいるのだが彼はほとんど手をつけず、お酌をするのが役目でそこにいるようなことらしい。きちんと正座した姿勢を崩そうともしない。それだけで、浅見は網元の家のしきたりが恐ろしく古いものであることを肌で感じた。

浅見がそれほどいける口ではないせいか、天羽もふだんよりは酒のピッチが上がっていない様子だが、弁舌のほうは飲むほどに滑らかで、よく喋る。話題はほとんどが美瀬島の自慢である。島の自然環境のよさと、島民の純朴な気質を自賛し、それをいかに保持するかに腐心していると語り、それに較べていまの世の中は——と慨嘆した。

その話を通じて、島の暮らしぶりが次第に飲み込めてきた。島の産業はほとんどが漁業と、一部が農業と、それだけで成り立っているのだそうだ。

「いまどき、専業の漁師や農家だけの自治体なんて、この島ぐらいなもんでしょうなあ。まあ、島の外に勤めに出ておる者もいることはいるが、そんなことをしなくても、島としてはやっていけるんです。その証拠に、美瀬村では地方交付税はビタ一文ももらっていないもんね。それに、島の人間はじつによく働きます。男はマダイ、ヒラメからカツオ、カジキマグロの突棒（つきんぼう）漁まで、余所には絶対、真似できねえようなものを獲（と）ってくる。いや、男ばかしでねえ、女がたの磯仕事もけっこうな稼ぎですよ。むしろ、そっちの水揚げのほうがでけえくらいです」

磯仕事とは、主としてアワビやサザエ、海草類の採取作業のことだ。むろん、シーズンには伊勢海老も獲る。

「房総の海は、昔はどこの磯もアワビの宝庫だったもんだが、乱獲やら水質汚染やらでみんな駄目になっちまったんだ。いまも昔と同じに豊かなのは、この美瀬島だけです。どこにも負けねえ一級品ばっかが獲れる。それだけ、われわれは父祖代々、磯や海を大切にしてきた。いや、漁師ばかりでなく、百姓仕事のほうも、むやみに化学肥料や殺虫剤なんかは使わねえようにして、自然のままに保っておるのです。そんだから美瀬島のものは旨いという定評が生まれた。いわゆるブランドものというわけですな。中央の市場は通さねえので、一般の店には出ねっけんが、料亭や有名専門店や、特別なお得意さんには、それなりの高値で直送させてもらってます」

「そんなに高価な一級品の獲れる海ですと、周辺の漁師さんもやって来ませんか」

「いや、それはだめ。二百海里の経済水域ではねっけんが、島の周辺には漁業権というものがありましてな。江戸時代からえんえん守り抜いてきた。わしの親父の代あたりまでは、切った張ったで血を見ることもあったそうだが、それくらいまでして漁業権を確保してきたというわけです」

天羽は誇らしげに胸を張った。

「それでも密漁に入り込んでくる者はいそうな気がしますが」

「来ても追い返します」

「というと、いつも見張りをしているのですか」

「まあ、そういうことですな」

「しかし、夜の海の上で、ライトも点けないで操業されたりすると、発見できないのではないでしょうか」

「ははは、それは大丈夫。以前は物見台を作って、日夜監視の目を光らせておったが、現代はレーダーという便利なものがあって、しっかり捕捉してくれます」

「レーダーがあるのですか」

「もちろん、レーダーぐらいありますよ。島の東と西の高台に設置してある。怪しげな船がウロウロしていると、すぐさま島の高速船が出動して、追っ払う」

「その際、トラブルになりませんか」

「いや、大したことはありません。テキはこそ泥みたいなもんですからな。大慌てで逃げだすだけです」

「逃げ遅れた場合はどうなりますか」

「逃げ遅れた場合……」

天羽助太郎は客の執拗(しつよう)な質問に意図的なものがあると、ようやく察知したようだ。

「ははは、その場合は、水揚げしたものを没収して、始末書を一筆、書かせます」

「それで再犯は防げますか」

「まず再犯はありませんな」

「というと、よほど厳重な内容の始末書なのでしょうね。違反した場合の罰則規定はどのようなものですか」

「そんなもの……」

天羽は眉根を寄せた。

「始末書だとか罰則だとかいったって、形だけみたいなもんですからな」

「適用されたことはないのですか」

「ないですな」

「そうでしょうね。考えてみると、いくら島の決めたことだからといっても、犯人を勝手に拘束したり処罰したりすれば、法的にはリンチになります」

「そう、そういうことです」

天羽は少し白けた顔をしていた。

それからは会話はあまり弾まなくなった。浅見のほうは平子のことが気掛かりだった。時刻はすでに九時を回った。いったい彼に何があったのか、ただごととは思えなかった。大原で知り合って、ここまで来るあいだの平子からは、悪意があるような気配は感じられなかった。第一、美瀬島まで浅見を案内して放り出して、それで彼に何かメリットがあるはずもない。

約束の「北浜」にいなかったこともそうだが、その後、いまだに連絡してこないのは、平子に何かのっぴきならない事情が生じたということなのだろう。

（事故か――）

浅見の脳裏には最悪の状況が浮かんだ。同じ美瀬島の中にいるはずの平子にとって、浅見に連絡もできないようなのっぴきならない事情となると、何か事故が起きたとしか想定できない。

とはいえ、この島の中で連絡も取れなくなるような事故とは、どういうものがありうるのだろう。天羽の話によると、美瀬島には漁協のちっぽけな車があるだけだというのだから、交通事故も起こりそうにないし、北浜の海岸に寄せる波も、それほど荒々しくはなかった。どこかの崖（がけ）から海に転落でもしたのか。だとしたら、ずいぶん間抜けな話だし、平子がなぜそんな危険な場所に行ったのか、それも不思議だ。

宴がお開きになって、里見がお客用の寝室に案内してくれた。床の間付きの八畳間の真ん中に布団が敷いてある。突然の、それも見ず知らずの客に対して、恐縮するような大変な歓待ぶりである。里見はそれから風呂場の場所を教えて、「いつでもお入りください。もしよろしければ、お背中を流させていただきます」と言った。

さすがにそれは辞退して、電話を借りたいと申し出た。こういう時に携帯電話を持たないことの不便さを感じる。自動車電話を使いたくても、車は対岸の平子の実家にある。もっとも、この島は携帯電話の圏外なのかもしれなかった。

案内された玄関脇の小部屋に、およそ古めかしい、ダイヤル式の黒い電話機があった。こういう電話機がいまもなお生きていることに、むしろ感動してしまう。

平子は実家に戻っていなかった。連絡もないという。平子の兄は「やっぱし東京へ帰ったんだっぺや」とすげない態度だ。浅見は天羽家の電話番号を伝え、明日、車を取りに伺いますと言って受話器を置いた。

思いついて、自宅の番号をダイヤルした。須美子が出て、眠そうな声で応対した。自宅にも平子からの連絡は入っていなかった。藤田編集長から、大原のはだか祭りの取材はうまくいったかどうか、問い合わせがあった以外、さしたる用事はないそうだ。

平子の心配ばかりしていてもどうなるものでもない。浅見は諦めて、風呂を使わせてもらうことにした。床も壁も、もちろん湯船もすべて檜造りの風呂で、森林浴でもしているような爽快な気分であった。

糊（のり）の利いた浴衣（ゆかた）が用意されていた。まったく至れり尽くせりの歓待である。泊めてもらうと決まった時はさほど感じなかったが、豪勢な食事が出たあたりから、浅見は少なからず心穏やかでなくなっている。まるで龍宮城の浦島太郎のような心境であった。こっちは父親を救助してもらったことへのお礼参りのつもりなのであって、これほどまでの歓待を受ける理由はない。好意に甘えているうちに、すっかり腑（ふ）抜けになりそうな不安さえ感じた。

窓に嵌（は）まった障子を開けると、ガラス窓の向こうに暗黒の海と星空が広がっている。漁火（いさりび）らしい火影が二つ、闇の中に揺れていた。休日でも漁に出る船はあるらしい。それにしても夜の海は魂が吸い込まれそうで、どうにも不気味だ。

床に入ってからも、平子のことが気になって、なかなか寝つけなかった。崖の下から湧いてくるような波音も気になった。ひょっとすると、あの波の底に平子が流れているのかもしれない――などと、妄想まで浮かんでくる。死体はいったん海底に沈んで流され、やがて遥（はる）か沖合で波間に浮かぶという。

（神隠しみたいだな――）浅見はふとそう思った。贄門岩のあいだから流れ出る、平子の死体を想像して、慌てて布団をかぶった。

カモメかウミネコか、鋭く鳴く声に目覚めた時は、陽射しを受けた障子が眩（まぶ）しいほどだった。時刻は七時二十分、浅見にとってはまだ真夜中みたいなものだが、漁師の暮しはとっくに始まっているにちがいない。

身支度を整えて部屋を出ると、その気配を察知したように、廊下の先に里見が現れた。彼の背後から味噌汁とアジの塩焼きらしい香ばしい香りが追いかけてきて、浅見の胃の腑を刺激した。

「こちらに朝食の用意ができております。いつでも結構です」

里見はそう声をかけて、食堂に戻った。

浅見一人の食事であった。天羽助太郎も夫人も、港のほうへ行ったそうだ。ひょっとすると、自分の世話をするために里見が残ったのかも――と恐縮して、「あなたは行かなくてもよかったのですか」と訊くと、「自分は留守番役ですので」と言った。それもまたソツのない答えのように思えた。

食事の後、浅見はすぐに自宅に電話を入れた。須美子が電話に出て、浅見の声を聞くなり「坊っちゃま、どうするんですか？」と言った。周囲に誰かいるのか、それとも、よほど聞かれては具合の悪いことなのか、押し殺したような声である。

「どうするって、何が？」

「決まっているじゃありませんか、増田秘書さんのことですよ」

「ああ、それなら東京に戻ってから電話するつもりでいたんだ。昨日は休日で、議員会館は休みだったはずだから」

「そんな呑気なことをおっしゃって……あら、もしかすると坊っちゃま、事件のことをご存じないんじゃありませんか？」

「事件？」

浅見はとっさに平子の身に何かあったのかと連想して、ギョッとなった。

「そうですよ、事件ですよ。じゃあ、やっぱりご存じないんですね。新聞をご覧になっていないんでしょう」

「ああ、けさは新聞どころか、テレビも見ていないな」

見たくても、他人の家である。第一、この早朝に美瀬島に新聞が届いているものかどうか。

「じゃあ、早くご覧になってください。増田秘書さんが大変なんですから」

須美子はもどかしそうに言って電話を切った。詳しいことを説明もしないで、彼女のほうから勝手に電話を切るなどということは、滅多にあるものではない。これはどうやら、ただごとではないな――と思って、浅見は駆け込むように居間に入った。里見も誰もいないが、躊躇なくテレビを点けた。

テレビは中東の民族間紛争を報じてから、国内のニュースに移った。その最初に増田の「事件」を扱っている。

「昨夜、廣部馨也衆議院議員秘書の増田敬一さんが小田原の海岸で殺害された事件は、神奈川県警と小田原警察署で調べが進められておりますが、いまのところ事件の目撃者以外、犯人に繋がるような情報は寄せられていないもようです」

画面はアナウンサーから増田敬一の顔写真と紹介の字幕スーパーに変わった。増田の生真面目そうな顔が真っ直ぐこっちを向いている。その写真の主がすでにこの世に存在しないことに、浅見は身震いした。ニュースはさらに増田の失踪した状況などを解説しているが、それを耳で捉えながら、浅見の目は新聞の在り処を求めて室内を彷徨った。

第四章　逢魔(おうま)が崎(さき)

1

神奈川県小田原市根府川(ねぶかわ)は小田原市街の南部、箱根外輪山(がいりんざん)の溶岩流が相模湾に迫(せ)り出した辺りである。小田原市内で国道1号（旧東海道）から分岐した国道135号は根府川の北部で新旧二手に分かれ、旧道は溶岩台地の上にある根府川の集落を通る。一方、新道は「真鶴(まなづる)道路」という有料道路として海岸線に沿って進む。

真鶴道路は関東エリアのドライブウェイの中では、風光明媚(めいび)なコースの一つに挙げられる。断崖(だんがい)と海のあいだを行く車窓からは、時々刻々、表情を変える太平洋が見渡せる。ただし快適とはいえ、この辺りの海岸線は小さな岬や入り江の凹凸が多く、片側一車線で見通しの悪いカーブも少なくない。そのわりにドライバーはスピードを出したがる。はみ出し禁止区間で無理な追い越しをかけたり、運転を誤って、道路脇の側溝に転落したりの事故が絶えないところだ。そんなことから「魔のカーブ」だとか「逢魔が崎」だとか呼ばれてもいる。

それはともかくとして、真鶴道路の根府川付近は、至る所にある岩場がどこも磯釣りに適していて、小田原市内だけでなく、東京方面からも釣り客が訪れる。

九月二十四日、礒村(いそむら)公志は夕刻から岩場の一つに腰を落ち着けていた。

礒村は東京都内の高校で化学の教師をしている。いわゆる学究肌で、学生時代から四十四歳の現在まで、試験管と妻を愛撫(あいぶ)する以外、さしたる趣味もない男だが、唯一の道楽が釣りであった。社会観や対人関係など、日頃はおよそ淡白そのもののような生き方をする礒村が、こと釣りに関しては、のめり込み方が尋常ではない。初心の頃は友人たちと連れ立って、ピクニックがてらの釣りが多かったが、そのうち趣味が嵩(こう)じて、偏執的といっていいほどの域に走ったために、仲間に敬遠され、いまではすべて単独行。この日も磯の大物を狙った夜釣りであった。

じつをいうと、夜間の磯釣りは危険とされている。雲が月明かりを遮った夜の海は、ほぼ完全な暗闇(くらやみ)状態になって、思わぬ事故が発生しやすい。港付近の防波堤のような、外灯のある場所ならともかく、足元も見えない岩場の夜釣りは、かなりのベテランでも敬遠する。

おまけに、この辺りの磯は岩場のスペースが小さいところが多く、よほど気の合った仲間同士でなければ、先に着いた者が占有権を主張するために、一つの岩場を一人で専有するケースがふつうだ。礒村は早い時間からこの場所に来て、竿を出した。

夜釣りの客はさすがに少ないが、それでも、礒村以外にもマニアはいるものである。少し離れた岩場に懐中電灯やカンテラの明かりがチラチラと揺れていた。

磯釣りの要諦は待つことだ――と、その道の達人は言う。逆にいえば、それくらい釣れないという意味でもある。過去の経験からいうと、二回に一回はボウズで撤収することになる。それなのに、根気よく撒き餌を打ち、電気浮きの動きに目を凝らしつづける作業のどこが面白いのか、門外漢には理解しがたいが、当人にしてみれば、これぞ醍醐味なのである。

とはいえ、ふとわれに返って、カンテラの明かりだけのまっ暗闇の世界にたった独りでいることを思い出すと、寂しさを通り越して恐ろしい。時折、沖を横切る漁火や、背後の国道を突っ走る車の騒音が、むしろ心強く思える。

午後九時頃――だったと礒村は記憶している――背後から懐中電灯で足元を照らしながらやって来た男が「釣れますか」と声をかけた。礒村は無愛想に「いや」と答えた。釣り三昧の太公望にとって、こういう冷やかしは愉快でない。それどころか、背中を向けているだけに、何をされるか分からない不気味ささえ感じる。近頃はごく簡単に、人を襲って金品を奪い取ろうとする人間が増えた。礒村は用心のために振り返って男を見た。

　カンテラの薄明かりにぼんやり浮かんだのは初老の紳士であった。場違いなスーツ姿である。ネクタイもきちんとしていた。仕事帰りか何か知らないが、わざわざ岩場を歩いて見物にやって来るのだから、よほどの釣り好きなのだろう。釣り好きに悪人はいない——と決めたわけではないが、礒村の警戒心はひとまず消えた。

　紳士のほうも釣りの邪魔をする気はないらしい。沈黙を守って、しばらくそうしていたが、小声で「失礼」と挨拶して立ち去った。しかしそのまま帰ってしまったわけではなかった。少し経って、百メートルほど離れた隣の岩場の上で、懐中電灯の明かりがユラユラ磯の先へ向かって行くのに気がついた。朧に浮かぶシルエットはさっきの紳士にちがいない。明かりは岩場の向こう側に下りて行った。礒村のいる場所からは見えないが、そこにも釣り人が一人いたはずだ。

　礒村はすぐに電気浮きに視線を戻して、紳士のことは忘れた。

　その直後、「何をする！」という怒号が聞こえた。それから鈍い打撃音と悲鳴と激しい水音が連続して聞こえた。

　礒村は驚いて立ち上がり、声がした隣の岩場を見た。やや間を置いて、人影が明かりを忙しく揺らしながら、岩場の上を移動して行った。人影は礒村の明かりに気づいたのか、岩場の小高い辺りで立ち止まり、こっちの動きを窺っている様子だ。

礒村は本能的に岩の上に身を伏せた。真鶴岬の灯台の明かりに一瞬浮かび上がったシルエットは、礒村が釣り用に被っているのと同じような、ツバのある帽子を被っていた。

シルエットはじきに曖昧になったから、人相風体まではもちろん分からない。いずれにしても、潮騒を貫いて聞こえてきたさっきの悲鳴のような声が紳士のものだったとすれば、帽子の男は紳士を襲った人物であると考えられる。

礒村は急には行動に移せなかった。「加害者」が逃走から反転、目撃者である礒村を襲ってくる可能性があった。加害者の懐中電灯の明かりが、蛍火のように闇の中を走り、道路に達し、ガードレールを兼ねた防潮堤の向こうに消え去るまで、息を潜めるようにして動かずにいた。

それから釣り道具を岩場の上に引き揚げておいて、恐る恐る隣の岩場を覗きに行った。懐中電灯で照らしたが、そこには紳士の姿はなかった。岩場の上に釣り道具が残されている。糸先を海中に沈めたまま放置された釣り竿とクーラーボックスとタックルボックス、それにエサ箱や撒き餌の入ったバケツ、コマセ用の小さなヒシャク等々だ。この場所は潮流の関係なのか、断崖の下はいつも波しぶきが上がっているから、昼間なら釣りに適しているのかもしれない。

波の打ち寄せる辺りを懐中電灯で照らしてみたが、そこに誰かが転落しているかどうかは分からなかった。しかし、争うような声と悲鳴と水音が聞こえ、逃げ去った人物がいたのだから、当然、もう一人の人物——たぶんあの紳士が残っているはずである。あの様子から察すると、見物にきた紳士と釣り人のあいだで何かトラブルがあって、暴力沙汰に及んだと考えられる。

礒村はどう対処すべきか、とっさの判断に窮した。一一〇番通報をするにしても、「紳士」が転落したのをはっきり目撃したわけではない。状況から見て、おそらく間違いないだろうと思うだけだ。それ以前に、できることなら関わりたくない——という意識が働いた。

しかし、もしも現実に「事件」があったとして、この磯の沖で他殺死体が発見されでもしたら、その場所にいた自分も取り調べの対象になるにちがいない。その時になって、じつは事件があったらしいことを知っていたと言えば、市民としての義務や責任を果たさなかったことを指弾されかねない。教師という立場を考えると、それは望ましくなかった。いや、それどころか、下手をすると礒村自身が加害者として容疑の対象にされる可能性だってあった。

そこまで考え至って、礒村はようやくポケットから携帯電話を取り出した。

ずいぶん長く感じたが、警察が駆けつけるまではおよそ二十分程度だったろう。その間、礒村は岩場の付け根である道路脇に佇んで待った。いつ「犯人」が戻ってこないとも限らないから、いても立ってもいられない気分であった。

小田原署からはパトカーが二台と、サーチライトを装備したジープのような車が一台、やって来て、礒村から事情聴取をするとともに、ただちに捜索を開始した。通報の際に海中に転落したらしい——と伝えたので、少し遅れて海上にも赤い灯火をつけた船が現れ、海面を照らした。

すでに死体となった「被害者」が発見されたのはそれから四十分後だった。転落現場から百メートルほど離れた沖合に漂流している死体を、警察の船が発見、収容した。暗黒の海という条件を考えると、かなり早かったといっていいだろう。「通報が機敏だったからです」と、警察官に褒められて、礒村はひとまず責任を果たした気分であった。実際、通報が遅れれば、死体は海底近くまで沈むか、遠くまで流されるかして発見できなかったかもしれないのだ。

それからしばらく、礒村は現場で目撃情報を聴取された。といっても詳しいことを知っているわけではない。あの「紳士」とはほんのひと言ふた言のやり取りがあっただけで、顔もはっきりとは見ていないのだ。「いずれまたお話を聞きに行くと思いますが」と、警察はひとまず解放してくれた。

警察は岩場一帯に立入禁止の黄色いテープを張りめぐらせた。その頃になって礒村は、「捜索隊」の中に報道関係の人間も混じっていたことに気がついた。事情聴取を終えた礒村に接近して、事件発生時の状況を訊いてきた。礒村は警察に口止めされているので、警察の発表を聞いてくれと答えた。

予定では夜中の十二時頃まで釣りをするつもりだったが、気がつくとまもなく十一時になろうとしていた。さすがに釣りを続行するわけにはいかない。当面、必要な事情聴取は完了したが、それで警察との関係が終わったわけではない。いずれあらためて事件発生の状況を聴取する可能性があるということだ。警察官の「ご苦労さまでした」という労(ねぎら)いの言葉に送られて、礒村は車を駐(と)めてある場所へ向かった。

礒村の車が走り出して間もなく、警察は港へ帰投中の船の中で遺体の所持品を調べた。その結果、身分証や運転免許証等から遺体の主が衆議院議員廣部馨也の秘書・増田敬一であることが分かった。

遺体の頭部に石か何かで殴打した痕跡が見られたが、それは直接の死因ではなく、死因は溺死(できし)であった。気を失って海に転落し、肺に海水を吸い込み、そのまま死に至ったものと考えられる。着衣に乱れがなかったのは、意識が回復しない状態で死亡したことを思わせる。

発見されたのは死後一時間程度を経過した頃だが、かりにもう少し早く救助されていれば助かった可能性があるかもしれない。しかし、それはあくまでも仮定の話であって、礒村の責任に帰する性質のものではない。

事件は深夜のテレビニュースで第一報が流された。

代議士秘書の中でも、親子二代にわたって廣部代議士に仕えている増田は、わりとよく知られた存在だ。とくに先代の廣部は大蔵大臣など重職を歴任しているから、取材陣に囲まれることも多く、秘書の増田も顔を写される機会が少なくなかった。増田の存在がとくにクローズアップされたのは、廣部が航空機の輸入にまつわる巨大疑獄事件の矢面に立たされた時だ。増田は獅子奮迅の働きで廣部を守り抜いたといわれる。マスコミへの対応も巧みで、権謀術策に長けているようでいながら、いかにも誠実そうな印象を与え、記者たちの評判はすこぶるよかった。

その増田がこういう形で死んだことに、マスコミ各社はふつうの殺人事件に対するのとは少し異なる、重い受け止め方をした。単なるゆきずりの犯行ではもちろんなく、事件の背後に何やら謀略めいたものがあることを想像したのである。

警察の捜査のほうは、少なくとも表向きはそういった予見を何も抱いていない。ふだんどおり、被害者の足取り調査と、遺留品と目撃者探しから捜査をスタートさせている。

増田は事件の前日——九月二十三日の夜、自宅のある埼玉県和光市の公団アパートの駐車場で近所の人に目撃されていた。それ以降、事件直前に礒村と言葉を交わすまでの間の目撃者は出ていない。最後の目撃者の話によると、増田はいつものようにスーツ姿で車に乗り込むところだったという。

「挨拶しようと思ったのですが、増田さんが何だか深刻そうな様子だったので、声をかけそびれてしまいました」

その増田の車は、事件現場から百メートルあまり離れたところにある、道路から少し引っ込んだ空き地で発見された。そこはよく、釣り人などが駐車場代わりに利用する場所だが、通りすがりにそこへ車を突っ込むのは、現場の地理に詳しくないと無理だ。

増田は生家が伊豆長岡にあって、いまも年老いた母親と兄一家が住んでいる。そこへの往復でときどきここを通っていたのと、生来の釣り好きで、ひまを作っては伊豆方面へはよく出掛けていたという。この夜も伊豆へ向かう途中、勝手知ったこの場所に寄り道したと考えられる。

増田はアパートの２ＤＫの部屋に三十年ほど前から独りで住んでいる。家族はなく、伊豆長岡の母親と兄の一家以外には、身内と呼べるような係累はない。事件後、兄のところと、増田の雇い主である廣部馨也代議士のところへ警察から連絡が行った。夜半だったが、警察からの電話には廣部本人が直接出た。事件の報告を受けた廣部は「まさか……」と言ったきり、絶句した。

母親や兄夫婦はもちろんのこと、その廣部代議士をはじめ、同僚の秘書仲間や事務所の職員など、関係者はその夜のうちに小田原署を訪れ、増田の遺体と対面している。誰もかれも、異口同音に「信じられない」と述懐した。

いったい増田と釣り人とのあいだに、殺しにまで発展するような、どういうトラブルがあったのか、その点が最も不思議とされた。増田の温厚な人柄や日頃を知っている者は、一様に首をひねった。

事件の目撃者である磯村も、確かに釣りを冷やかされるのは愉快なことではないと言っているから、何かちょっとしたきっかけで、口論にでもなったのかもしれない。だからといって、当然のことながら、殺すのどうのというレベルのものではない。相手がよっぽど過激な性格で、しかも釣れなくてイライラがつのってでもいない限り、暴力を振るうようなことはないだろう。

「それじゃ、そいつは釣れなくて、よっぽどイライラしていたってことか」

小田原署の捜査本部で部下の報告を聞いた長南正茂（ちょうなんまさしげ）警部は、部下の口ぶりを反復するように言った。長南自身、そんなばかなことが——と思っている、なげやりな言い方だ。捜査主任の長南にとって、神奈川県警捜査一課に転属してから、これが初めての殺人事件であった。被害者が代議士秘書とあって、「大事件」の予感がした。

2

慌（あわ）ただしい出立になった。役場に寄るどころではなかった。

天羽助太郎に別れの挨拶をしたかったのだが、夫妻ともども、午前中は仕事先から戻らないそうだ。

留守番役の里見が独りで浅見を見送った。仕事があるはずなのに、自分の接待のために里見をつけてくれた助太郎の好意に、浅見は感謝の言葉もないほど恐縮した。

里見に廣部代議士の増田秘書が亡くなったことを言ったが、里見は増田を知らないのか、「はあ、そうですか」とあまり深刻そうな反応ではなかった。その様子だと、ひょっとすると天羽助太郎もまだ事件のニュースに気づいてないのかもしれない。

浅見としては、それとともに平子のことも気になった。彼の兄が言ったように、客を放ったまま黙って帰ってしまうような、いい加減な人間であるにしても、もし、すでに対岸へ渡ってしまったのだとすれば、連絡船の船長から何か言ってきそうなものである。

港へ向かいながら、浅見はしだいに重苦しい気分に落ち込んで行った。やはり何か平子の身に起きたような気がしてならない。しかし、それ以上に増田秘書の死が現実のものとして、重くのしかかってくる。増田が再三にわたって電話してきたのに対して何も対応できなかったことが、いまさらのように悔やまれてならない。

それにしても、増田の電話にはどういう目的があったのだろう。何か用件があって電話してきたことは確かだが、その用件に心当たりがなかった。先日、増田と会ったのは、二十一年前の父親の事故の詳しい話を聞きたかっただけである。併せて父が生死の境で聞いたという、不気味な会話の意味について確かめた。増田の用件とは、そのことと関係があるのだろうか——。

島の道は驚くほど人の姿が少ない。まれに出会う人は一様に笑顔で「おはようさん」と会釈をする。浅見も「おはようございます」と挨拶して振り返ると、相手は何事もなかったような足取りでスタスタと歩いて行く。何となく、すれ違った瞬間に、その人の表情から笑いが消えているのを想像させるような後ろ姿であった。

昨日は漁が休みだったが、きょうはレジャー用らしい小型のクルーザー以外、すべての船が出払って、港は閑散としたものだ。天栄丸の天羽助太郎も船団を指揮して出港したのか、それとも漁協事務所にでも陣取っているのだろうか。挨拶しそびれたのが心残りだが、連絡船の出発時刻が迫っていて、探すゆとりはなかった。

すでに通学通勤の時刻は過ぎたが、それでも島を出る客は十数人はいた。どの顔も、少なくともこっちに向いているかぎりは、道で出会った人と同じ笑顔である。

船に乗ってすぐ、船長に平子のことを訊いてみたが、昨日もけさも乗ってはいないらしい。とすると、まだ島内にいるということなのだろう。もっとも、船長が浅見の期待どおりに細心の注意を払ってくれたかどうか、保証の限りではない。乗客の中に平子がいたのに気づかなかった可能性もある。

対岸の和倉港に下りると、浅見は平子家を目指して早足で歩いた。庭先には浅見の無二の相棒であるソアラがひまそうな顔で鎮座していた。浅見は「待たせたな」とボンネットを叩いた。

玄関で声をかけたが、応答がない。平子の兄は勤め人だそうだから、たぶん留守なのだろう。裏庭へ回ってみると、平子の義姉らしい女性が洗濯物を干していたので「おはようございます」と声をかけた。

女性はやはり平子の義姉で、浅見のことも、再三電話があったことも亭主から聞いていたようだ。「やっぱし、弟とは会えなかったですか」と申し訳なさそうに言った。

「裕馬はそんな、お客さんをすっぽかすようなことはしないと思いますけどなあ」

兄とは違って遠慮があるのだろう。庇うような言い方をする。

「いや、すっぽかしたわけじゃないと思います。それに、はぐれたのは僕の不注意みたいなものですから。それよりむしろ、平子さんがどうなったのか、そっちのほうが心配です。何か事故にでも遭ったのでなければいいのですが」

「そうですなあ……」

浅見の不安が乗り移ったように、平子の義姉も表情を曇らせた。かといって、当面どうすればいいのか、知恵があるわけでもない。何か連絡があったら、知らせてください――と、あらためて名刺を置いた。

お茶でも――と勧めるのを遠慮して、浅見はソアラに乗った。無機質なはずの車だが、まるで自分の家の中に入ったような安心感と解放感に浸れる。それと同時に、美瀬島でのおよそ二十時間が、無意識のうちに緊張の連続だったことを悟った。一見、平穏そのもののようなあの島には、何かしら外来の者の不安をかき立てる気配があるらしい。

浜金谷から東京湾フェリーで三浦半島の久里浜に渡る。かつて日蓮伝説にまつわる事件に関わった時に、同じルートで房総から鎌倉と伊豆の伊東へ行ったことがあるが、それ以来だ。所要時間は約三十五分。久里浜からは横浜横須賀道路で鎌倉まで行き、そこから西湘バイパスなどを使えば、小田原までは思ったよりも近い。

小田原署はものものしい雰囲気に包まれていた。報道関係者はもちろん、通りすがりの一般市民も興味深そうに覗いて行く。代議士秘書の事件ということもあってか、テレビの中継車まで出ている。

受付で「増田さんの事件について、お話をお聞きしたい」と申し出ると、「だめだめ、さっき記者発表をしたばかりでしょう」とにべもなく断られた。確かに署内は慌ただしくて、フリーのルポライターなど相手にしている余裕はなさそうだ。

玄関前でソアラのボンネットに寄り掛かりながら、未練たらしく警察のマークを見上げ、思案にくれていると、署内から出てきた女性が「あの……」と近づいた。

「間違ったらごめんなさい、浅見さんではありませんか」

「はあ、浅見ですが」

見覚えのない顔であった。こんな美人を見忘れるはずがない――などと、瞬間的に思ったほどだ。

「あ、やっぱり」

女性はそれまでの不安げな様子から一転、嬉しそうな笑顔になった。第一印象では三十歳前後かな――と思ったが、形のいい唇から白い歯がこぼれると、まだあどけなさの残る顔立ちだ。

「申し訳ない、えーと、どこかでお会いしましたか」

「いいえ、何かの雑誌でお写真を拝見していましたから」

女性はバッグから名刺を出して、「廣部の事務所の者です」と小声で言った。名刺には廣部馨也事務所の肩書と「星谷実希」の名前が印刷されていた。

「あ、あなたが……このあいだ、増田さんから少しお聞きしました」

増田が「浅見さんのファン」と言っていた女性だ。

「はい、増田……さんには浅見さんのこと、お話しさせていただきました」

実希は「増田」と呼ぶべきかどうか少し迷って、故人だから――と思い返したような間を置いて「さん」を付け加えた。

「そうでしたか。それで、きょうは事情聴取ですか？」

「ええ、それと、いろいろな後始末のことがあって、参りました」

「大変でしたね、あの増田さんがこういう亡くなり方をするとは……」

「はい……」

実希は頷いて、そのまま顔を上げない。ふいにこみ上げるものがあったのだろう。鼻の先から舗道のアスファルトに、ポツンと涙の雫が散った。

「いかがですか、その辺でお茶でも飲みませんか」

浅見は誘って、ソアラのドアを開けた。

車の中ではしばらく沈黙が続いたが、何とか自己紹介だけは済ませた。星谷実希は廣部代議士の選挙区である館山市の出身で、学生時代にアルバイトで選挙事務所に詰めたりした関係から、大学を出たあと、すぐに廣部の事務所に入った。ことしで足掛け八年になるそうだ。

(ということは——)と、浅見は胸の内で年齢を推定した。

小田原の郊外へ出て、広い駐車場のあるファミリーレストランに入った。こういう店は明るくて、不純な香りがしないのがいい。食事時をはずれているせいか、店内がわりと空いているのもよかった。

「僕はカレーを食べます、まだ昼飯前だったものですから」

浅見はわざとおどけた口調で言った。実希は浅見の意図を察したように、白い歯を見せて微笑んだ。

浅見はカツカレーを、実希はコーヒーを注文した。「ケーキはいかがですか」と提案したのだが、それには「いえ」と首を横に振った。いまはまだそういう心境にはなれないのだろう。

「じつは、半月ほど前に増田さんとお会いしましてね」

浅見は切り出した。

「ええ、そのことは増田さんからお聞きしました。浅見さんのお父様が房総の海で事故に遭われた時に、増田さんもご一緒だったということですね」

「そうですそうです。その海というのは、あなたももちろん知っているでしょうけど、南房総の美瀬島というところなのですが、その島のことをいろいろお聞きしました。御霊送りのこととか……そして、僕の父が体験したという、奇妙な出来事の話もしました」

「体験て、その事故以外に、何か体験したのですか？」

「いや、事故にまつわることなのですが……こんな話をすると、あなたには笑われるかもしれませんけどね、その事故の直後、父親は臨死状態で幻覚みたいなものを聞いたという、ちょっとオカルトっぽい話です」

浅見は「死神」たちの会話を聞いたという、父親の体験談を話した。実希は笑うどころか、真剣な眼差しを浅見に向けたまま、前かがみになった。

「それで、増田さんは何て言いました？」

「美瀬島に御霊送りの風習のあったことは認めておられましたが、父親が聞いた死神の声の話だとか、死体を送り出すということについては、否定的でした」

「否定的？……それ、もしかすると、隠したのかもしれません」

「隠した……と言いますと？」

「美瀬島にそういう風習があるっていうのは、私、増田さんから聞いたことがあります。島の海岸近くに鬼の角みたいな岩があって、江戸時代はまだ小さな岩でしたけど、その辺りの海岸から死体を流したり、海の神様に生贄（いけにえ）を捧げる風習があったんですって」

「ああ、あれですか。じつは、今回行って、僕も見て来ましたが、その鬼岩は別名、贄門岩（にえもんいわ）と呼ばれているそうです」

「そうでしょう。やっぱり生贄を送っていたんですね。死体だって送っていたのかもしれない。増田さんとしては、現代にそんな風習が残っていると思われるといけないので、隠しておきたかったのじゃないでしょうか」

実希が自信たっぷりに断定するのに、引きずられたわけではないが、浅見もそんな気がしないではなかった。確かにあの時、増田は浅見が「死神」の話を持ち出すと、はじめは興味深げに聞いていたのだが、そのうちに、話を逸（そ）らそうとする気配を見せたのだ。

しかし、いまはその問題どころではなかった。「増田さんの事件のことですが」と、浅見はあらためて本来の話題を持ち出した。

「事件に対する警察の見解はどうなっているのか、何か聞いていませんか」

「私も詳しいことは知りませんけど、警察の話の様子ですと、釣り人の気に障るようなことを何かおっしゃって、喧嘩(けんか)になったみたいだということのようです。増田さんは殺される直前、近くの磯で釣りをしていた人にも話しかけていたんですけど、その人がそんなことを言っていたそうです」

「えっ、それじゃ、その人は事件を目撃したのですか」

「いいえ、そうじゃなくて、見たのは逃げて行く犯人の姿だけです。その人は、釣り人の中には話しかけられただけで不愉快になるような人もいるから、そういうトラブルもありうるって言ったのです」

「それにしても、殺してしまうというのは、よほどのことでしょう。あの増田さんがそんなふうに、相手を怒らせるようなことを言ったりしたりするとは、僕にはとても考えられませんけどねえ」

「それは私だって同じです。もう十年ぐらいのお付き合いですけど、増田さんほどの紳士はめったにいません。温厚で、忍耐強くて、優しくて……」

実希はまた思い出して、語尾が震えた。しかし、いつまでも感傷的になってばかりはいられないと思い返したのか、毅然(きぜん)として言葉を継いだ。

「でも、シンは強い人でした。私は知りませんが、先代の先生が汚職事件に巻き込まれた時には、マスコミや世間からずいぶん叩かれて、ひどい目に遭ったのだそうです。でも、増田さんが非難や中傷の矢面に立って、先生を守り抜いたって、議員会館の秘書仲間に聞いたことがあります。いまの廣部も増田さんがいなければ、とっくに落選していただろうって言われてます」

「ほうっ、あなたもそう思うのですか」

「思うって、落選ですか？　そうですね、こんなことを私の口から言っちゃいけないのでしょうけど、増田さんが頑張ってなければ、選挙区の人たちや政財界の偉い人たちに、いいように利用されるだけで、使い捨てになっていたかもしれません。いまの廣部は坊っちゃん育ちですから、単純で直線的で、思いついたら何でもやってしまう、無鉄砲みたいなところがあって……」

その先は悪口になりそうなので、実希もさすがに口を濁したが、この歳になっていまだに須美子から「坊っちゃま」と呼ばれている浅見としては、他人事ではない。坊っちゃん育ちだとどういうことになるのかな——と思ったが、何となく聞きそびれた。しかし、実希の口ぶりには、坊っちゃんであることが長所として作用していないという意味が秘められていることだけは確かのようだ。

坊っちゃん育ちの人の好さ、わがまま、独善性、決断力の欠如、人に命令することのできない不甲斐なさ、そのくせ頼まれるといやと言えない軟弱さ、その結果として……。

「妙なことを訊きますが、廣部議員は結婚はしているのでしょうか？」

「はあ？　ええ、奥様もお子さんもいらっしゃいますけれど」

実希はびっくりしたように答えたが、その時、なぜか彼女の頰がかすかに朱に染まったように見えた。考えてみると、適齢期を過ぎようとしている女性に、結婚の話を持ち出すべきではないのかもしれない。

「そうでしょうね、当然ですよね。ははは、ばかなことを訊きました」

浅見は自分の狼狽を誤魔化すために高笑いし、グラスの水を飲んだが、実希はその心理状態を見抜いたように「あの、何かの写真雑誌で見たんですけど、浅見さんはまだお独りって、ほんとですか？」と言った。

「ああ、ほんとですよ。僕もその坊っちゃん育ちのだめな次男坊ですからね。どうせあれでしょう、その写真雑誌にも、いまだに親の家に居候をしているとか、そんな悪口が書いてあったのでしょう」

「あら、違いますよ、だめなんて言ってませんよ。雑誌には秀才の誉れ高い警察庁刑事局長の兄と、名探偵として売り出し中の弟って紹介されていたんです。だから私は、ほんとかしら、こんな素敵な男性が独身だなんてって、信じられなかったんです」

面と向かって「素敵」と言われて、浅見は対応の仕方に困った。ひょっとすると、さっき、彼女が頬を染めたのは、その雑誌記事の連想があったせいかも——と思うと、いよいよ心中穏やかではなくなってきた。

「それに、結婚しないのがだめ人間の証拠だなんて変ですよ。私だって……」

実希は言いかけて急いで首を振った。

「廣部だって、先代の先生や周囲の人たちにセッティングされて、押し切られて結婚したって言ってますもの」

そう取り繕ったが、嫁き遅れの次男坊を慰めるのには役立ちそうになかった。

3

星谷実希の話によると、彼女が増田敬一と最後に会ったのは、九月二十二日の夕刻だったそうだ。この日は土曜日だが、議員秘書に曜日はあまり関係がない。廣部代議士は午前中に館山市内の生家に帰り、翌日は地元商工会主催の講演会と、その後のパーティに出席することになっていた。随行は第二秘書の木村と上岡、井田の若い秘書が二人。それに地元事務所の連中が合流する。

実希が残務を処理して議員会館を退出する時には、増田はまだ事務所のデスクで、何か調べ物をしていた。「お先に失礼します」と挨拶する実希に「やあ、お疲れ」と言って、追いかけるように「あっ、そうだ」と声を投げて寄越した。

しかし、「はい」と振り返った実希に、増田は躊躇うように視線を左右に散らしてから結局、「いや、いいんだ、それじゃ」と、顔の前で手を振った。それが、実希が増田を見た最後になった。

「何かおっしゃりたかったのでしょうか」

浅見が訊くと、実希は当惑げに「たぶんそうだと思うんですけど」と眉をひそめた。

「じつは、増田さんから僕のところに、何度か電話がありました。その時、僕は房総に行っていて留守だったのですが、その電話と今度の事件とに、何か関連があるような気がしてならないのです」

「えっ？……」と、実希は怪訝そうに浅見を見つめた。

「でも、警察はさっき言ったように、釣りをしていた人とトラブルがあって、ものの弾みのように海に転落したのだろうって いうことでしたけど」

「つまり、偶発的な事件だったというわけですね。そうなのかもしれませんが、しかし、僕に何度も電話してきたのは、何か緊急に相談したいことがあったのだと思います。それを考えると、そんなふうに単純に割り切ってしまっていいものかどうか……」

「単純でないって、どういう意味なんですか？　計画的な殺人だったとか？」

「そう、もしかすると」

「でも、増田さんが釣りを見物したのは、ほんの偶然のことでしょう。だって、殺される前に、もう一人の釣り人のところを覗いていたくらいですもの」

「あ、そうでしたね」

「ええ、その人――礒村さんとかいう人ですけど、その人が唯一の目撃者なんです」

「そうですか、じゃあ僕の思い過ごしなのかなあ……」

浅見は天を仰いで嘆息を漏らした。自分の危惧がはずれて、どこかほっとした気持ちもあったのだが、その様子が落胆したように見えたのか、実希は慰めるように言った。

「でも分かりませんよ。名探偵の浅見さんの第六感にピンと来たのなら、ひょっとすると何かあるのかもしれません」

「ははは、名探偵はやめてください。いや、僕の第六感なんてあてにならない。警察の判断のほうが正しいのでしょう。だけど、増田さんはなぜこんなところまで、わざわざ釣り見物に出掛けて来たのですかねえ？」

「ああ、それでしたら理由があるんです。伊豆長岡にお母さんが住んでらして、そこをお訪ねする時に、ときどきこの道を通るんですって。途中で道草を食って、釣りを冷やかすんだっておっしゃってました」

「そう、そうでしたか……」

やはり何もない、ただの暴力沙汰にすぎなかったのか――と、浅見はわずかに釈然としないものを感じながら、沈黙した。

「現場、ご覧になりました？」

実希は浅見の気分を引き立てるように訊いた。

「いや、まだです」

「それじゃご一緒しません？　私はさっき、警察の車に乗せて行ってもらいましたから、場所は分かります」

言うなり席を立った。前へ前へ、行動的に進む積極型の性格らしい。

事件現場の磯には、すでに警察の黄色い立入禁止のテープはなかった。黒々とした岩場の上に実希が手向けた花束が置いてある。沖縄付近に台風があるせいか、きょうは少し風が強く、沖には白波が立ち、岩礁に二、三メートルの波が打ち寄せて白いしぶきを上げていた。気象条件のせいか、それとも事件があったせいか、釣り人の姿はなく、曇り空の下の海は、荒涼とした感じである。こういう風景を見ると、美瀬島の北浜海岸を連想して、無意識に比較してしまう。同じ太平洋なのだが、やはり向こうのほうが数段、きれいな海のように思える。

しかし、ここも美瀬島も同じ黒潮寄せる太平洋の海つづきではあった。根府川は相模湾の西のはずれ近く。視界さえよければ、背後の高台に登ると水平線のかなたに房総半島の突端、洲崎の岬が見えるかもしれない。増田の死体がもしこの近くで発見されていなければ、流れ流れて房総の沖へ達したのだろうかと、浅見は妙なことを考えた。

「警察は事件を起こした犯人について、何か手掛かりはあったのでしょうか？」

「ええ、この現場に釣り道具が残されていましたから、その線を追えば犯人に繋(つな)がるだろうって言ってました」

「なるほど」

釣り道具のことに詳しいわけではないが、マニアにとって道具類には愛着もあり、それぞれ選び方もあるのだろう。単独行で夜釣りに来るくらいだから、犯人もかなりの釣りマニアだと考えてよさそうだ。釣り道具店への聞き込みを徹底すれば、客の中から犯人が浮かび上がってくる可能性はある。

「それにしても」と浅見は首をひねった。

「犯人はなぜ、釣り道具を放置したまま逃げたのかな？」

「よっぽど慌てたのじゃないでしょうか。犯人にしたって、まさか増田さんが転落して死ぬようなことになるとは思わなかったのだと思いますよ」

「つまり、事件ははずみのようなもので、犯人に殺意はなかったということですか。だったら、転落した増田さんを助けようとしそうなものだが……」

「うろたえてしまって、そんな考えも浮かばなかったのでしょう。夜の海だし、助けられっこないと思ったのかもしれません」

「転落した時点でもう、殺してしまったと思い込んだ――ですか」

「ええ、そうです」

「だったら余計、手掛かりになりそうな釣り道具を置きっぱなしっていうのは、具合が悪いんじゃないですかねえ」

「そんなこと……」と、実希は呆れたように言った。

「当人にしてみれば、落ち着いて考えるどころじゃなかったでしょう」

「そうかなあ、僕ならまずそのことを考えますけどねえ」

浅見は夜の海岸で起きた突発的な事件の様子を思い浮かべた。増田が犯人に対して何を言ったのか知らないが、いくら釣れないでイライラしていたにしても、その程度のことで暴力を振るうところまでいってしまうのは、よほどのことである。犯人にはもともとそういう粗暴な性癖があったのだろうか。カッとなると前後の見境がつかなくなる性格の人は、そう珍しくない。

（それにしても――）と、浅見はなおも納得できないものがある。

「これはあくまでも仮定の話ですが、犯人と増田さんが、たまたま顔見知りだったという可能性はないですかね。それも敵対関係にある者同士だったとか」

「まさか……」

実希はまた呆れ顔になったが、浅見はその考えを捨てきれない。

「どうでしょう。もしそうだとすると、犯人には十分な殺意があったと考えられますよ。警察はその点をどう思っているのかな？」

「そんなこと、ぜんぜん思ってもいないんじゃないかしら」

「ふーん、そんなもんですかねえ」

どうやら警察は、単なる喧嘩が発展した暴力沙汰と決めつけているようだ。そうではないと反論する証拠はないが、逆にそれが絶対的に正しいとする根拠だってないかもしれないではないか。極端にいえば増田とその「犯人」は、現場で待ち合わせた可能性だって、まったくありえないことではない。

そう思ったが、浅見はそれ以上、実希にこの話をするのはやめた。そうでないと、彼女が浅見に抱いている「名探偵」というイメージが崩壊して、ただの変わり者に思われそうな気がする。

「まあ、しばらくは警察の捜査を見守っているしかありませんね」

浅見はそう結論づけて、現場を離れることにした。何のデータも持たない素人が、あれこれ考えたところで始まらない。釣り道具など、遺留品が多いことからいって、初動捜査段階で容疑者が浮かんでこないともかぎらないのだ。

小田原から東京までは、小田原厚木道路と東名高速を乗り継いで、およそ一時間半の行程である。ソアラで実希を東京世田谷の下馬まで送った。彼女の住むマンションはこの近くだそうだが、買い物をして帰るというので、国道２４６号の表通りで下ろした。別れ際に「何か思いつくことがありましたら、電話をください」と、名刺を渡した。

帰宅すると、玄関先に出迎えた須美子が心配そうに浅見の顔を覗き込んだ。

「坊っちゃま、お疲れじゃないんですか？　すっごく顔色が悪いみたいですけど」

「ああ、少し疲れている。あっちこっち飛び回ったからね」

自分では気がつかないでいるが、いろいろな屈託が顔に表れたのかもしれない。とりわけ平子の消息が妙に気掛かりであった。

「須美ちゃん、平子裕馬っていう人から連絡なかった？」

「いいえ」

「そう……」

平子にもらった名刺の番号に電話してみたが、留守電になっていた。浅見は電話をくれるように吹き込んでおいた。

自室に向かおうとして、母親の雪江にバッタリ会った。

「ただいま帰りました」

会釈して、脇をすり抜けようとすると、「光彦、待ちなさい」と呼び止められた。

「あなた、美瀬島へは行ったの？」

「あ、はい行ってきました。ご挨拶もしてきました」

「そう、それで光彦、廣部代議士の増田秘書さんが亡くなられたの、知ってるわね」

「ええ、電話で須美ちゃんに聞いてびっくりしました。それも小田原の海岸で殺されたというのですから」

「光彦はこのあいだ、お会いしたばかりじゃないの？」

「そうなんです。会ってお父さんの奇禍の話なんかをお聞きしたばかりです。その後も留守中、たびたび電話をしてくださったそうだから、何かそのことで話があったのかもしれません。その矢先にこんなことになって、じつに残念です」

「ほんとだわねえ、いつ災難に遭うか知れません。釣り人と口論になって、その挙句のことなんですってね。近頃は本当に、人の気持ちがささくれ立っているみたいで、恐ろしいことだわねえ。光彦も気をつけなさい」

「はい」

「いい方でしたけど、増田さん、ご家族はどうなのかしら？」

「確か独身だと聞いてますが」

「そう、そうでしたの……光彦もいつまでも独りでいてはいけませんよ」

「はあ、努力します」

浅見は神妙に返事をして、早々に自室に逃げ込んだ。小田原へ行ったことなど、おくびにも出せない。

その日の夕刊の一部と翌日の朝刊各紙は、小田原根府川で起きた殺人事件の続報を掲載している。面白いのは、どの新聞も「釣り人のマナー」について言及していたことだ。近年「釣りブーム」と言われるほど、余暇が増えるにつれて釣り人口が増加しているが、それとともに釣り人のマナーの悪さを指摘する声も少なくない——といった論調まで一致している。

釣り針や糸を放置したまま引き揚げるために、海鳥が負傷したり死んだりする事故があとを絶たない。コマセと称する、イワシのミンチやアミなどの撒き餌を過剰に撒き散らすし、バケツに残った撒き餌を海水で洗い流して行くので、磯周辺の汚染が著しい。弁当ガラや飲み物の缶、釣り具から出るゴミ等を捨てて帰る。

それ以外に多いのが迷惑駐車。漁村付近は元来、細い路地のような道が多い。そこに構わず車を置いて釣り場へ行くから、少し大型の車の往来ができない場合もある。火災が発生したのに、消防車が通れなかったことも現実にあった。

その中でも最も深刻なのが「撒き餌」の問題だ。撒き餌はその一部は魚の餌になるが、残滓(ざんし)は海底に沈殿してヘドロ化する。魚ばかりか、磯についている伊勢海老やアワビ、サザエの生活環境を破壊したり、赤潮の原因になったりもする。

じつはこれは釣り人ばかりでなく、比較的静かな入り江や港内などに設置されている大型のイケスもまた、海洋汚染の元凶だとされる。イケスに撒かれるイワシのミンチなど、大量のエサのかなりの部分がヘドロ化していることは事実なのだ。だいたい、いくら獲れ過ぎるからといって、元来が食用であるイワシを飼料にしたり肥料にしたりしていいはずがない。かつてのニシンが菜種油を採るための肥料にするために乱獲され、絶滅したように、イワシもまたそれと同じ運命を辿ろうとしている。このところ、日本近海からイワシが急激に姿を消しつつあるのは、その恐るべき兆候かもしれない。

新聞記事を読みながら、浅見は美瀬島の天羽助太郎が言っていたことを思い合わせた。美瀬島が観光客や遊漁者をシャットアウトしているのは、正しい選択なのかもしれない。

「獲る漁業から　作る漁業へ」というスローガンがある。魚類の養殖技術の発達はめざましい。車海老はもはや天然物はほとんどなく、九州や台湾などの養殖場で飼育されたものばかりだ。鯛、ハマチからヒラメなどの高級魚の多くが養殖され、いまやマグロ類など大型の魚の養殖さえ可能になってきている。それはそれで人間の英知の産物ということもできるけれど、どこかに自然の摂理に悖ることをしている危険性が潜んでいるのではないだろうか。

ウシの飼料に、ウシの肉骨粉が入っていたことが狂牛病の原因になったとされる「事件」が起きた。これなど明らかに「共食い」である。ウシのような穏やかな草食動物が動物蛋白——それもウシ自身の肉・骨を食っていたことなど、消費者は誰も知らなかった。消費者どころか当の酪農家さえ知らなかったケースが多いという。

動物の中には共食いをする種としない種がある。また同じ共食いでも種によってタイプが異なるのだそうだ。死んだ仲間を食う種もあるし、積極的に仲間を襲って食う種もある。ライオンは仲間の肉を食うことがあるが、自分の子は食わないという。なぜそうなのかは、ある程度以上には解明されていない。神の摂理としか言いようがなく、科学的に説明できることではないのかもしれない。

その神の領域を冒したために起きた、いわば「神罰」の一つの例が狂牛病だったのだろうか。ウシは共食いをしない種の最も典型的な動物だが、人間はそのウシの意思に反して、飼料という形で共食いを強要した。しかも危険とされる部位である脳や脊髄なども与えた。すべては自然の摂理を無視した、効率性や経済性の論理から発している。その神をも恐れぬ傲慢さに対する、しっぺい返しを受けたような気がする。

まったくの話、人間どもは自分たちの都合のいいように、自然環境や生態系を踏みにじってきた。それも人類全体の安寧のためというより、自分一人のため、家族のため、あるいは会社の利益のため、国家のためといった利己的な動機に基づくものだ。

その結果として被害を受ける者が発生したとしても、勝者の論理で片付けてしまう。ヨーロッパ文明が全世界を席巻していった経過はその象徴的なものだ。かつてのアフリカ大陸やアメリカ大陸、オーストラリアなどはすべて「未開の地」と呼ばれた。そこに住む原住民を「野蛮人」と呼んだ。いまでも遠慮がちながら「発展途上国」と言っている。

いわゆる「文明国」から見ると、彼らは異端な存在である。文明国の中の数少ない良心的で心優しい人の目には、貧しく気の毒な人々に映っただろう。しかし「未開の地」に住む彼らの側から考えてみると、どういう暮らしをしていようと、余計なお世話だったにちがいない。すがすがしい裸で暮らしている者にとって、衣服のような厄介なものは迷惑千万だったかもしれない。現に文明国の中にもヌーディストがいるくらいだ。

しかし、ヨーロッパ文明は富を求めて未開の地を切り開いていった。先住民の安寧も自然環境も委細構わず蹂躙（じゅうりん）した。同化政策は正義であり救済だと信じていたのだから、始末が悪い。現代はさすがに露骨なことはしないが、日常の経済活動がそれと同じ論理で動いていると考えることもできる。

そう思った時、浅見はまたしても美瀬島を連想した。あの美しい島が、世の中の変動や汚染や荒廃に耐えて、文字通りの孤高を保つことの危うさを思った。

4

小田原署の捜査本部には現場にあった犯人のものと思われる遺留品が展示された。すでに指紋類の採取は終えて、聞き込み用の写真も捜査員たちに配られている。目撃者である礒村によると、事件を起こした後、犯人は狼狽ぎみに逃げたということだが、確かに釣り竿を回収するひまもないほど慌てていたようだ。その点を考えると、犯人にとってもこの突発的な出来事は災難であったといえる。

　現場には釣り竿のほか、釣果を入れて持ち帰るためのクーラーボックスとタックルボックス、それにコマセの入ったバケツとヒシャクがあった。岩の上にエサ用の小さめのサザエが十個ばかり残っていたから、どうやら犯人はイシダイでも狙っていたのだろう。ただし獲物はまだなかったらしい。クーラーボックスは空のままだった。

　現場には、これらの物以外にも当然あったと思われる予備の釣り竿やリール等は見当たらなかった。とりあえず持てる物——それも愛着と値打ちのありそうな物だけを手にして逃走したと考えられた。

　釣り竿もリールも「R」という有名メーカーの製品で、いずれも三、四年前に発売された比較的新しい機種だ。

　問題の指紋だが、これが意外に少なかった。完全な形で採取できたものは皆無といっていい。犯人は軍手か、釣り用の手袋を着用していたようだ。エサを扱う関係上、釣り人はこまめに汚れた手や釣り竿を洗ったり拭ったりする。わずかに指紋の一部を採取したが、渦状紋かどうかさえ識別不能といった程度のものだ。

また現場は剝き出しの岩礁で、足跡はまったく採取できなかった。

犯人の特定に繋がりそうな情報は、礒村の「あまり若い人物には見えませんでした」という証言だけと言っていい。遠目ではっきりしないが、岩場の上を走ったシルエットからは、若者の敏捷さは感じ取れなかったと言っている。

捜査員の大半は、遺留品である釣り道具類の入手先を当たる作業に入った。

釣り道具店は釣り場に近い町には必ず一軒ぐらいはある。しかし、新型のリールやロッドは、都市部を中心に展開する「上州屋」という、釣り具専門のチェーン店が圧倒的なシェアを誇る。ベテランの釣り師はもちろんだが、とくに初心者は、品揃え豊富なこの店でまず基礎的な道具を買い求めることが多い。増田を襲った犯人は、単独で夜釣りに来るくらいだから、それなりのベテランと考えられる。ことによると上州屋の常連客である可能性もあった。

とはいえ、一説によると一千万人とも言われる釣りファンの中から、それだけの手掛かりで容疑者を特定するのは至難のわざだ。上州屋のチェーン店や特約店だけでも、関東を中心に四百店近くもあるし、よほどの馴染みでないかぎり、客の記録や記憶など、ないに等しい。買い物の際にクレジットカードを使用した者については追跡可能だが、それとても膨大な数である。それよりむしろ、エサ用のサザエの入手先を洗ったほうが簡単なように思えた。

エサ用のサザエは小粒のほうがよいとされる。都会の一般の鮮魚店にもないことはないが、釣り場近くの店に行ったほうが手に入りやすい。それにしても、エサにサザエを使うのは、門外漢から見るともったいない話ではある。捜査員の中にも「魚を釣るよりサザエを食ったほうがいい」などと感想を漏らす者がいた。

簡単に思えた「サザエルート」が、意外にも、なかなか突き止められなかった。現場に残された数から推測すると、サザエは少なくとも十数個はあったはずだ。一度にそれだけのサザエを買った客なら、憶えていないはずはない。現に湘南海岸から伊豆半島にかけての何軒かの店で、該当しそうな客がかなりの数、洗い出された。いずれも釣り用に買い求めて行ったものらしい。そのうちのほとんどが店にとって顔馴染みの客だったが、住所・氏名が分かっている者はごくわずか。それを調べてみたが、いずれも事件には関係のないことが分かった。

一週間も経たないうちに、捜査本部には早くも手詰まり感が生じていた。捜査主任である長南警部はマニュアルどおりに指揮をしているつもりだが、思ったような成果が上がってこない。ベテランの刑事の中には、若い主任警部をあからさまに侮る気配もあった。

もっとも、その彼らにしても何かいい知恵があるかといえば、そういうわけでもない。この手の偶発的な事件は、ひたすら地道に聞き込み作業をつづけてゆくしかないと思ってはいる。

犯人と被害者のあいだには何の因果関係もないのだから、動機や犯行手口を推理したくても、何もありはしない。要するに頭脳労働よりも肉体労働だ。かといってそれで事件解決に結びつくかどうかは分からない。まあ、コツコツやっていれば、どこかで何かの手掛かりにぶつかるかもしれない——といった程度の気分である。

三十三歳になったばかりの長南警部にとっては、今回の捜査指揮は荷が重すぎた。県警の捜査一課長が、まだ経験の浅い若い長南をその任に充てたのは、この事件をさほど重要視していない証拠であるともいえる。長南自身は張り切って小田原署に乗り込んできたのだが、現場の停滞ぶりは、その意気込みが空回りしそうな雰囲気であった。

神奈川県警はずっと長いこと不祥事がつづいていた。警察というところはもともと秘密主義と閉鎖性の強い組織だが、その弊害が如実に現れたのが神奈川県警だと言ってもよさそうだ。オウム真理教のメンバーによる弁護士一家惨殺事件で、現場に残された重大な証拠物件を無視したことや、共産党幹部の自宅に電話盗聴器を仕掛けたこと——等々、組織が犯した怠慢や犯罪まがいの行為は言うまでもないが、第一線の警察官が犯す破廉恥行為や凶悪事件が新聞・テレビ報道を賑(にぎ)わせた。その都度、県警幹部がカメラの前で頭を下げるシーンが繰り返され、市民の警察に対する信頼を失墜させてきた。

長南は横浜にある国立大学に入った頃から、将来を警察官志望に設定した。それも刑事畑に決めた。出世コースを望むなら、上級職試験に挑戦するか、比較的勤務時間が規則正しい内勤の事務職に就くほうがいいのだが、長南は捜査現場に立つことを目指した。

　希望どおり刑事課に配属されて以来、いくつもの事件捜査に加わってきたが、現実は必ずしも長南が思い描いていたようなものではなかった。とくにオウムの事件辺りから、警察組織に対してひそかに不信の念を抱くようになった。ことに上層部の体制べったりの事なかれ主義には、しばしば愛想が尽きる思いがした。

　だからといって長南が組織に忠実でなかったり、業務をおろそかにするわけではない。それとこれとは問題が異なる。いついかなる場合も、長南は与えられた職務には脇目もふらずに邁進(まいしん)するつもりでいる。


　神奈川県警がいち早く捜査本部を設置し、初動捜査段階で二百人態勢で臨んだのは、被害者が廣部代議士秘書であったからと言ってもいい。たかが喧嘩の果ての殺人事件なのだが、政治家がバックにいては、何を言われるか分からない。それなりにベストを尽くした印象を与える必要があった。

　その効果は確かにあった。事件後まもなく県警本部を訪れた廣部代議士は、本部長に感謝の意を表明し、自分の秘書が迷惑をかけたことに恐縮していたそうだ。捜査が必ずしも順調に進展していないことに関しては、むしろ労いの言葉を述べたという。

長南としては、事件が単なる喧嘩等が原因の傷害致死事件でなく、背景に何か怨恨が からんでいる可能性はないか、とくに政治的な問題で恨みを買っているようなことはないか一応疑ってみた。それについて、事務所や廣部代議士本人に確認したのだが、その可能性は皆無だということであった。

ただ一人、女性事務員の星谷実希というのが事件直後、警察に出頭した際、増田にかぎって、釣り人を刺激するような言動をするはずがない——と供述した。増田は温厚そのもので、思いやりがあり、人の気持ちもよく分かる人物だったというのである。

しかし、増田に何の落ち度がなくても、相手が怒りっぽい性格だったりすれば、思いがけない行動に出る可能性はある。何か言葉のやり取りに行き違いがあって、とんだ誤解を招いたのかもしれない。長南がそう言うと、星谷実希は不満げに黙った。日にちが経つにつれ、長南はその時の星谷実希の態度が気になった。女性の勘は恐ろしいというが、じつは長南自身、事件当初からその問題は気にはなっていたのだ。どういう状況にあったにもせよ、釣り人が見物に来た人間に襲いかかって死に至らしめるようなことが起こりうるか——少なからず疑問だ。

だが、その話をした時、多くの刑事たちが長南の意見には反対した。自分たちの経験からいって、そういうことも起こりうるというのである。ことに年配の釣り好きの刑事が何人もそう主張した。静かに釣りを楽しんでいるところに、冷やかすようなことを言われると、それだけでムカつくのだそうだ。とくにイシダイなどはめったに釣れる魚ではない。十回出掛けて一回釣れればいいというほどの獲物である。大物がかかったのに、余計な指図を受け、集中力を欠いたために逃がした時など、「ぶっ殺したいほど頭に来ましたよ」と、警察官としてはかなり不穏当な発言まであった。

結局、長南は自説を引っ込めることになったのだが、それは星谷実希が沈黙したのと、よく似ていた。彼女も自分と同じ思いで黙ったのだろうな——と、何となく後ろめたいものを感じた。

もっとも、その星谷実希にしても、それでは増田が誰にどのような恨みを買っていたのか——という質問に対しては、これまたそういう、恨みを買うようなことは絶対にありえないと断言した。しかし、増田が彼女が言うとおりの温厚な人物だったとしたら、殺されるほどの憎悪を受けるようなトラブルは生じないだろう。そのことと、現に殺されたこととの矛盾が、どうにも説明がつかないのであった。

やはり常識的に考えれば、相手が悪かった——という結論以外には、増田の「災難」の原因はなさそうだ。

一週間を経過して、二百人態勢だった捜査陣も五十人に縮小し、さらに日を追って減員してゆく。周辺での目撃者探しにもこれといった手応えがない。せめて走り去った車でも見ていた人がいてくれるといいのだが、それも難しそうだ。とりあえず、あちこちに目撃情報を求める立て看板を設置して、長期戦の構えになっていった。

その沈滞したムードの捜査本部に、思いがけない人物が現れた。受付で「天羽紗枝子」と名乗り、「増田さんの事件について、お聞きしたいことがある」という。マスコミ関係ではなく、以前、増田に世話になった者だそうだ。

「どうしましょう?」

捜査本部のデスクにいる警部補が、送話口を覆って言った。ほとんどの捜査員が出払って、室内はガランとした状態だった。

「そうだな、じゃあ、ここに来てもらいますか。自分が会いましょう」

長南はそう答えた。当面、何もすることがないような状況だった。

婦警に案内されてオズオズと入ってきたのは、二十代なかばぐらい、不安げな表情でなければ、健康的な美人と呼んでもよさそうな女性だった。

殺風景な捜査本部の一隅に、打ち合わせ用のデスクがある。長南は女性に折り畳み椅子を勧めて、向かい合わせに坐った。

「何か聞きたいことがあるとか?」

「はい、そうなんです」

「その前に、あなた……えーと、天羽紗枝子さんでしたか、あなたと被害者の関係を教えてください」

長南は名刺を見ながら、女性の気持ちを和らげるように、わざとのんびりした口調で言った。

天羽紗枝子は千葉県美瀬村というところの出身で、大学を卒業した時、増田の世話で某社に入社できたのだそうだ。

「廣部代議士の口利きということになっていますけど、実際にお世話してくださったのは増田さんだったのです」

「なるほど、つまり裏口入社というやつですな」

長南は露骨に皮肉な言い方をした。

代議士が地元有力者の子弟の就職の世話をするというのは、よくあることだ。その場合、代議士本人ではなく、秘書が奔走して話をまとめるというのも、珍しいことではない。それによって、地元の人々の信任は代議士先生よりも秘書に傾いたりもする。「あの秘書さんは面倒見がいい」と評判になって、代議士に万一のことがあると、代議士の子息を押し退けて秘書が地盤を引き継ぎ、立候補し、当選したケースもある。この手の代議士は地元への利益誘導だけでのし上がっているようなものだから、日本の政治のためにならない場合が多い。

もっとも、日本の政治家は、こうした利益誘導型がほとんどと言ってもいい。○○族議員と呼ばれるように、支持母体の利益を代弁する政治家が、国の政治の舞台で声高に自説を主張し、テレビカメラの前で過剰な演技をして支持者にアピールする。時には委員会などで担当大臣と馴れ合いの質問をやり取りして、特定の事業に予算をつけるような働きをすることもある。日本を毒するものは政治家であり、その政治家を毒するものは支持者であると言ってもいいくらいなものだ。

長南は警察官という立場もあるが、そういう不正については当然のことながら常日頃、不快に思っている。それがつい、口をついて出たというところだ。

「でも、増田さんの場合はそんなんじゃないのです」

天羽紗枝子はムキになって口を尖らせた。そういう表情をすると、きつい性格と同時に、どことなく稚さが表れる。長南は苦笑して、言った。

「ま、いいでしょう。それで、本事件について、何を聞きたいのですか」

「あの、事件が起きてからずっと、いろいろな報道に注意しているんですけど、増田さんが殺されたのは、何か喧嘩みたいなことだったっていうのは、本当なんでしょうか?」

「そうですな、断定はしていないが、まず間違いないと思っていますよ。いまのところ、怨恨関係は出てきていないのでね」

「それ、間違ってます」

天羽紗枝子は叫ぶように言った。デスクの警部補が思わず尻を浮かせたほどだ。

「怨恨はないかもしれないけれど、増田さんを恐れている人はいるんですから」

「ほうっ……」と、長南は姿勢を正した。何か新事実にぶつかりそうだ。

第五章　闇夜の舟歌

1

浅見光彦に平子裕馬の「悲報」がもたらされたのは、十月に入った最初の木曜日のことである。第一報は大原町の民宿のおばさん・柿島一代からだった。須美子が「坊っちゃま、お電話です、柿島さんていう女の方です」と呼びに来た顔つきがただならぬ様子だったので、その瞬間に不吉な予感を抱いた。

「浅見さんかね？　浅見光彦さんかね？」

柿島一代は念を押してから、「ああ、あんたは生きていたんか」と、いかにもほっとしたように言った。明らかに声が震えている。よほど大きなショックを受けているにちがいない。どうやら不吉な予感が的中したらしい。

「どうしたんですか？　平子さんの身に何かあったのですか？」

浅見は急き込んで訊いた。

「それはこっちが聞きたいことだよ。裕ちゃんに何があったんだい？」

「ちょっと待ってください、平子さんがどうかしたんですか？」

「どうもこうもねっぺ、裕ちゃんが死体で見つかったんだよ」

「えっ……」

「あんた、裕ちゃんに何をしたんだ」

「いや、何も……平子さんとは美瀬島ではぐれてしまったのですが」

「はぐれたなんて、そんな、あんた、そげな無責任なこと言う人だったんか」

「落ち着いてください、いったい何が起きたのか、ゆっくり話してくれませんか」

「これで落ち着いてなんかいらんねっぺ。おら、やだよもう、恐ろしいこった、一道と同じことになっちまった」

柿島一代は房総の海で水死した息子の名前を言った。

「一道さんと同じ……じゃあ、平子さんは水死したのですか？」

問いかけを拒否するように、いきなり電話が切られた。しばらくのあいだ、浅見は受話器を握ったまま、呆然と立ちすくんだ。

「どなたか、亡くなったの？」

背後から母親の雪江が声をかけた。話を聞かれたのでは、隠しようがない。

「ええ、このあいだ、房総の美瀬島へ行った時に知りあった、同業の平子という人が、どうやら溺死(できし)したらしいのです」

「美瀬島で？」

「いえ、美瀬島かどうか詳しいことは分かりません。いまの電話の人は、大原町の民宿のおばさんですから、ひょっとすると大原付近かもしれません」

そう言っているそばから電話が入った。今度は平子の兄からだ。浅見は、置いたばかりの受話器をひったくるようにして取った。

「浅見さん、じつはですな、弟が、裕馬が亡くなったんです」

動揺しているはずだが、男だけに柿島一代よりは落ち着いた声であった。

「ええ、大変なことになりましたね。たったいま、大原町の柿島さんという人から電話をもらったのですが」

「ああ、柿島さんのおばさんですか。そうですか、連絡があったんですか」

「しかし詳しいことは何も聞いていません。あの、平子さんはいつ、どこで、どんなふうに亡くなられたのですか？」

「きょうの九時頃、大原沖の海に浮いているのを発見されたそうです。見つけたのは乗合船のお客さんで、すぐに引き揚げたんだが、もうだいぶ前に亡くなっていたということでした」

さすがに、語尾がかすれた。

「弟さんに間違いないと、身元は確認されたのですか」

「はい、ポケットから名刺入れが出てきたとかで、警察から電話があって、さっき大原警察署まで行って、遺体の確認をしてきたところです。長いこと海に流れていたもんで、すっかり様子が変わってしまって……しかし裕馬に間違いありませんでした」

さすがにこみ上げるものを抑えきれなかったのか、声がくぐもった。

「亡くなったのはいつ頃か、まだ分かりませんか」

「まだ司法解剖とか、詳しい調べはしていないということでしたが、たぶん一週間から十日ぐらい前ではねえかって、警察では言っておりました」

「それじゃ、僕と美瀬島へ行った、あの頃ですね」

「はあ、そうだと思います」

「そうですか……じゃあ、あれっきり、平子さんからは連絡がなかったのですか？」

「そうです」

「すると、平子さんを最後に見たのは、この僕ということになりますね」

「そう、そうなんです。それで、そのこと、浅見さんと弟が一緒に美瀬島へ行ったということを、警察に言ってしまったのですが、それでよかったのか、迷惑がかかるんでねえかと、浅見さんに聞いておこうと……」

「それはもちろん構いませんよ。警察にはありのままにおっしゃってください。僕もこれからすぐ、そちらへ向かいます」

電話を切った後、雪江と須美子の射るような視線がこっちを向いていた。

「どういうことなの、光彦」

「いま話したとおりです。まだ何がなんだかよく分かりませんが、とにかく平子さんが溺死したことだけは間違いないようです」

「だけど光彦、そのことにあなたが関わっているのでしょう。あなたが最後の目撃者だとか、警察がどうしたとか言ってたけど、それはどういう意味なの？」

「それは、僕が平子さんとはぐれる前のことを言っているのです。その後は僕以外の誰かが目撃しているでしょうけれど、いま分かっているかぎり、平子さんと最後に会ったのは僕だということで……」

「それじゃ、重要参考人じゃありませんか。まさか光彦、警察の捜査の対象になったりはしないでしょうね」

「ははは、まさかそんなことは……第一、事件性があるものかどうかも分かっていないのですからね」

「笑いごとではありませんよ。何があったのか知りませんけど、陽一郎さんに迷惑をかけるようなことだけはしないでちょうだい。よくって？」

「承知してます」

浅見は神妙に頭を下げたものの、母親が言うように、警察の取り調べの対象になる可能性は大いにある。刑事が刑事局長の家に取り調べに現れるのは世間体が悪い。その前に「出頭」したほうがよさそうだ。何をおいても、とにかく房総へ行くしかない。

浅見がソアラを駆って大原町に着いた頃には、すでに午後になっていた。何はともあれ、民宿「柿島」を訪ねた。柿島一代は嫁の香と一緒だったが、二人とも浅見を見るなり、まるで平子を殺した張本人が現れでもしたような、恐怖に引きつった顔になった。いや実際、彼女たちはそう信じ込んでいるのかもしれない。

それから柿島一代の誤解を解くのに、浅見はひと苦労しなければならなかった。美瀬島に渡ってからの経緯をひと通り説明して、何とか納得してもらえたようだが、浅見が平子の行方を放置したまま島を立ち去ったことについては、得心がいかないらしい。

「なんで裕ちゃんを置いてけぼりにしたんだ」と、くどくどと詰問した。

その点に関しては浅見も責任を感じている。いまにして思えば、平子の行方を徹底的に探すべきだったという、臍を噛むような後悔が残る。

しかし、だからといってあの場合、どのような対処の仕方があったのか、適当な方法が思いつかない。よもや平子があのまま行方不明になってしまうなどと、誰が予測できようか。そうは思うけれど、あの時にひしひしと感じた不安は、漠然とながらこういう結末を予想したからだともいえる。

柿島一代が平子の死を知ったのは、大原漁協からの報せによる。快雲丸という乗合の釣り船が大原沖五キロほどのところで死体を発見したのだが、その船頭から漁協に連絡が入り、所持品から、遺体の主がどうやら平子裕馬らしいと言ってきたのだそうだ。平子が一代の息子と親しかったことを知っている漁協の職員が、そのことを思い出して電話してきたという。

「また贄門島の生贄にされたんでねっぺのう」と、職員は言っていた。以前、「贄門島の生贄」の噂が立った水死者が揚がったのと、ほぼ同じ水域だったのだそうだ。もちろん、おおっぴらには口にできないことだが、それだけに、かえって噂は深く静かに浸透してゆくにちがいない。

柿島一代は浅見のことを疑ったものの、警察には通報していなかった。仁義を大切にしたというより、警察を信用していないからである。息子の「事件」の捜査で見せた杜撰な（事実はともかく、彼女はそう思っている）仕事ぶりを、腹に据えかねているのだ。

「僕はこれから警察へ行きます」

「ふーん、自分から名乗って出んのかい」

一代は気が知れない――というように首を振った。それと同時に、彼女の浅見に対する疑念は払拭されたかもしれない。

「ははは、べつに自首するわけではありませんよ。警察の足取り調査に必要な情報を提供しに行くだけです。もしかすると、僕の話の裏付けを取るために、おばさんのところにも刑事が来るかもしれない。その時はよろしくお願いします」

大原警察署は小さな町にしては、わりと立派な建物だ。「事件」発生直後だけに、小田原署のような緊張感が漲っているのかと思っていたのだが、拍子抜けするほど静かだ。そういえば「捜査本部」の張り紙も出ていない。この段階ではまだ、単なる事故か、それとも事件性があるのかどうか決めかねているのだろう。

受付に名刺を出し、「平子さんが亡くなられた事故のことで、刑事さんにお話ししたいことがあるのですが」と伝えると、ほとんど間を置かずに刑事が二人飛んできた。

「浅見光彦さんですね」

ちゃんと受付で名乗っているにもかかわらず念を押して、左右から挟むようにして刑事課の部屋に案内された。西日の当たる暑苦しい部屋だ。クーラーはなく、窓を全開にしているが、夕凪の時刻なのか風はそよとも吹かなかった。さほど暑がりではない浅見でさえ、額に汗ばむほどだ。その暑さに閉口しているせいか、目の前にいる二人以外の刑事は、全員が外出中らしい。もっとも、小さな警察署だから、刑事の人数も一桁ぐらいなものかもしれない。

刑事は四十歳前後と思われるほうが小玉佳久という部長刑事で名刺をくれた。若いほうは名乗りもせずに、脇のデスクでメモを取っている。

型どおり、身元を確認してから、九月二十四日当日の行動を逐一、供述させられた。大原町の民宿を出て、平子と一緒に和倉町の彼の実家に立ち寄り、庭先に車を置かせてもらって美瀬島へ渡った——。

「たぶん十二時近かったと思いますが、正確な時間は連絡船の時刻表でもあれば、はっきりするでしょう。美瀬島に着いたのがちょうどお昼どきで、港の食堂で昼食をしたため、その後、浄清寺というお寺に寄ってから、贄門岩のある北浜へ向かいました」

「ニエモン岩？」

メモを取っている刑事が訊いた。

「仁右衛門島というのが、鴨川からすぐのところにあるけれど、そこのことですか？」

「あ、失礼。そうじゃなくて、美瀬島にある『鬼岩』と呼ばれている岩のことです」

「そこも仁右衛門岩というんですか」

「そうですが、『仁右衛門島』とは字が違います。生贄の『贄』と書きます」

浅見はメモ用紙に「贄」の字を書いた。若い刑事は「へえー」と、難しい文字に感心している。刑事は二人とも外房の出身ではないのか、贄門岩のことは知らないらしい。

「なんで贄門岩というのかな」などと呟いていたが、土地の名などどうでもいいと思ったのか「それで……」と先を促した。

浅見には「天栄丸」の天羽家に挨拶するという本来の目的があったが、平子は「先に北浜へ行っている」と言って、そこで別れた。それが結局、浅見が平子を見た最後になったというわけだ。

さすがに刑事はそこの部分にこだわった。なぜ北浜まで一緒に行かなかったのか。なぜ平子は天羽家への挨拶に付き合わなかったのか。家の中に入らないにしても、せめて表で待っているのが普通ではないか――。

「確かに僕もそうしてもらったほうがいいとは思ったのですが、平子さんに聞いた話によると、和倉町と美瀬島は仲が悪いのだそうです。ですから、平子さんにもあまり地元の人と接触したくない事情があるのかと思い、言われるとおりにしたのです」

「ふーん、妙な話ですなあ」

小玉部長刑事のほうが、刑事らしい鋭い目になった。

「あんた、本当にそこで平子さんと別れたんですか？」

「は？　それはどういう意味でしょう？」

「つまりですな、本当は北浜というところまで一緒に行って、そこからあんただけが引き返してきて、その天羽家へ行ったんじゃないかと、自分はそう思うのだが、どうなのかね。本当はそういうことだったんじゃないんですか？」

「いや、それは違いますが……しかし、なぜそうお思いになるのですか。もし一緒に北浜まで行っていれば、帰りも一緒だったはずですし、はぐれることはなかったでしょう」

「そうかねえ、北浜からあんた一人で帰ってきたんじゃないですかなあ。それとも、あんたの言ってることを証明してくれる人でもいますか」

「ほう……」

浅見は口をすぼめて感嘆の声を上げながら、思わず眉をひそめた。

「その言い方だと、何だか僕が平子さんの死に関係していると、疑っているように聞こえますが」

「ははは、そう受け取ってもらってもいいですよ。警察は一応、あらゆる可能性について疑ってみるのが商売みたいなもんだからね。あんたが北浜の鬼岩だとかいうところで、平子さんを海に突き落とした可能性も十分考えられる」

「まさか……」

「いや、あくまでも可能性ということです。それであらためて訊くが、あんたが平子さんと別れたのが事実かどうかを証明してくれる人はいますか」

「残念ながらいません」

浅見はため息まじりに言った。

「あの島は何しろ人が少ないですからね。目撃者はいません。天羽さんにお邪魔したのが僕だけだったことは、そこの人が証明してくれるでしょうが、その前に北浜へ行ったのか行かなかったのかは……」

言いながらふと思い出した。

「そうそう、途中で会った女性に北浜へ行く道を尋ねました。彼女が証明してくれます」

浅見は地獄で仏の気分だったのだが、小玉は疑わしそうな目をしている。

2

浅見が美瀬島で平子とはぐれたことを証明してくれそうな人物といえば、北浜への分岐点を教えてくれた例の女性が唯一の存在なのだが、しかし、そのことは浅見が考えたほどすんなりと、刑事たちには受け入れられなかった。第一に、その話が事実かどうかの裏付けがない。

「女性の名前はサエというのです。たぶん島の住人だと思いますから、確かめてもらえば事実関係がはっきりしますよ」

「ふーん、何サエっていうんかい。上の名前は？」

「それは知りません。船の中で地元の人にそう呼ばれているのを聞いただけですから」

「かりに、浅見さんがその女性と会っていたとしてもですよ、その後、北浜でしたか、そこで平子さんと会わなかったという証拠にはならないけどね」

小玉部長刑事は、刑事特有の意地悪そうな目を向けて言った。「それはそうですね」と、浅見もその点は否定できない。

浅見の立場を複雑にしているのは、美瀬島へ行ったそもそもの目的をはっきり説明しにくいことにあった。本来の目的は二十一年前に父親が奇禍に遭った際、世話になった人たちに礼を言うこと――と説明してある。

父親がかつての大蔵省幹部であり、奇禍の原因を作った者が現在の廣部代議士であること、さらに浅見の実兄が警察庁刑事局長であることを言えば、相手の対応も変わっただろうけれど、そんなことは口が裂けても言うわけにはいかない。

しかも美瀬島行きは実際は単なるお礼参りではなく、父親の「臨死体験」の謎を解くことにも興味があったし、それより何より、柿島一道の遭難死にまつわる真相を調べるという、これはもう完全に探偵稼業に近い目的が追加されていたのだ。

平子裕馬と同道した理由を説明するには、その点を話さなければならないのだが、そうすれば話はさらにややこしいことになる。その「事故」では、警察は柿島一代の執拗な要請を無視して、さっさと事故死で片づけてしまった。それをもう一度蒸し返すのは、警察の面子を潰すことであり、彼らの心証をますます悪くするばかりだろう。柿島一代もその点に配慮したのか、平子を美瀬島に置き去りにした浅見の不実を責めたものの、浅見と平子が美瀬島に行った「真の目的」については警察に伝えていなかった。

「ところで小玉さん」と、浅見は部長刑事を名前で呼んだ。

「平子さんの死は、やはり殺害されたものと断定したのでしょうか。まだ捜査本部は設置されていないようですが」

「公式には断定していないが、諸般の状況から見て八割方、殺人事件と見做しておりますよ。目下、上のほうが県警と打ち合わせ中だから、間もなく捜査本部を設置することになるでしょうな」

言っているそばから、署内が急に慌ただしくなった。捜査本部の設置が決まり、県警本部からの応援が到着するらしい。刑事課長が戻ってきてその旨を言い、午後四時までに全課員を集めるよう指示した。それから部屋の隅にいる見慣れない客に気づいて、「誰？」という視線を小玉に送った。

小玉は刑事課長に浅見の名刺を見せ、耳元に口を寄せるようにして、客の素性を伝えている。平子と美瀬島に渡った人物として、警察が最も関心を寄せている浅見某であることを知って、課長は「ほうっ」と険しい表情を浮かべた。

あらためて、刑事課長が直接、浅見に事情聴取をすることになった。刑事課長は蔵元という警部で、四十代なかばといったところか。かなり太りぎみで猪首がごつい。鋭い目つきから察すると、刑事畑ひと筋に叩き上げたという印象だ。質問に対する浅見の答えは、小玉に話したのを繰り返したに過ぎないが、今度ははっきり殺人事件と断定しているだけに、蔵元課長の事情聴取は訊問口調で、なかなか厳しい。

もっとも、訊問だろうが厳しかろうが、浅見の説明に変化が生じるわけではない。ただし、状況からいうと、浅見が平子を殺害するチャンスは大いにあったことになる。少なくとも平子の足取りを最後に見届けた人間は、犯人かそれ以外には浅見しかいないのだから、現時点では最も怪しい人物と思われても仕方がない。

蔵元課長の訊問が微に入り細を穿つように執拗になるのも当然だ。ことに、平子との行動は時系列的に細かくチェックされた。これまた浅見としては、小玉に話したのと同じことを繰り返すしかないのだが、しかし、どんなに説明したところで、浅見が平子の死亡原因にタッチしなかったことを証明するのは不可能に近い。刑事課長はその点を指摘した。

「はっきり言わせていただくと、目下のところは浅見さんが唯一の重要参考人であるという状況ですな」

蔵元は宣告を下すように言った。

「物理的にはそうですが、僕には平子さんを殺す動機がありませんよ」

浅見は苦笑しながら抗弁した。

「まあ、動機なんてものは、調べが進むうちに出てくるもんです」

蔵元は冷やかに言う。言葉つきは丁寧だが、内心では半分近く被疑者扱いをしているにちがいない。

「今後、浅見さんが言ったことが事実かどうか、裏付けの調査をさせてもらいます。とにかく、しばらくのあいだは旅行などしないほうがよろしいですな。いずれ、お宅のほうへも刑事が行くでしょう」

「いや、それは困ります。うちのほうに来なくても、必要があれば、僕はいつでもこっちに出頭しますよ」

浅見は慌てた。自宅に来られてはたまったものじゃない。浅見の脳裏には、わが家の玄関に刑事が現れ、あの誇り高い恐怖のおふくろさん——雪江未亡人の神経を逆撫です る情景が浮かび上がった。

何はともあれ、そういう事態になることだけは回避しなければならない。とりあえず今夜は民宿「柿島」に泊まることにして、必要があれば連絡してくれるよう、間違っても東京の自宅には累を及ぼさないよう念を押したが、しかし、浅見のそういう狼狽は、刑事たちの目には罠に落ちた獲物の悪あがきに映った可能性がある。その意味からいうと、かえって逆効果になったかもしれない。

蔵元刑事課長は小玉に命じて、浅見の顔写真を撮らせた。それを刑事たちに配って、裏付け捜査の資料に使うつもりだ。「よろしいですか？」と、一応同意は求めたが、そんなものはあくまでも形式で、「それは困る」などと断れるわけがない。ことここに至って、浅見は完全に重要参考人扱いになりつつあることを覚悟した。

ようやく解放され、警察を引き揚げたのは、街が夜のとばりに包まれる頃だった。「柿島」へ向かうソアラの中で、浅見はあらためて平子の死の意味に思いを巡らせた。

考えてみると、平子が今回の奇禍に遭ったのは、単なる偶然ではなかったような気がしないでもない。浅見が平子と出会ったのはまったくの偶然だったとしても、それ以降の流れは、平子の死に至るまで、何らかの必然性が働いていたように思えてくる。必然性と言うのがオーバーだとしても、そうなるべくしてなったというほどのことはあったかもしれない。

大原の「はだか祭り」会場で平子が声をかけてきて、いきなり「噂」のことを言った。じつは浅見には何のことか分からなかったのだが、平子は頭から浅見がその「噂」を取材に来たかのように決めつけていた。

当初、その「噂」とは、美瀬島で生贄を送る行事が秘密裡に行なわれている——というそのことにまつわるものであるように思えた。確かに平子が話したように、美瀬島にはかつて、生贄の風習があったのかもしれない。そうでなければ、理由もなく「贄門島」という呼ばれ方が定着しているはずがない。

しかし、柿島一道の死は生贄の行事とは関係のないものだ。警察は事故死と認定しているようだが、かりに殺人事件だったとしても、おそらく密漁に対するリンチだった可能性が大きい。平子もちゃんとそのことは承知していた。しきりに「噂」と言っていたのは、じつは生贄の風習のことでなく、別の意味があったのではないか。いまにして思えば、平子がはっきり「噂」の内容を口にしなかったのは、こっちがどこまで知っているかを探る意図があったのかもしれない。

平子が大原町にやって来たのは、浅見のように大原の「はだか祭り」の取材が目的だったはずはない。「はだか祭り」など、平子にとっては少年時代から見飽きたものに過ぎなかったろう。平子にはべつの目的があったことは間違いない。

平子が柿島一代の息子の死の真相を解明しようとしているという話に、浅見はまったく不審を抱かなかった。むしろ、「素潜りの名人」と称された親友の柿島一道の死を、警察があっさり事故死と片付けたことに義憤を感じたという平子の正義感に、素直に共感を抱いた。

しかし、考えてみると、その「目的」も彼の本来の目的だったかどうか疑わしい。柿島一道が「溺死」した事件からは、すでに二年という歳月が流れている。警察がひととおり調査して「事故死」の結論を出したというのに、定かな手掛かりもない素人にどれほどのことができるものか。

（そうか――）と、浅見はようやくそのことに気づいた。平子裕馬には柿島一道の死の真相を探る以外に、何らかの目的があったにちがいない。もちろん、行く先が美瀬島だった以上、柿島一道の事件とまったく無関係であるとは思えないが、その先にあるもっと大きな謎というか秘密というか、現在の浅見には想像もつかない得体の知れぬものに焦点を合わせていたのだ。

浅見は平子裕馬という人物を、いささか好意的に過大評価していたことを認めないわけにいかなかった。

もともと、浅見の信条は何かにつけて性善説に拠っている場合が多い。人は本質的には善人であると思っている。もちろん、世の中にまったく悪人がいないと思うほどのお人好しではないが、それだって根っから悪人に生まれたわけではなく、たまたま何らかの巡り合わせで悪事を働かなければならない状況に置かれているのだと思いたくなる。だから、人と接する時に、最初から相手を疑ってかかることがない。その辺が浅見光彦という男の甘いところなのだろう。

よく人から「あなたの人なつこい笑顔に出合うと、つい心を開いてしまう」と言われるのだが、浅見自身には笑顔を作っている意識はまるでない。どうしてそうなのか、よほどの悪意をもって接するのでなければ、人と話す時に笑みが浮かんでくるのは、ごく自然なことなのだろう――と思うほかはない。

平子裕馬が善人かどうか、浅見は深く考えたわけではないが、少なくとも、悪人ではないか——などと疑いはしなかった。しかし、あえて悪く考えれば、平子の「調査」に一片の疚(やま)しさもなかったとは、断言できたものではない。同じルポライター同士であるにしても、浅見のような居候の風来坊と違って、平子はまさに一匹狼(おおかみ)のトップ屋だ。生きてゆくためには、端的にいえばカネにならない仕事はしないだろう。それがたとえ、親友の死に関係する仕事であったとしても——である。

平子は最近になって、美瀬島にまつわる何か——おそらく何らかの不正が行なわれたことを示唆する情報を摑(つか)んだにちがいない。もしそうでなく、たとえば彼が言っていたような柿島一道の事件や「生贄」に関する疑惑解明が目的だとすれば、証拠も情報も風化してしまった今頃まで待たず、もっと以前に行動を起こしていたはずだ。

ずっと以前から胸の内でモヤモヤしていたものが、ようやく形になってくるのを浅見は感じた。美瀬島という名前どおりの美しいあの島で、いったい何があったのか——その全体像はまだ雲を摑む状態だが、その雲の中からこぼれ落ちたような出来事は、じつはすでにいくつも、浅見の目の前に見えていたのかもしれない。好人物ばかりのように見えた美瀬島の住人の背後には、得体の知れぬ不気味なものの影が蠢(うごめ)いていたのかもしれない。

そう考えると、いきなり突出したような平子裕馬の死も、「彼ら」にしてみれば、あらかじめ想定されたシナリオの一つだったということになる。もし「彼ら」にとって予想外のことがあったとすれば、それはほかならぬ浅見という風来坊の出現だろう。そのことを浅見はあらためて重く意識した。

民宿「柿島」は浅見以外に客はなかった。おばさんの柿島一代は複雑な顔で、無事（？）に戻ってきた客を迎えた。それでも、浅見が警察に「無罪放免」されたことで、いくぶん愁眉（しゅうび）を開いたということはあるにちがいない。嫁の香と、それに浅見を加えた三人で囲む食卓に、伊勢海老の丸焼きと黒鯛の刺し身を出して、歓迎の意を示してくれた。

一杯だけ――と断って、勧められたビールを飲んだ後、浅見は「ところで平子さんのことですが」と切り出した。

「はだか祭りのあの日、僕は初めて平子さんに会って、贄門島のことや一道さんの事件の話を聞いたのですが、平子さん自身はその事件にずっと以前からタッチしていたのでしょうか？」

「タッチしてたっていうと、調べていたかどうかってことかね？」

「そうですね」

「それは一道が死んだ直後は、警察を追っかけるみたいにして、あっちこっち調べて歩いていたけど、警察が事故死だっつうて、調べるのをやめてからこっちは、そんなに一所懸命、あの事件にかかりきりってことはなかったっぺね」

「それじゃ、今回、平子さんが美瀬島へ行くということは、おばさんは予期していたわけではないのですか」

「ああ、ぜんぜん知らなかったね。裕ちゃんが浅見さんを連れてきて、探偵さんだって言った時に、そっかい、そしたら本気で調べ直す気になったんかって思って、嬉しかったですよ」

「やっぱり……」

浅見は思いついた仮説の一つをクリアしたと思った。その様子を見て、柿島一代は不安を抱いたらしい。

「あの、そのことが何か？……」

「平子さんは一道さんの事件を含めて、美瀬島に関係する何か、疑惑のようなものを摑んでいたのかもしれません。それについて、平子さんから何か聞いてはいませんか」

「そうですなあ……裕ちゃんから聞いたというより、おらのほうから裕ちゃんに話したことはあるけどね」

「それは？」

浅見の直視する目にたじろいだように、柿島一代は視線を逸らせた。

「一道から聞いたことだっけんが……それを思い出したもんで、夏前だったか、裕ちゃんが寄ってくれた時にその話をしたですよ」

そう言って、話すべきかどうか迷っている。浅見は彼女の重い口が開くのを待った。

3

柿島一代はそれからなおしばらく、話すべきかどうか、逡巡していた。確かに、息子の死の真相に関わるスキャンダルは、彼女にとっては他人に話したくないものなのだろう。その踏ん切りをつけさせるために、浅見は言った。

「おばさんの話というのは、息子さんが美瀬島の水域で密漁をしていたことと、関係があるのでしょうね」

「えっ……」

案の定、一代は驚いた。

「浅見さんは知ってたですか。それ、裕ちゃんから聞いたんだっぺか」

平子に対する不信の念が顔に出ている。

「いや、僕が勝手にそう推測して、平子さんに確かめたら、そのとおりだと教えてくれたのですよ」

平子の名誉のために弁明した。

「そっけえ……だったら仕方ねえ、正直に話すけど、一道はあんたの言うとおり、美瀬島の磯近くで密漁をしとったんだ。そうだ、申し訳ねえことだっけんが、はっきり言って密漁だっぺ。夜、こっそり島に近づいて、灯りも点けねえで潜りをしとっただもんなあ。それも素潜りでねく、禁止されておるボンベをつけて深えところまで潜ったんだ。漁に出るたびに、こん近くの磯では獲れっこねえ、型のいい伊勢海老やらアワビやらを沢山獲ってきたもんで、前々から、おらにもうすうすは分かっておったんだがよ……」

「そのことはもう、どうでもいいのです」

浅見は彼女の様子が次第に深刻になってゆくのを見て、慌てて制止した。いまさら息子の犯した罪に対する反省の弁や繰り言を聞いても意味がない。

「それより、息子さんが何を話したのか、それを聞かせてください」

「一道は、自分のほかにも密漁者がおるって言ってたんだ。おらが叱ったら、そう言ってふてくさっておった。そんだからって許されるこんではねえっぺけどな。ところが、殺される少し前、夜中に帰ってきて、何やら恐ろしげな顔をして、『あれはただの密漁ではねえかもしんねえ』って言ったんだよ」

「ほうっ……」

「一道はいつも、月も星もねえ夜にかぎって出掛けておったけが、その夜、潜りを終えて船さ上がった時、真っ暗な沖のほうから灯りがチラチラ近づいてくるのが見えたっていうだ。ほかの密漁船かと思ったけんど、うちの船の三倍もありそうな、でけえ船だったそうだ。その船は一道のいる場所からちょっと離れたところで停まって、ちっちゃなボートを下ろして、島へ向かって行ったっつうだ。そん時、島のほうにも灯りが見えたんだと。航路標識の常夜灯とはべつのところで、ユラユラ揺れる灯りだったそうだ。何かの合図をしていたんでねっぺか。ボートはその灯りを目指して行っただから、ただの密漁ではねっぺと」

「それは島のどの辺りですか」

「北浜つうところだと。あそこには鬼の角みてえな岩が二本、ニョキッと立ってんで、夜目にも分かるそうだ」

「贄門岩ですね」

浅見は「生贄」の行事を連想した。

「密漁でないとすると、何をしていたのでしょう」

「さあなあ、何だっぺなあ。そん時、一道はしばらく息をひそめて見ていたっけが、その船は漁をする様子はねかったそうですよ。そのうちに船の上から歌が聞こえてきたっうもんね」

「歌？」

「そうです。歌詞はよく分かんねかったし、聞いたこともねえ悲しいメロディで、何やらお経みてえだったつうこんだ」

夜の海面を流れる悲しい葬送の唄を想像して、浅見は背筋が寒くなった。

「とにかく見てはなんねえもんを見てしまったと思って、歌が流れておるうちに、なるべくエンジンの音を聞かんねえようにしながら船を動かして、逃げてきたって、そう言ってたです。そんなもんだから、そん船が何をしておっただか一道にも分かんねかったんだね。もちろんおらにはさっぱり分かんねえですよ、何にしたって真っ当なことではねえっぺや。闇夜にそげなことをしてるのは、ろくなもんでねっぺ」

　言いながら、一代は闇夜に「そげなこと」をした息子の密漁のことも思うのだろう、顔が歪んでいる。

「平子さんはそのことについて、どう言ってましたか」

「裕ちゃんは何も言わねかったっけんが、おらの見た感じでは、何となく思い当たることがあったような顔をしてたですよ。ただ、一道が殺されたことと、その怪しげな船と、何か関係があるんでねえかと、そう言ってたかな。一道が亡くなったんはそのひと月後だったんで、そうかもしんねえな」

　柿島一代の話はそこまでだった。

「そのことは警察には話したのですか」

「とんでもねえ」

一代ははげしく首を振った。

「それどころか、一道が密漁しておったつうこんも言ってねんだよ。裕ちゃんは黙っていたら警察にも犯人の目処がつかねえっぺって言ったっけんが、その話を警察にしたところで、何の証拠があるわけでもねえ。それに第一、一道の名誉のためにも密漁のこんは言えねえっぺや。おらだって、この町におられねくなっだよ。浅見さんもお願えだから、警察にも誰にも黙っとってくんなよ」

「なるほど」

それでは犯人の目処どころか、捜査も思うように進まなかったのも当然だ。警察がはやばやと事故死で決着をつけたのには理由があったわけけか。

「おばさんが平子さんにその話をしたのは、夏前のことでしたね。だとすると平子さんはその後、密かに調査を進めていたのではないでしょうか」

「調査って、何を調べておったんかい?」

「ですから、一道さんが見たという、その怪しい船の正体が何かという、そのことをです。はだか祭りの取材と称して房総に来たのも、じつは本当の目的はその調査にあったのかもしれません」

「ふーん、そう言われればそうかもしんねえなあ。いまさらはだか祭りを撮ったって、仕方ねえもんね。確かに裕ちゃんは夏からこっち、何度も来ていたみてえです。この家にも一度寄ってくれて、お線香を上げて、それから一道の残した日記とかメモみてえなもんはねえっぺかって訊いてました」

「あったのですか？」

「いや、ねっぺな。一道はそういう、書いたり読んだりするのは苦手な子だった。そしたら裕ちゃんは、一道を殺したのは、そのおかしな船のやつらだと見当つけていたんだかね。だっけんが、それならそれと話してくれたらよさそうなもんでねえの。そんなことはこれっぽっちも言わねかったね」

一代は腑に落ちない顔になったが、彼女が言うとおり、確かに妙な話ではある。調査に手掛かりがあるならあると、「柿島のおばちゃん」に話しそうなものではないか。やはり平子は「密漁に対する報復リンチ」という、当初考えていたような事件調査の目的とは別口の何かを、秘密裡に探索していたニオイがはっきりしてきた。

（何だろう？――）

どうしても思い浮かぶのは「生贄」の儀式のことである。いや、儀式に名を借りた殺人といってもいいかもしれない。しかし、生贄の儀式に、柿島一道が言ったような、彼の持ち船の三倍はあるという大型の船が、どう関係していたというのか？

浅見は寝床に入ってからも、その思案に取りつかれていた。

闇夜の海に浮かび、息をひそめるようにしていたであろう、柿島一道の様子を、浅見は疑似体験しようと試みた。

その実感を得るのは、あまりいい気分とはいえない。何しろ密漁という法を犯した立場で、周囲のすべてに警戒心と恐怖を抱きながらのことである。

ウエットスーツに身を包んでいるとはいえ、長時間の海中の作業で、柿島の体は冷えきっていたことだろう。早く船を動かして、陸地に上がって暖を取りたい。しかし、目の前で起こっている怪しげな出来事を無視して、むやみに動くわけにはいかない。第一、勘づかれて追跡でもされたら、逃げおおせる自信はない……。

そういう切羽詰まったような状況下、柿島一道が美瀬島の夜の海で目撃したものは、いったい何だったのだろう。

その目撃談を母親に語った一ヵ月後、柿島は密漁に出掛けたまま、ついに生きては戻らなかった。

柿島の死を単純な事故死と断定した警察は論外だが、事情を知る母親や平子も、当初は密漁に対する制裁と考えた。

だが、真相はそういった単純なことではなく、「彼ら」の犯行にはもっと深刻な動機があった可能性が強い。柿島一代から不審な船の話を聞いた時、その事件には何か、ただならぬ背景があることに平子は勘づいていたのではないのか。

それは贄送りの風習のことなのか、それともまったく別のことなのか。いずれにしても、平子がその犯行に関係する何かの「噂」を耳にしていて、それと柿島一道の死を併せ考えて、事件の真相を憶測したであろうことは、ほぼ間違いない。

はだか祭りの会場で初めて言葉を交わした時、平子は浅見が当然、「噂」のことを知っているものと思い込んだような口ぶりだった。浅見もそれに合わせて適当な相槌（あいづち）を打っていたが、間もなく平子は浅見がじつは何も知らないことに気づいた可能性がある。

その後、平子は「噂」の内容が美瀬島の贄送りの風習のことだという方向へ持っていったが、いまにして思うと、じつは平子が考えていた本来の「噂」とは、生贄のこととは別のものだったのかもしれない。

（それは何か？——）

平子が「噂」と言ったくらいだから、すでに巷（ちまた）のどこかでは密かに囁（ささや）かれている程度のことではあるのだろうか。浅見も一般の市民に較（くら）べれば、かなりの情報通であると自認しているが、美瀬島に関わる「噂」など聞いたこともない。その「噂」とは、いったいどの辺りに流れているのか。

そう思った時、浅見は父親の奇禍の記憶が蘇（よみがえ）った。危ういところで「送られ」そうになった父親の「臨死体験」談である。その連想から廣部代議士のことが浮かび、そうして増田秘書のことが思い浮かんだ。

そして、増田秘書は殺された——。

浅見は半身を起こし、布団の上で胡座をかいた。薄闇の奥に眸を凝らすと、何かが見えてきそうな気がする。

増田秘書は平子の言った「噂」を知っていたのでは——と浅見は思った。美瀬島は廣部代議士の選挙区である。当然、増田も美瀬島の事情には通じていただろう。平子が知りうる程度の情報なら、増田が知っていても不思議はない。ひょっとすると、増田が何回も電話してきて、浅見とコンタクトを取りたがっていた用件とは、その「噂」に関係することだったのではあるまいか。

その用件を聞かないまま、増田は殺された。警察の発表では、釣り人とのいさかいが原因の、行きずりのような殺人事件だったらしい。しかし、柿島や平子の事件を解明する上で、増田の死は重大な損失だったことを思うと、増田の「奇禍」は噂の主にとっては、まことに好都合だったわけだ。

浅見はにわかに心臓の鼓動が高まった。

増田の事件はじつは偶発的なものでなく、仕組まれた殺人劇だったのではないか。そして、その根っこにある動機は、柿島や平子を殺した動機と繫がっているのではないか。

(同一犯——)

浅見は思わず坐り直し、正座になった。恐ろしい想像だった。まったくの仮説に過ぎないが、ありえない話ではない。柿島一道が目撃したという、大型漁船と思われる船が絡んでいるようなことだとすれば、相手は組織的な犯罪グループである可能性もある。ただ、それをあの美瀬島の美しい風景や、平和そのもののような住人たちと結びつけることに、心理的な抵抗があった。

（まさか――）

仰向けになって、布団を胸まで引き上げた。目を閉じると、美瀬島で会った人々の顔が流れる。連絡船の客や船長、港の雑貨屋と食堂の人々、寺の住職、天栄丸の天羽助太郎夫妻と里見、そしてあのサエという娘――。

あの娘は、はたして僕のアリバイを証明してくれるのだろうか――。

思考はポンと飛んだ。動物的な警戒心を露にした、サエの視線を思い出した。あれは敵意そのものだったような気がする。どうも、こっちが期待する証言は得られそうにない。もっとも、かりに彼女が証言してくれたとしても、それでこっちの潔白が証明されることにはならないのだ。

（やれやれ――）と悲観的な考えに落ち込みかけた時、サエの面影にオーバーラップして、小田原で出会った廣部馨也事務所の女性・星谷実希の顔が闇の中に浮かんだ。

そうだ彼女も美瀬島にまつわる「噂」を聞いているかもしれない――と思った。星谷実希は廣部事務所に常勤しているのだし、選挙区の情報を耳にするチャンスも多いこととだろう。すでに夜更けだったが、浅見は思いついてすぐ、電話に向かった。

4

翌朝、大原署の小玉部長刑事が、例の若い刑事を伴って民宿「柿島」に現れた。「ちょっとすみませんが、署まで同行願います」というのだが、浅見はまだ食事中だった。民宿の朝は早いが、それより早いご出勤だ。「警察の仕事も大変ですね」と、浅見はなかば本心で労(ねぎら)いを言った。

ソアラを置いて、パトカーに同乗した。何だか連行されるようで、近所の連中の視線が気になった。事情を知っている柿島一代でさえ、赤の他人のようにそっぽを向いている。

「じつはですな浅見さん」と、小玉はパトカーの中から訊問を始めるつもりらしい。

「あんたが『サエ』と言っていた問題の女性は天羽紗枝子というのだが、たぶんこの人に間違いないでしょう。連絡船の船長その他、何人かの証言を取れた。本人には電話で連絡したが、現在は東京に住んでいて、その時は休日を利用して帰省していたそうです」

「そうですか、それはよかった」

「ところがですな」と、小玉はニヤリと意地悪い目つきをこっちに向けて、笑った。

「電話で問い合わせたところ、当のご本人は、あんたのことを憶えていないと言っているんですがねえ」

「ははは、そんなばかな」

「ばかでも何でも、とにかく浅見さんが言ったような事実はないということです」

「僕の名前は知りませんよ、名乗っていませんからね」

「いや、名前は言わなかった。これこれこういうハンサムな男性が、北浜へ行く道を尋ねたそうだが知らないかと訊いたのです」

ハンサムと言われても、喜べる心境ではない。

「それはおかしいですね。僕がその女性と会ったのは事実ですよ」

「確かに、船に乗り合わせていたことは調べて分かりました。あんたがそこで彼女の名前を小耳に挟んだであろうこともですな」

「だったら、僕のことを知ってるはずじゃないですか」

「ところが、あんたが言うような、坂の途中で出会ったとか、そういうことはまったくないと言っているのですがねえ」

「驚いたなあ……彼女はなぜ、そんな見え透いた嘘をつくのだろう？」

浅見は船酔いの時の、胸の辺りがムカつくような気分がこみ上げた。

予想したとおり——と言えば言えなくもなかった。美瀬島で会った「サエ」が、かりに嘘をつかなかったとしても、それだけで自分のアリバイを証明できる決定的な要因になるとは、浅見も最初から思っていない。それにしても、彼女が会ったことそれ自体を否定するとは驚きだった。あの鋭い敵意に満ちた視線は本物だったわけだ。

「困りましたなあ」

小玉部長刑事は浅見の気持ちを代弁するように言った。言葉としては困っているようだが、意地悪そうな目つきや、のんびりした皮肉っぽい口調には、生贄の羊を前に、楽しむような気配が込められている。浅見は自分が彼らの「獲物」になりつつあることを感じないわけにはいかなかった。

「その女性に会わせてもらえませんか。会えば僕のことを思い出すでしょう」

「もちろん、いずれ面通しはすることになりますがね」

その口ぶりは完全に被疑者扱いだ。浅見は（やれやれ——）と肩をすくめた。

大原署の周辺は、昨日とはかなり様子が変わって、慌ただしい雰囲気が漂っている。県警から機動捜査隊もやって来たのだろう。玄関脇には「大原沖殺人事件捜査本部」の張り紙も出ていた。報道関係の人間らしい姿もチラホラ見えた。

昨日と違い取調室に入れられた。小玉がテーブルにつき、部下の刑事はもう一つのデスクに向かってメモを取る態勢だ。これでは証言を求めるというより、もはや明らかに訊問の雰囲気である。

それからあらためて平子裕馬との関係をえんえん、調べられた。前日に初めて出会い、美瀬島に同行したのもまったく突発的な出来事だった――と説明しても、素直には聞き入れてくれそうになかった。何度も何度も重箱の隅をほじくるように同じ質問を繰り返し、少しでも前言と異なる言い回しをしようものなら、鬼の首を取ったようにその部分を突っ込んでくる。

そういう取り調べのやりくちは浅見も心得ているから、破綻するようなヘマはしない自信はあった。そのソツのない受け答えが小玉には気に入らないらしい。かえって疑惑を深める逆効果に繋がりそうだ。

「僕がこんなことを提言するのは、おこがましいかもしれませんが」

浅見は危険を承知の上で言い出した。そうでもしないと、この実りのない訊問は果てしなくつづきそうに思えた。

「じつは、平子さんが事件に巻き込まれそうな理由というか原因というか、それを示唆するようなことがあるにはあるのです」

「ほうっ……」と、がぜん、小玉の目が輝いた。（ついに落ちるか――）という期待で、思わず体が前かがみになる。

「平子さんは柿島一道さんが死んだ、二年前の『事故』の真相を調べていました。美瀬島に行ったのは、そのためです」

「ふーん、その事故は美瀬島と関係があるってわけ？　どういうことです？」

浅見は柿島一道の「密漁」のことは言わずに、単なる「漁場を巡るトラブル」という表現にとどめたが、柿島の「事故死」はそれが原因だったのではないか——と、平子が疑惑を抱いていた話をした。

「漁場争いねえ……おっそろしく古めかしい話ですなあ」

小玉は辟易（へきえき）したように首を振った。

「分かりました。つまり柿島一道さんが死亡したのは、漁場を巡る争いに巻き込まれたためではないか——ということ。そしてその漁場は美瀬島のいわば領海ではないか——ということ。平子さんはその真相を調べようとして殺害されたのではないか——ということ。まあ、どれもこれも仮定の話だが、一応調べてみますよ。しかし、だからってあんたが事件に関与していないかどうかは、それとは別問題ですのでね」

どうやら、それだけでは「無罪放免」にはなりそうもないらしい。

「もう一つ、これはご参考までにお話しするのですが、小田原で廣部代議士の秘書さんが殺された事件のことはご存じですか」

「もちろん知ってますよ。廣部先生は二代つづいた千葉県の代議士さんですからね。自分も知ってるが、殺された増田秘書さんは地元の人たちに人気があった。ああいう亡くなり方をしたのは少なからずショックです。しかし、その事件がどうかしたんですか」

「それと、平子さんの事件との関係をお調べになったらいかがでしょう」

「ほう、小田原の事件とですか……しかし、あれは喧嘩が原因だったと聞いたが」

「警察がそう判断したことは知っています。しかしそんなふうに単純に結論を出したのはいかがなものでしょう」

「そう言うからには、何か根拠でもあるんですか。第一、あんたはその事件とどういう関わりがあるんです？」

「関係はありませんが、増田さんとちょっとお付き合いがありました。じつは先日、小田原署を訪ねて事件の概要を聞いてきたのですが、向こうでは早い段階で、喧嘩による行きずりの犯行と決めてかかって、捜査をその方向で進めています。しかし、僕の知るかぎりでは、増田さんはつまらない騒ぎを起こす人ではないのです。あれは単なる喧嘩のような、偶発的な事件とは思えません」

「そんなことは、その時の状況によって、いちがいには言えんでしょう。温厚な人だから喧嘩をしないっていう保証はない」

「そうかもしれません。しかし、そうではない可能性もあります」

「そうでないというと、どうなんです？」

「もっと根の深い、怨恨が絡んだ殺人事件だと考えるべきなのです」

「考えるのは勝手だが、根拠がなきゃ意味がない。あんたみたいなルポライターは話が面白ければそれでいいかもしれんが、警察の捜査はそんなもんじゃない。小田原署でそういう結論に至ったのは、事件の背景について十分、調査した結果なんだから。妥当な判断だったんじゃないですかね。それともあんた、何か事実関係を摑んでいるとでも？」

ここに至って、浅見は自分が知っていることを、差し障りのない範囲で話さざるをえなくなった。もっとも、差し障りはあっちこっちにある。柿島一道の密漁のこともボカしておかなければならないし、浅見家のことや廣部代議士との関係も洗いざらい言うわけにいかない。

その上で、今回、大原のはだか祭りを取材するついでに、美瀬島に寄って島の人たちにお礼を言おうと思い、それについてはどこのどういう人に会えばいいのかを、増田秘書に相談した——という経緯を話した。

増田秘書と会った時、父親が死にかけた際の「臨死体験」とでもいえそうな奇妙な出来事のことも話した。増田は「御霊送り」の行事があると言い、父親の「臨死体験」にも理解を示していたのだが、そのうちに急に、曖昧な態度に変わった。

その異様な変貌ぶりに、浅見は何かひっかかるものを感じたのだが、それを説明しようとしても、小玉は最初から軽蔑するような顔を露骨に見せるだけで、ほとんど反応しなかった。

「それっきり増田さんとはお会いしてないのですが、事件の少し前、増田さんは僕が留守のあいだに再三、電話をくれました。考えられる用件は、この前会った時の、あの消化不良のような態度を見せたことについてだと思うのです。そのことで増田さんは何か伝えたいことがあったにちがいありません。それで僕のほうも連絡をしなければと思っていた矢先にあの事件が起きました。ですから、増田さんが殺されたと聞いた瞬間、これは何かあるな――と思ったのです」

「ふーん……」

小玉部長刑事は眉間に皺を寄せて、悩ましい顔になった。小田原の事件はともかく、二十一年前の出来事に想像を働かせる作業にとりかかろうとしたものの、それはほんの一瞬で、すぐに諦めたらしい。

「それだけのことで、増田さんの事件が怨恨によるものだと決めつけるわけかね。まるで説明になってないと思うけどねえ。しかもその事件がこっちの事件に関係しているなんて、どういうところからそんな発想が生まれるのか、ぜひとも聞かせてもらいたいもんですな。何なんです？　どういう理由からそう思うんです？」

ひとを小馬鹿にした、せっつくような言い方に、浅見は少しムッとして、「カンです」と言った。

「カン？　ははは、山勘の勘ですか」

「いえ、第六感のカンと言っていただきたいですね」

「そんな、カンみたいなもんで、警察の捜査を批判してもらいたくないですな」

「そうでしょうか。昔から刑事さんの捜査技術に、第六感は必要なものだと思ってましたが」

「昔はそうかもしれないが、近代警察はすべて科学的な捜査ですよ。カンに頼る見込み捜査は人権侵害に繋がりかねないからね。むしろ禁止されている」

「なるほど、それを聞いて安心しました」

「安心とは？」

「僕はてっきり重要参考人扱いをされているのかと思っていました。そういうわけじゃなかったのですね」

「いや、これからの調べ次第で、まだ何とも言えない。あんたが会ったという女性の話は嘘だということも分かったしね」

「それは彼女のほうが嘘をついているのですよ。でなければ忘れたのか」

「ははは、忘れるはずはないでしょう。あんたみたいなハンサムな男を」

揶揄（やゆ）するような言い方が不愉快だ。浅見は黙って席を立った。

「トイレですか」

小玉が訊いた。

「いえ、この後、用事がありますから、そろそろ失礼します」

「そうはいきませんよ。まだ聞きたいことがいろいろあるからねえ」

「調べるのは勝手ですが、僕のほうに拘束されなければならない理由がありません」

一礼してドアへ向かおうとするのを、部下の刑事が遮った。「すみませんが」と右手で相手の肩を横に押すと、「あんた、公務執行妨害で緊急逮捕するよ」と怒鳴った。

「ばかばかしい、善良な一市民が警察から街へ出ようとしているだけです。それが、どうして公務執行妨害になるんですか」

「いや、あんたは暴力を用いて、公務執行中の警察官の左腕に打撲を与えた」

「ほう、そいつは面白いですね。それじゃ緊急逮捕でも何でもしていただきましょう。さあ、どうぞ」

浅見は両手を手錠が嵌めやすいように揃えて、刑事の目の前に突き出した。刑事はたじろいだが、行きがかり上、腰の手錠をまさぐるジェスチャーを見せた。

「まあまあ」と、芝居がかって、小玉があいだに割って入った。タイミングを失すると、部下も引っ込みがつかなくなる。

「じつはね浅見さん、現在、捜査員が各所に出て、あんたが昨日言っていたことのウラを取って歩いているんですよ。その報告が入るまで、もうちょっと付き合っていただきたいのですがなあ」

そう言っているそばから、ドアをノックして年配の制服姿が顔を覗かせた。警部補の肩章をつけている。小玉が立ってドアを出て、何やらこそこそ話していたが、憂鬱そうな顔で戻ってきた。

「あまり状況はよくねえですな」

ますます行儀の悪い口調になった。それこそよくない兆候である。

「美瀬島に聞き込みに行った刑事の報告によると、あの島のお寺の住職が、あんたのことを平子さんに騙されて美瀬島に来たらしいと言っているんですな。つまり、あんたと平子さんは何か揉めていたんではないかとね。どうなんです？」

「どうって訊かれても、揉めてもいないし、僕が平子さんに騙された事実はありませんよ。僕が美瀬島へ行くと言ったので、それじゃ一緒に行きましょうということになったのです。むしろ揉めていたのは平子さんと島の人たち……というより、和倉町と美瀬島が対立状態にあるというべきでしたよ」

「というと、あんたは島の人間が平子さんを殺害したと言いたいわけ？」

「そんなことは言ってません。僕は事実関係を言っているだけです」

「ふん、まあとにかく、そういうわけだから、あんた悪いけど、もう少し付き合ってもらわないとなんねえですな」

「それは迷惑ですね」

「迷惑？　あんた、人ひとり殺されたっていう事件なのに、迷惑はねえでしょう」

嚙みつきそうな顔で言った。事態はますます険悪なことになりそうだ。

その時、またドアがノックされた。部下の刑事が開けると、今度は警視の肩章をつけた中年の男が入ってきた。一見してここの署長だと分かった。背後には刑事課長も従っている。小玉は起立して署長を迎えたが、歓迎している顔ではない。事情聴取の邪魔をしないで欲しいと言いたげだ。

「どうかね、浅見さんから何か、参考になるようなお話は聞けたかな」

署長はにこやかに言った。その口調に面食らって、「は、いや、目下事情聴取の最中で……」と中途半端な答え方をする小玉を尻目に、浅見に軽く会釈して名刺を差し出した。〔千葉県大原警察署署長　警視　大上次郎〕とある。

「ここの署長を務めている大上です。いやあ、浅見さんは浅見刑事局長の弟さんなのだそうですなあ」

浅見が危惧したとおり、身元調査を行なったのだ。ひょっとすると、刑事がわが家に行って身元の確認をしたかもしれない。冗談ではない、もし応対したのがおふくろさんだったりすれば、刑事の訪問を受けて、はらわたが煮えくり返る思いをしたであろう、恐怖のおふくろさんの顔が目に浮かぶ。こうなった以上は、アジの干物ぐらいは買って帰らなければなるまい。

「たったいま、東京から連絡があって、びっくりしました。しかも浅見さんは、警視庁管内では有名な探偵さんということですが、すると今回も事件調査のために？」

「いえ、そういうわけではありません。知り合いが事件に巻き込まれて、どうやら僕が重要参考人になりそうな状況のようで……」

「ははは、何をおっしゃる。浅見さんにそういう扱いをするはずはないですぞ。もしそのように受け取られることがあれば、何かの間違いです。そうだね、きみ」

いきなりふられて、小玉はうろたえた。

「あの、どういうことでありますか」

「こういうことだよ、きみ」

署長は浅見からは見えにくい角度で、精一杯顔をしかめた。刑事局長の身内を被疑者扱いしやがって——と、自分が捜査指揮に当たっていたことは棚に上げている。

「せっかく浅見さんが来ているのだから、何か捜査の参考意見をお聞きするという、そういう趣旨なのだろうね」

「は、はい、もちろんそういうことです」

とっさに署長の意図を察知して、小玉部長刑事は百八十度の転身を遂げた。

小玉にしてみれば不本意な展開だが、浅見にとってはこうなったほうが事件捜査という面ではやりやすいことは確かだ。あらためて刑事課長と小玉部長刑事、それに県警から来た中根という主任警部も加わって、浅見の口からこれまでの経緯を聞く態勢になった。

こうなっては浅見も木で鼻を括ったような対応ばかりしているわけにはいかない。何しろこちらは刑事局長の弟なのだ。捜査に協力的でなかったなどと批判されたりしたら、たまったものではない。

浅見はついに、平子が柿島一道の死の真相に、なみなみならぬ関心があったことを話した。

「柿島さんは、遭難するひと月前、夜間の出漁から帰る途中、美瀬島付近の海で不審な船を目撃したと、お母さんに話しているのです。その時の柿島さんの口ぶりは、きわめて恐ろしげだったそうです。平子さんは柿島さんのお母さんからその話を聞いて、もしかすると、柿島さんの死にその不審な船が関係しているのではないか――ひいては美瀬島にも何か、秘密があるのではないか――と考えて、美瀬島へ渡ったのだと思います」

「ふーん、不審な船ですか。どういう船ですかなあ」

中根警部は、素人に捜査上の意見を聞かされるのが面白くないらしい。欠伸を嚙み殺すような仏頂面で言った。相手が刑事局長の弟と分かって、掌を返すように処遇が変わったが、署長が指示しただけで、心底から敬意を抱いているわけではないことも、彼の様子から手に取るように分かる。

「柿島さんの船の三倍ほどありそうな大型の船だったそうです」

「何をやっていたんですかね」

「月のない夜で、はっきりは見えなかったそうですが、船からボートを下ろして、どうやら島の方角へ向かったらしいということでした」

「本当ですかなあ。闇夜の海で、しかも柿島さんの船は通りがかりだったわけでしょう。そこまで目視できるとは思えませんなあ」

確かに中根の言うとおりではある。柿島が密漁をやっていて、じっと潜みながら「目視」し続けていた——と言えないところが、浅見のほうの弱点である。

「しかし、もしそれが事実だとすると」と、小玉部長刑事のほうがまだしも、気を入れて話を聞こうとする姿勢を示した。

「とにかく、その不審船のことも含めて、あらためて美瀬島周辺での聞き込みをやってみましょう。警部、それでよろしいですか」

「ああ、いいだろう」

中根はどこまでもなげやりだ。こんな調子では期待半分、不安半分だが、あとは警察に任せるほかはない。浅見は「お願いします」と頭をさげた。

第六章　めぐり逢い

1

天羽紗枝子の勤め先に、母親の菜穂子から電話があった。ひどく不安げな口調だ。

「さっき刑事さんが二人、来たよ。紗枝子のこと、どこにいるか訊(き)かれたんで、マンションの住所と電話番号を教えておいたよ」

「刑事って、小田原警察署の刑事さん？」

反射的に小田原署の長南警部の顔を思い浮かべたが、違った。

「小田原？　小田原って何だい？」

逆に訊かれて、紗枝子は「ううん、べつに何でもないけど」と口を濁した。考えてみれば、小田原署にはマンションの住所を伝えておいたのだから、用事があれば直接、そこに連絡してくるはずである。

「千葉県警と大原署の刑事さんだって言ってたよ」

「ふーん、千葉県警か……何の用なの？」

言いながら、すぐに石橋先生のことが頭を過った。やっぱり石橋先生の身に何かあったのだろうか——と、恐ろしい連想が走ったが、紗枝子は口には出さなかった。

「何かよく分かんねっけんが、そのうちそっちへ行くかもしんねえ。それからよ、神宮さんからも電話があって、刑事に何か訊かれても、余計なことは喋んねえほうがいいって、紗枝子に伝えてくれって言ってたよ」

「船長さんが私に？　それってどういうことなのかな？」

「どういうことか、わたしにはよく分かんねっけんが、とにかく、何を訊かれても知らねえって言っておけと」

刑事が神宮船長のところにも行ったということは、何があったにしても、ただごとではなさそうだ。

島に帰った時、紗枝子は船長に石橋先生のことを訊いたりしている。それを小耳に挟んだ天羽伴文が、帰りの船に乗り合わせて、得意げに話したところによると、正叔父は石橋先生にふられた後、「ぶっ殺してやる」とか言っていたそうだ。警察が調べ回っているのが石橋先生の「失踪」の件だとすると、正叔父の「ぶっ殺してやる」発言は穏やかでないどころか、そのまま容疑の対象になりかねない。

船長が「余計なことは喋るな」と言ったのは、そういったことなのだろうか。紗枝子があれこれ思案を巡らせているあいだ中、菜穂子はグダグダとひとしきり愚痴めいたことを言って、「あんまし心配かけねえでや」と電話を切った。

その夜、マンションに帰ったのはかなり遅かった。留守電のランプが点滅していたが、伝言は録音されていない。留守と分かってすぐに電話を切っている。おそらく警察からの電話で、何度もかけてきたにちがいない。

それを裏書きするように、間もなくベルが鳴った。受話器を取ると「千葉県の大原警察署の者です」と名乗った。

予期していたにもかかわらず、紗枝子は心臓が停まりそうだった。石橋先生のことを訊かれたら、どこまで話していいものか決心がつきかねていた。館山の下宿先を訪ねたことなど、嘘をついても、警察が調べればすぐに分かってしまうにちがいない。

しかし、警察の質問に石橋先生の名前は出なかった。美瀬島で男の人と会ったか――と訊いている。

「浅見という、三十前後の、背が高くて、ちょっとハンサムな男ですが」

「さあ、あまりよく憶えていませんけど」

あの男のことだ――とすぐに分かったが、紗枝子は用心深く答えた。船長に言われてなくても、たぶんそういう答え方をしたにちがいない。

「神宮船長の話だと、あなたもそこにいたって言ってましたがね」

「ああ、船で一緒だった人ですか。そういえばそんな人がいました」

船長が認めたということは、そこまでは目撃者もいることだし、仕方のない客観的事実であり、許容範囲の内なのだろう。そこまで隠すのはかえって不自然だ。

「船で一緒だっただけじゃなくて、その人は島の中であなたに会って、道を尋ねたって言っているんですが、そういう事実はありましたか」

(来た——)と、紗枝子は心臓が高鳴った。ここから先は抵抗線だ——と思った。

「いいえ、知りませんよ」

「そうですか、間違いありませんか。そういう人があなたに道を尋ねたという事実はないのですね」

「ええ、ありません。道ですれ違ったかもしれませんけど、憶えていません。その人、何か悪いことでもしたんですか」

「いや、それはいいのです」

何がいいのよ——と文句を言いたかった。警察はいろいろ訊きたがるくせに、こっちの知りたいことは言わない。だったら、こっちだって言わない権利はあるんだわ。

「何か事件でも起きたんですか？」

ズバリ訊いてみた。

「まあ、そういうことです」

「それで、その男の人が犯人なんですか」

「さあ、それは分かりませんがね。いや、お忙しいところ、お邪魔しました」

刑事はそそくさと電話を切った。耳に当てたままの受話器の中から、自分の心臓の音がドキドキ聞こえてきそうだった。

（やっぱり石橋先生は殺されたんだ――）

刑事は「殺人事件」とは言わなかったが、紗枝子の中ではすでにそう結論づけている。いつ？　どこで？　誰に？　なぜ？　どんなふうに？――と、次々に知りたいことが押し寄せてくる。

（だけどあの人、なぜ私のことを警察に言ったのかな？――）

そのことが気になった。石橋先生が殺された事件かどうかはともかくとして、何かの事件の容疑の対象になっていて、刑事があの男を調べている中で、紗枝子の名前と、「北浜」へ行く道を尋ねたことが出てきたにちがいない。

（何があったのだろう――）

そういえば、帰省した時、母親が二人の余所者が島に来て、あっちこっちを探り回っていると言っていた。それは船で見かけた二人のことだし、その一人が紗枝子に「北浜」へ行く道のことを尋ねた男だ。

帰りの港で出会った時はその男一人で、一緒に来た男とはぐれたとか言って、探していた。あの男が殺人犯なのか。見た感じではそんなに悪そうな人間には思えなかったが、人は見かけによらないというから、何とも言えない。

それとも、実際はあの男は事件に関係がなかったとしたら……。

(アリバイってこと？——)

無実であることを立証する「アリバイ」があの日、あの場所で紗枝子と会ったことで、身の潔白を証明する証言を紗枝子に求めたということか。

(じゃあ、もしかして、私があの男のアリバイを証明する人間なの？——)

自問自答を繰り返して、紗枝子は自分がとんでもない過ちを仕出かしたかもしれないと思い当たった。刑事が電話してきた目的は、アリバイ証言の裏付け調査のためだったとすると、紗枝子の嘘が、あの男を無実の罪に陥れかねない。

(どうしよう——)

いまさら警察に「さっきの証言は嘘でした」とも言えない。

紗枝子は母親に電話して、警察から電話があったことを報告した。

「母さんが言ってた、余所者のことを訊かれたわよ」

「ふーん、それで、おまえは何か知っていたんか？」

「うん、船で顔を見たって、それだけ」

「ほんとにそれだけかい？　ならいっけどよ。もしかして何か知っていたとしても、警察にはあんまし話さねえほうがいっぺ。船長さんばかしでなく、浄清寺の和尚さんもそう言っていたよ」

「和尚さんも……ああ、分かった、そうするわ。第一、話すことなんかないもの。だけどその人、何か悪いことをしたの？」

「なんだ、紗枝子はそれ、刑事さんから聞かねかったんか？」

「ううん、何も聞いてないわよ。何があったの？」

「あの日、余所者が二人で島に来たって言ったっぺ。その一人が殺されたんだよ」

「えっ、そうなの……」

被害者が石橋先生ではなかったことで、少しはホッとした。

「それで警察は、もう一人のほうが殺したんでねえかって、疑っているみたいだ」

「ほんと？　じゃあ、殺されたのは……」

紗枝子は一瞬、「贄門（にえもん）」と出かかった言葉を飲み込んだ。それが喉（のど）につかえて息が停まりそうになった。あの時、あの男は北浜へ行く道を尋ねた。それに鬼岩のことを「贄門岩」と呼んでいたのじゃなかったか——。

「殺されたのはどこなの？」

「死体が見つかったのは大原の沖だそうだっけんが、事件が起きたのは美瀬島ではねえかって、警察では考えてるみたいだね。島に来たのは分かってるっけ、島から出て行った様子はねえんだと」

「それで、被害者はどこの人？」

「殺されたのは、向かいの和倉の者だと。いまは東京に住んでいたみたいだっけ。警察が目をつけているもう一人のほうも東京者で、殺された人に唆されて島に来たんでねえかって、和尚さんは言ってなさるだ」

「唆されたって、何を？」

「そりゃあ、おまえ、あれだっぺ。美瀬島には面白い言い伝えがあるとか、そういうことを吹き込まれたんでねえかい」

「言い伝えって、鬼岩のこと？」

「まあ、そうだっぺな」

「じゃあ、生贄の風習があるとか、そういうことね」

「そんなことは知らねえよ。紗枝子もめったなことは言うもんでねえよ」

菜穂子は急にうろたえて、乱暴に電話を切った。

母親の言ったとおりだ。あの男は鬼岩のあいだから死者を送り出す風習があるのではないかと言っていた。神宮船長が「生贄を送り出す」と言ったそのことだ。東京の人間で、初めて島に来た様子から見て、その風習のことも初めて知ったらしかった。一緒に来たという和倉者（わくらもん）にその話を聞いて、それこそ唆されて島を訪れたのかもしれない。

だけど、だからってなぜ殺したりしなければならないのか、まるで分からない。かりにインチキな作り話だったと分かって憤慨したとしても、だからといってそれで殺してしまうというのは、あまりにも短絡的すぎて、ありそうにない話だ。よっぽどカーッとなりやすい人間ならありうるかもしれないが、あのおっとりした男からはそんな直情径行な雰囲気は感じ取れなかった。

そのことから紗枝子は、増田敬一が殺された事件を連想した。あの事件もカーッとなった釣り人の犯行という方向で捜査が進められている。温厚な増田秘書に怨恨（えんこん）のニオイはしないというのが、一つの理由になっているらしい。

長南警部からそう聞いた時、紗枝子は思わず「怨恨はないかもしれないけれど、増田さんを恐れている人はいる」と口走ってしまった。

じつは警察用語で「怨恨」というのは、必ずしも怨（うら）んだり恨まれたり——という文字どおりの意味だけではなく、憎悪だとか脅威だとか、そういう敵対感情を抱いていることすべてを言うのだと聞かされて、紗枝子は自分の無知が恥ずかしかった。

しかし、やはり増田の場合には文字通りの意味での「怨恨」ということはありえないと思う。本当に温厚な人柄で、人から恨まれるような状況は考えられない。

増田とは選挙の時や就職を世話してもらった時の付き合いだけでなく、半年に一度程度の割合で、ごくプライベートにご馳走してもらうことがあった。もちろん二人だけということはなく、必ず若い男性を伴って現れた。最初のうちは偶然かと思っていたが、やがてどうやらお見合いの意図があるらしいと分かった。

後で「私には当分、結婚するつもりはありませんから」と、少しキツイ言い方をすると、「ははは」と笑い、「余計なお節介を焼いて申し訳ない」と詫びて「紗枝ちゃんが、あぶなっかしく見えてしようがないもんだからね」と付け加えた。身内の人間よりしんみりした言い方で、紗枝子のほうも何だか悲しいような気分になった。

その増田でさえ、殺されなければならないような状況があったということだ。

あれはいつだったか、食事しながらの、さりげない会話の中で、増田はふと「生きてゆくってことは、それだけで誰かを傷つけているものだからね」と言った。前後の脈絡がどういう話題だったのかは思い出せないけれど、その部分だけが妙に頭に残っている。紗枝子が「増田さんみたいに優しい人が、人を傷つけることなんてありませんよ」と慰めると、珍しく真顔で、「こんな私でも、怖がる人がいるんだよ」と言った。そのことがあったから、小田原署でつい「恐れている人はいる」などという大胆な言葉が、口をついて出てしまったのだ。

増田は通常は廣部代議士の筆頭秘書だが、選挙運動期間中は実質的な選挙参謀といってもいい存在らしかった。もっとも、権謀術策を巡らして、対立候補を蹴落とす——といったアコギなことは、紗枝子の知るかぎりしない主義だった。

廣部二世代議士がどちらかというと、坊っちゃん育ちの苦労知らずで、無鉄砲な強面の暴れん坊タイプなのを、増田の柔軟さが補うという形で、いわば増田は廣部陣営のもう一つの顔になっていた。

選挙区内の土建業者などに代表される企業の人間は、廣部のブルドーザー的な部分を買っていて、そっちのほうは木村という、廣部の大学の後輩でスキューバダイビング仲間だった秘書が切り盛りしている。威勢がよくて、廣部事務所の金庫番でもあるのだが、その強面ぶりにアレルギーを感じる主婦層などは、増田のソフト感覚に期待した。「増田さんがついていれば大丈夫よ」とは、選挙事務所に駆けつける彼女たちに共通した評価だった。

そういう増田には、対立候補の陣営も一目も二目も置いていたことだろう。ひょっとすると「恐ろしい」存在と認識していたのかもしれない。もし増田がいなければ、廣部馨也のあまりにも偏りすぎる人間像では、選挙を勝てなかっただろうし、相手陣営にしてみれば恐れるに足らなかったにちがいない。

（だけど、まさか――）

だからといって増田を亡き者にしようなどとは、対立候補側の誰も思わないだろう。それとも、熱心な支持者の中にはハネ上がり者もいて、殺してしまいたいほど憎んでいたのだろうか。いくら何でも、ふだんは殺意を燃やしたりはしないにしても、何かのきっかけやチャンスがあれば、歯止めが利かなくなる可能性はある。

そう考えてきて、あの「釣り人」のことを思った。あれはまさにその「チャンス」だったといえまいか。もちろん最初から殺すつもりなどなかったとしても、たまたま、釣り人を冷やかしに来た人物が、憎たらしい増田秘書であることに気づいた瞬間、これはチャンスだ——と思ったかもしれない。

(そうよ、そういうことだったのよ——)

この着想はすばらしい——と紗枝子は思った。これなら、あの事件の説明はつく。短絡的な動機の喧嘩のあげく、未必の故意みたいな殺人事件に繋がったなどという無理な論理よりは、遥かに納得できる。

2

すでに深夜といってもいいような時刻だったが、紗枝子はいても立ってもいられない気持ちで、小田原署に電話した。長南警部は不在だが、携帯電話に連絡すると言ってくれた。それから三十分ほど、紗枝子は電話の前を行ったり来たりしていて、ベルが鳴るのと同時に受話器を取った。

長南警部は眠そうな陰気くさい声で「お電話いただいたそうで」と言った。署員は「携帯に連絡する」と言っていたが、すでに自宅で就寝中だったかもしれない。

「すみません、夜分遅くに。もうお寝（やす）みだったのでしょうか」

紗枝子は無意識に声のトーンを落としていた。

「いや、まだ出先です。何か急用ですか」

「ええ、ちょっと思いついたことがあったものですから。あの、いま、いいですか」

「いいですよ、どうぞ」

「このあいだ警部さんは、増田さんは喧嘩みたいなことで殺されたっておっしゃってましたね。あれ、違うんじゃないかと思うんですけど」

「ああ、そのことですか。この前もそう言ってましたね。しかし、現時点に至るも、怨恨のセンは出てきていません。もちろん、あなたが言ったような、誰かに恐れられているかどうかも含めてですがね。増田さんが生きていては具合が悪いと考える人物はいないようですね」

「それ、違うんです。増田さんのことを恐れている人はやっぱりいるんです。その人が犯人だと思うんです」

「しかし、現場の状況から見てですね、この事件は明らかに偶発的なものです。目撃者の話もそれを裏付けていますよ」

「ええ、それは確かに偶発的なものかもしれませんが、そこで釣りをしていた人が偶然、増田さんに敵意を持っている人だった可能性だってあるんじゃありませんか。たまたま覗(のぞ)き込んだのが増田さんだったものだから、これは千載一遇のチャンスだと考えたんです。それで喧嘩に見せかけて殺したんです」

「ははは、何だかそれしかないと決めつけているみたいですね」

長南はうんざりしたような笑い声で言った。素人が賢(さか)しらに推理を展開するのが、片腹痛いと思っているにちがいない。

「あなたの言うようなことが、絶対に起こりえないとは言いませんよ。しかしですね、あの場合は時間的な流れからいっても、それは無理でしょうね。目撃者の話によると、増田さんが釣り人に近づいたかと思ったら、ものの一分も経(た)たないうちに叫び声がして、事件が発生したというのです。もしあなたが言うようなことだとすると、犯人はあらかじめ増田さんの来ることを予測して、犯行の準備を整えていたとしか考えられない。口論が殺意にまで行って、さらに行動を起こすには、それ相応の時間が必要ですからね」

「でしたら、やっぱり予測していたんです。増田さんが釣り人のところへ行ったのは、あらかじめ約束していたとか、そういうことかもしれないじゃないですか」

「つまり、犯人は怨恨関係にある知人ということになりますね。しかし、さっきも言ったとおり、われわれが緻密(ちみつ)に捜査したかぎりでは、増田さんに怨恨を抱く人はいないのですよ。少なくともそういう突発的な殺人に走るような人物はおりません。いいですか、あなたは思い違いしていませんか。かりに百歩譲ってですね、増田さんと犯人があらかじめあの場所で落ち合う約束をしていたとしたら、それは何らかの関係のある人物というこになるでしょう。ところが関係者の中には、増田さんに怨恨を抱く人物が見当たらないし、アリバイの関係も調査ずみです。要するにあなたの主張には矛盾があるのです」

長南は少し焦れたのか、畳み込むような三段論法で言った。それに負けずに、紗枝子も語気を強めた。

「怨恨がなくたって、殺すことはあると思うんです」

「ははは、どうもあなたの言うことは、だんだん支離滅裂になってきましたね」

「笑い事じゃないんです。現に私の実家がある千葉県で、ぜんぜん関係のないような、たまたま知り合った人同士で殺人事件が起きているんです。それが、増田さん……ていうか、増田さんが秘書をしてらした廣部代議士の地元なので、そのことから連想して、やっぱり増田さんは、増田さんを恐れている人に殺されたんだって思ったんです」

「ふーん……」

代議士の名前が出たせいか、長南警部はやや真っ当に受け止めてくれたらしい。

「その千葉県で起きたという事件の被害者および容疑者は、天羽さんと何か関係があるのですか」

「いえ、関係はありませんけど、たまたま実家のある島に帰った時に船で一緒になったんです。それで、警察から問い合わせがきて、アリバイみたいなことを調べられました」

「そのことから連想してと言われたが、増田さんの事件と、そっちの事件と関係しているとでも考えているのですか」

「そういうわけじゃないですけど……」

そんなに自信の持てる話ではないから、しぜん、トーンダウンする。

「でも、何か関係があるのかもしれません。そうだ、そうですよ、どっちの事件も、襲われて海に放り込まれたっていうのがそっくりなんですよ」

急にそのことを思いついて、また喋る声が大きくなった。

「絶対にそうですよ、関係ありますよ。調べてみれば分かります」

「なるほど、分かりました。一応、先方に問い合わせてみましょう。事件のあった場所はどこですか。警察はどこの所轄ですか」

「事件があったのは美瀬島っていうんですけど、警察は大原警察署です。でも、私はただ犯人らしき人に会ったというだけで、詳しいことは何も知りませんよ」

「はい、分かりました、それじゃ」

長南はそそくさと電話を切った。やはり彼にとっては迷惑な電話だったようだ。思いついた時は意気込んで受話器を握ったのだが、紗枝子は途中で後悔した。冷静に考えると、やはり自分の推理には相当な無理がある。増田がたまたま立ち寄って覗き込んだ相手が、最初から殺意を抱いていて、待ち構えたように犯行に及んだなんて、いくらなんでも都合がよすぎる。

しかし、最後になって、言い訳のようにふと思いついたことが、しだいに確信の度合いを深めていった。そうなのだ、どっちの事件も海に投げ込んで死なせたという点が共通しているではないか。

(だけど、あの男が両方の殺人事件の犯人なのかなあ――)

美瀬島で道を訊かれたあの男は、どう見たって殺人を犯すようには思えなかった。いかにも坊っちゃん坊っちゃんした風貌と、素直で優しそうな話しぶりに、育ちのよさを思わせるものがあった。道で会っていきなり「サエさん」と声をかけられた時のショックを思い出すと、なぜか顔が赤らむような気分になったものだ。

しかしそういう人物でも、時と場合によって人を殺したりもするのかもしれない。

(そうよ、あの正叔父だって――)と、紗枝子の妄想はまた次の獲物を狙うように、どんどん移って行った。石橋先生のことを「ぶっ殺してやる」と息巻いていたという正叔父の言葉には、冗談ではすまされない真実味がこもっていると思った。ふだんは陽気でばかなことばかり言っている、能天気そのもののような正叔父でさえ、恐ろしい殺意に駆られることがあるのだ。

幼い頃、夜中に見聞きした、両親や天栄丸のじいさまや、それに正叔父の会話の不気味な記憶がまた蘇る。平和で穏やかで、悪意などこれっぽっちもないと思っている人々のあいだや社会の中で、ある日突然、信じられないような恐ろしい出来事が発生する。世の中のどこかで、いつもひそかに、笑顔の後ろ側で憎悪と殺意を燃やしつづけている人だって存在するのだ。

ニューヨークで起きたテロ事件は、世界貿易センタービルに大型旅客機二機が突入し、二つのビルを崩壊させるという、常識では考えつかない凄まじい出来事だった。数千人の人が死んだ無差別大量殺戮に全世界が震撼した。

この事件などはまだしも、宗教的な背景や国と国との利害関係といった、複雑な理由や原因が絡んでいるけれど、大阪で起きた小学生八人を殺害した男のケースは、まったく無意味な殺戮だった。ただただ自分自身を始末したいため――という、自暴自棄で破滅型の目的から、他人のいのちを奪ったとしか考えられない。

（石橋先生はどうなったのかしら――）

「学校」からの連想で、また不吉な想像が頭を擡げた。自分の周辺で、連続して三人もの人が死んだり行方不明になったりしていることへの恐怖が、じわじわと迫ってくる。

とりわけ石橋先生のことが気になる。しばらく前までは、毎日のように、先生のアパートの管理人に問い合わせの電話をかけていたのだが、それもこのところ控えている。頻繁な電話に先方の応対がだんだんつっけんどんになってくるのが分かるからだ。紗枝子以上に、向こうの人たちだって、不安を感じ、迷惑に思っているにちがいない。「警察に届けようかと思っているんですよ」と、管理人のおばさんは怒ったように言った。学校はどう対応しているのか——とか、いろいろ訊きたいことはあったけれど、何も言えない雰囲気になっていた。

テレビニュースや新聞はニューヨークのテロ事件の続報に占められ、通常ならかなり大きく報道されるはずの出来事もほとんど取り上げられない。紗枝子が関心を抱いている三つの「事件」のことなど、ニュースとして扱われるスペースはまったくないらしい。代議士秘書である増田の事件だけは、発生直後、比較的大きく報道されたが、じきに新聞紙面から影をひそめた。石橋先生の行方不明は事件なのかどうかも分かっていないから仕方ないけれど、美瀬島の殺人事件でさえ、新聞の千葉県版に載った程度だ。

報道されないだけでなく、捜査のほうもさっぱり進まず、もはや袋小路に入ってしまったように、先の見えない状態にあるとしか思えない。

（警察は何をやっているんだろう——）

紗枝子はもどかしくてならなかった。母親は警察には何も言うな——と言っていたけれど、何か言いたくてもちっとも刑事が現れない。だいたい「あの男」のアリバイを確かめるのに、電話だけで済ませてしまうなんて、怠慢ではないだろうか。本来なら写真を持ってきて、その男に間違いないかどうか確認しそうなものだ。

紗枝子の警察に対する不信感は決定的なものになった。警察に任せてはおけない——という気持ちと、これ以上は私の知ったことじゃないわ——という、突き放した気持ちが交錯する。

紗枝子は思いついて、廣部代議士の事務所に勤める星谷実希にメールを送った。星谷実希とはアルバイトで選挙運動を手伝った時以来の知り合いで、それほど親しいわけではないが、メールのアドレスは聞いてある。増田の事件がその後どうなったかだけでも、教えてもらえるかもしれない。

忙しい相手だから、いつメールを開いてもらえるかさえ分からなかったが、中一日おいて、実希から電話が入った。

「メール見ました。増田さんの事件のことでお話があるって、どういうことですか？」

こっちのことを警戒しているのか、少し硬い口調であった。星谷実希は紗枝子より五、六歳年長のはずだが、政治の世界に身を置いているだけに、年齢差以上の老成したものを感じさせる。紗枝子は気圧（けお）されながら、たどたどしく自分の考えの一端を披瀝（ひれき）した。

増田の事件と美瀬島で起きた事件とに関連性があるのではないか——という話を、実希は熱心に聞いてくれた。ひょっとすると相手にされないのでは——と思っていただけに、意外な気がした。

紗枝子の話を聞きおえると、実希は「ふーん、驚いたなあ……」と率直な感想を述べ、しばらく言葉も出ない様子だった。

「馬鹿げた妄想だと思うでしょう？　警察の反応もそんな感じなんです」

紗枝子は無視されたと思って、少し投げやりな言い方になった。

「ううん、そうじゃなくて、あなたと同じようなことを言ってる人がいるの。だからびっくりしちゃった」

「えっ、そうなんですか、ほかにもそんなこと考えてる人がいるんですか」

「いるのよ、そっくり同じって言ってもいいくらい。そうだ、一度会ってみない。三人で話し合えば、もっといろいろなことが分かるかもしれない。そうしましょう。紗枝子さんの都合のいい日をいくつか教えてくれない。スケジュールを調整します」

てきぱきと、先へ先へ頭が回る女性だ。紗枝子はつられたように実希の提案に応じた。もっとも、紗枝子のほうは会社に出ている時以外なら、いつでも都合がよかった。それから先方とどういう「調整」があったのか、間もなく星谷実希から連絡があって、結局、金曜日の夜、ホテルニューオータニで——という約束になった。

結婚式でもないかぎり、大きなホテルに、しかも金曜の夜に行くなどという経験は紗枝子にはなかった。怪しいデートでもないし、べつに後ろめたいこともないのに、何となく人目が気になる。

本館と新館をつなぐ通路の、滝が見える大きなガラス張りのラウンジ――と聞いた待ち合わせ場所へ行くと、星谷実希はすでに来ていて、紗枝子のほうに大きく手を振って合図してくれた。少し時間が早かったので、もう一人はまだ現れていなかった。

「しばらく……わァ、あなたきれいになったわねえ」

椅子(いす)から腰を浮かせるように挨拶(あいさつ)して、実希はいきなりそう言った。「そんなことありませんよ」と紗枝子は照れたが、考えてみると、選挙運動のバイトの頃は、日焼け止めのクリームを塗りたくっていたし、化粧にそんなに気を配ることもしなかった。いまは髪をうっすら茶系に染めたし、服装も少しは見られるようなものになったかもしれない。

「うーん、あなたには負けそう」と、実希はしげしげと紗枝子を眺めて言った。

「何のことですか？」

「ははは、来れば分かるわ」

謎(なぞ)めいた笑い方をした。

後で食事をするとして、とりあえず紗枝子は紅茶を注文した。実希はキールか何かを飲んだらしく、カクテルグラスの底にほんの少し、紅色の液体が残っている。

「見えたわ」

星谷実希が腰を浮かせて、紗枝子にしたのと同じように手を振った。しかし紗枝子の時とは明らかに表情が違う。目の輝きも、口許（もと）の微笑（ほほえ）みも、見違えるほどに女っぽい。同性の紗枝子でさえ（きれい――）と思うほどだった。

振り向いた視線の先に、通路から一段低くなっているラウンジに入ってくる男性が見えた。夜のラウンジは少しライトの光量を落としているから、遠目にははっきりしなかったのだが、近づいて笑いかける顔を見て、紗枝子は「あっ」と口を開いた。美瀬島で会ったあの「殺人犯」だった。

3

紗枝子は一瞬、言葉も出なかった。星谷実希が何も知らずにあの男と付き合っていることに、まるでサスペンス映画を見る時のような恐怖を感じた。

「星谷さん……」

ようやく掠（かす）れた声で呼びながら、実希の袖（そで）を引っ張った。実希は「ん？　何？」と振り向いたが、気持ちは男のほうへ向いている。その間にも男はゆったりした足取りで近づいてきた。

「あの人、だめです」

「だめって、何が？　あら、あなた彼を知ってるの？」

「ええ、ちょっと……」

「なあんだ、そうだったのかぁ。あなたもけっこうやるじゃないの」

「いえ、そういうことじゃなくて……」

男はもう手の届きそうなところまで来ていた。「やあ、こんばんは」と実希に手を差し伸べて握手を交わしてから、紗枝子には、はにかんだような笑顔のお辞儀で挨拶した。

「その節はどうも」

紗枝子も仕方なくわずかに頭を下げた。

「浅見さん、紗枝子さんのこと知ってたんですか？　だったらそうおっしゃってくだされればいいのに。恥をかくところでしたよ」

実希は真顔で抗議している。

「いや、知っているっていうほどではないのです。たまたま美瀬島でお会いして、道を尋ねたことがあるというだけで。いまも、そこまで来てお顔を拝見して、あっと驚いたところですよ。星谷さんが引き合わせたい人っていうのは、この人のことだったのですね。きれいな女性としか言わないものだから」

「でも、事実だったでしょう」

「いや、それはもちろんですけどね。それじゃ、あらためて自己紹介をします。浅見光彦です」

名刺を差し出した。紗枝子は躊躇いながら受け取った。肩書のない名刺だ。

「天羽といいます」と言うと「はは……」と小さく笑った。

「あの島の人は、ほとんどが天羽さんばかりだそうですね。確か下のお名前はサエコさん、どういう字を書くのですか」

「糸偏に少ないの紗に枝に子です」

紗枝子はぶっきらぼうに言った。

「天羽紗枝子さんですか……きれいなお名前ですねえ」

浅見は天井にその字面を思い浮かべるようにして、しみじみと言った。そういう様子は拍子抜けするほど敵意を感じさせない。

浅見は星谷実希と並ぶ椅子に坐った。しぜんにそういう位置関係になったのだが、紗枝子は何だか、目の前の二人がグルになっているような圧迫感を覚えた。実希が浅見という得体の知れぬ人間に、騙され操られているのではないか――と、気が気ではない。

実希にアルコールを勧められたのだが、浅見は車だからとカプチーノを注文した。

「じつはですね」と、浅見が紗枝子に向かって切り出した。

「あの時、僕と一緒に美瀬島に渡って、はぐれてしまった人のこと、憶えていますね。平子さんというのですが、あの日、彼が殺されたのです。その事件のことは、あなたもご存じでしょう？　たぶん千葉県警から電話で問い合わせがあったと思いますが」

「ええ、ありました」

「そして僕のことを訊きましたね」

「ええ」

「僕が北浜へ行く道を尋ねたことを、あなたは否定したそうですが」

「………」

「お蔭で犯人扱いされましてね、ちょっとスリルがあって面白かった」

皮肉で言っているのではなく、本当にそういうアクシデントを楽しんでいたような、朗らかな笑顔であった。警察が調べて何もなくて、こんなふうに明るく振る舞っていられるのだから、犯人ではなかったということなのだろうか。

しかし、警察の杜撰さを考えると、全面的に信用するわけにはいかない。そう思いながらも一応、紗枝子は肩をすくめ、小さな声で「すみませんでした、関わりあいになるのが怖かったものですから」と詫びた。

「紗枝子さんは浅見さんのことをよく知らないみたいだけど、浅見さんは名探偵なのよ」

実希が声をひそめるように言った。

「だめですよ星谷さん、僕はただのルポライターなんですから。天羽さんもいまの話は信じないでください。ただ、ときどき好奇心に駆られると、事件に首を突っ込みたくなる悪い癖があることは事実ですけどね」

浅見は当惑げに否定するが、実希のほうは「ほんとなのよ」と強調した。

「それにね、浅見さんのお兄さんは警察庁の刑事局長さんなの。ほら、疑獄事件なんかが起きると、国会の予算委員会で、ときどき答弁をしたりしているじゃない」

「ああ……」と紗枝子も思い当たって頷いたが、浅見はさらにうろたえた。

「いや、そっちのほうこそ、絶対に内緒にしておいてくれないと困りますよ。それより天羽さん、僕は廣部代議士秘書の増田さんとお付き合いがあったのです」

「えっ、ほんとですか？」

「本当ですよ。それも死んだ父の頃からのお付き合いです。つまり先代の廣部代議士の時代からということです。もう二十年ほど前のことですが、父が大蔵省の局長をしていた頃、いまの廣部代議士が操縦するボートに乗っていて、事故に遭いましてね。その時、救助していただいたのが美瀬島の人たちだったのです。このあいだ島へお邪魔したのは、そのお礼を言うのが目的でした」

「そうだったんですか……」

紗枝子はようやく疑惑の霧が晴れた。

「平子裕馬さんとは大原のはだか祭りで知り合って、たまたま島へご一緒したのです。その平子さんがあんなことになるとは……」

柔和だった浅見の表情が一変して、唇をひきしめ厳しくなった。

「平子さんの遺体が発見されたのは大原沖でしたが、実際はあの日、美瀬島で何らかの事件に巻き込まれたことは間違いないと思っています。警察もそのセンで捜査を進めていて、僕という重要参考人を突き止めたというわけです。もしあの日、平子さんと美瀬島に渡ったのが僕でなければ、まだ警察に勾留されたままでしょうね。幸か不幸か、僕という人間は警察が熟知していますから、早い段階で無罪放免になりましたが」

「それは、お兄さんが警察の偉い人だったからですか」

紗枝子は皮肉をこめて鋭く突っ込んだが、浅見はべつに怒る様子もなく、いたずらを見つかった少年のように、悄気たような表情を見せた。

「そのとおりです。その点、僕は兄に感謝しています。しかし、本来の捜査のあり方からいうと、そういうことで容疑のあるなしを判断してはいけないのですけどね」

カプチーノが運ばれて、会話が中断した。それから星谷実希が浅見光彦という人物について喋った。当の浅見は大いに迷惑がっているのだが、実希は自分の自慢をするように、熱心に浅見の「武勇伝」を披露した。紗枝子は知らなかったのだが、実希の話によると、浅見は過去にいくつもの事件に関わり、いつの場合もみごとに事件を解決して、警察に貢献してきたということである。彼の事件簿を小説に仕立てる作家がいて、けっこうベストセラーになったりもしているらしい。実希もそれを読んだのがきっかけで浅見ファンになったのだそうだ。

「だからね、警察が浅見さんに一目も二目も置くのは、何もお兄さんが警察庁刑事局長のせいだけじゃないのよ」

実希にしてみれば、紗枝子に誤解されたままでは悔しい気持ちもあるのだろう。

「ところで、問題の増田さんの事件のことですが」

浅見は実希のお喋りが一段落するのを待ちかねたように言った。

「天羽さんは、増田さんが単純な喧嘩で殺されたわけではなく、しかも美瀬島の事件と何か繋がりがあるのではないかと考えているのだそうですね」

「ええ、まあ……」

「その点では僕たち三人の意見は、ほとんど一致しています」

「あら、私は浅見さんの推理を信頼しているだけですけど」

実希が遠慮がちに訂正した。

「でも、紗枝子さんと浅見さんの意見は一致してると思います。あなたが言うとおり、襲われて海に転落死させられたっていうことなんか、ぴったり同じ」

「私なんか、ただの思いつきです」

「ううん、そんなことないわ。だって増田さんが殺されたのは、ただの喧嘩なんかじゃないってことだけでも、警察とはぜんぜん別の路線ですもの」

「間違っているかもしれません」

「いや、間違っていませんよ、きっと」

浅見は断定的に言った。

「そうでしょうか？」

「そうなのです。増田さんの事件は謀殺だったと決めて考えることにしたのです」

（強引だわ——）と紗枝子が思ったのを、まるで透視したように、浅見は「いささか強引ですけどね」と笑った。

「しかし、事件の直前、増田さんが何回も僕に電話してきて、何かを伝えようとしていたことを思い合わせると、その時点ですでに事件の予感があったのだと思います。それにひょっとすると、事件の原因を作ったのは、この僕である可能性もあります」

「えっ、それはどういうことですか？」

「少し前のことですが、僕は増田さんとお会いして、美瀬島でお世話になった人のことをお聞きしました。どなたを訪ねればいいかといったことです。その時に、母が昔、父から聞いたという奇妙な話をしました。星谷さんにはこの前、お話ししましたが、美瀬島沖で遭難した時、父は意識を失った瀕死の状態で、いわば臨死体験のようなことがあったというのです」

「そうなんですって」

実希が恐ろしげに首を竦めてみせた。浅見の話の不気味さを効果的に演出したいのだろうけれど、そんな必要もないほど、紗枝子は話の先に興味以上のものを感じていた。

「父は僕と違って、謹厳実直そのもののような人物でしたから、嘘や冗談で言ったわけではないことは確かです。むろん母親もそれに輪をかけたような堅物ですから、いいかげんな作り話ではないでしょう」

「そうですよ、絶対、ほんとにあったことだと私も思いました」

実希が大きく頷いて、間の手を入れた。

「父は救助されたあと、館山の病院に運ばれる前にいったん美瀬島の民家に横たえられ、意識が混沌としている状態だったのですが、その夢うつつの中で奇妙な話し声を聞いたのだそうです」

浅見はそこで口を閉ざし、なぜか紗枝子に視線を向けた。紗枝子はその瞬間、不吉な予感に襲われて、胸が苦しくなった。

「父は周囲に何人かの人がいる気配を感じていたといいます。その中からこんな会話が聞こえたそうです。『こんなにつづけて何人も送ることはない』『そうだな、来年に回すか』と……それからヒソヒソと忍び笑いのような、忍び泣きのような声で囁き交わしたというのです」

紗枝子は大げさでなく、血が凍りそうなショックを感じた。浅見が話した「送る」という言葉は、自分が幼い日に聞いたのとそっくりだ。

「ね、ね、紗枝子さんはどう思います？　それって何だと思う？」

実希に訊かれ、紗枝子は「さあ……」と首を横に振った。

「僕の母も、いまの星谷さんと同じような疑問を抱いて、同じ質問をしたそうです。それに対して父は『たぶん死神たちだろう』と答えたそうですよ。とりあえず、死ぬのは一年延期になったというようなことも言ったそうです。そしてその予言が当たったのか、父はその翌年、亡くなりました」

「うそ……」

紗枝子は両手で口を覆って、一瞬、絶句してから、搾り出すように言った。

「じゃあ、やっぱり美瀬島で？……」

「ははは、まさか……」

浅見はおかしそうに笑った。

「父が死んだのは役所で、です。父にしてみれば戦場で死んだようなものだから、本望だったかもしれない。もちろん死神のせいではないでしょうけどね」

顔は笑っているが、紗枝子を見つめる眸は冷たく澄んでいるように思えた。

紗枝子は浅見から目を逸らしたが、頬に突き刺さるような彼の視線を感じていた。

紗枝子の脳裏には例の幼時体験がモヤモヤと再現された。

黒く、ゆらゆらと揺らめく不気味な影のような人々が、大きな「人形」を囲んで、ひそやかに交わした会話が思い浮かぶ。

「サッシーを起こしちまったかも」

「大丈夫だよ、あの子は眠りが深いから」

あれは正叔父と母の声だった。

「ありがてえことだなあ」

「うんうん」

これは祖母と父の会話。

そうして、天栄丸のじいさまの「ほれほれ、大事にな」という掛け声で、四人がかりで「人形」を抱えて、ゾロゾロと部屋を出て行った。

翌朝、正叔父がやって来て、父親に「この西風で、いい送りになった」と言った。

その「送り」が、たったいま聞いた浅見の「送る」話とダブった。当然、浅見も美瀬島生まれの紗枝子を意識してその話をしたにちがいない。そして紗枝子の反応を確かめたのだろう。

（そうでなければ、あんなふうに意地悪そうな目で私を見つめるはずがない——）と紗枝子は思った。もし浅見が紗枝子の幼時体験を知ったら、どんなに驚くことか——。

「それで」と、浅見は話を再開した。

「その話をした時の増田さんの反応が、じつは気になっていたのです。増田さんは房総のことに詳しくて、あの辺りに御霊送りの風習があると聞いたことはあるそうです。形代のようなものを作って海に流し、霊魂を遠くへ送ったというものです。ただし、僕が生身の人間を送ったのではないかと言ったのは、笑って否定しました」

「それがね、ちょっと変なんですよね」と実希が口を挟んだ。

「増田さんは私に生贄を送る風習の話をしてくれていたのに、どうして否定的だったのかしら。やっぱり選挙区のイメージダウンに繋がるようなことは困ると思い返したんじゃないかしら。ねえ」

「えっ、ええ、ええ……そうですね」

紗枝子は不意をつかれて、しどろもどろの答え方になった。

「僕はあったと思っています」

浅見は微笑を浮かべたままの顔で、静かに言った。

「生身の人間はともかく、美瀬島には増田さんが言ったような御霊送りや、海に生贄を送る風習や儀式のようなものがあるのではないかと思います。増田さんも本音としてはそう言いたかったのではないでしょうか。しかし、実際は父の奇禍の話から、べつの何か、現実の出来事を連想して、口を噤んだのかもしれません」

「別のことって、何ですか？」

実希が訊いた。

「残念ながら分かりません。ただ、いったんは口を閉ざした増田さんが、その後、何度も連絡してきたのは、よほど僕に伝えたいことがあったのだと思います」

「それはあの、増田さんが殺された事件に関係することなんですか？」

「それも分かりませんが、もしそうだとしたら、僕の話が、増田さんに何かの行動を起こさせるきっかけになったのですから、増田さんの死は僕の責任ということになります」

話し終えた時の浅見は、これまで見せたことのない、いまにも泣きだしそうな沈痛な表情に変わっていた。

4

「浅見さんのお父さんのことはともかくとして、問題は、増田さんの事件と美瀬島で起きた事件とのあいだに繋がりがあるかどうかっていうことじゃないかしら」

星谷実希は、浅見の気持ちを引き立てるように、話題を転じた。

「繋がりがあるという点では浅見さんも紗枝子さんも同じ考えなんでしょう?」

「私はただ、似たところがあるって、漠然とそう思っただけです」

紗枝子は顔の前で手を横に振った。実希に「繋がりがある」と主張したところからは、それこそトーンダウンした気分になっているのは、浅見という人物が出現したせいである。紗枝子にしてみれば、この男を犯人に擬していたからこそ、警察にも臆せず物が言えたのだ。その当人が警察側の人間として出てきたのでは、根本的に考え方を変えなければならない。

それに、浅見が犯人でないとなると、いったい誰が?――と考えた先に、美瀬島の人間がいることになりはしないだろうか。

そもそも、美瀬島が殺人事件の舞台であるなどと、何となく思っているぶんにはいいけれど、それがいざ現実味を帯びて、疑惑の黒雲が、美瀬島と島の住人の上を覆ってくると、しり込みしたくなる。まして紗枝子の脳裏には、幼い日の不気味な記憶がこびりついているのだ。

怯えたように沈黙した紗枝子の心を、まるで見透かしたように浅見が言った。

「いや、それは僕だって同じようなものですよ。証拠はおろか、実際に何が起きたのかも、まだはっきり知らないのですからね。しかし、僕の勘としては二つの事件が繋がっていると断言できます」

「うーん、勘ですかぁ。浅見さんの勘は当たるんですよねえ」

実希は過去の浅見の「実績」に心服していることを表明した。

「でも、ただ勘や主観だけで断言するのは無責任じゃありませんか」

紗枝子は反発した。小田原の長南警部に勘と主観で「断言」したことは忘れていた。

「そうですね」

浅見はあっさり頷いた。

「原因も動機も分かってないのに、二つの事件の繋がりを想定するのはかなり強引です。しかし、それを言うなら、あなたが警察で、増田さんの事件をただの喧嘩ではないと主張したのはもちろん、小田原署が偶発的な喧嘩の結果、殺されたと言っているのも、大して変わりませんよ。どっちも完璧（かんぺき）な根拠には欠けている。しかし僕に言わせればやっぱり、平子さんの事件と増田さんの事件には共通する要素も繋がりもあるのです」

「共通点は、海に放り込まれて水死したっていうことでしょう」

「それも一つだけど、もっと肝心なことは、二つの事件が同じ九月二十四日に起きたということです」

「えっ？」と、実希が意外そうに訊いた。

「そうだったんですか？」

「そうですよ。平子さんの死体が発見されたのは十月四日ですが、実際に行方が分からなくなったのは九月二十四日の昼すぎです。その日の夜、増田さんが殺された。つまり二つの事件は連続して起きていて、しかも海繋がりだった。海で溺死したこともそうだけど、その事件現場が海上を一直線で繋がっている。美瀬島と小田原海岸とは、道路を走ると高速を使ってもかなり時間がかかりますが、海上をほぼ直線で結ぶと八十キロ程度。快速の漁船なら二時間半ぐらいの距離でしょう」

「えっ、じゃあ浅見さんは、本気で二つの事件の犯人は同じだと……」

紗枝子より先に、実希が非難めいた声を発した。

「あれ？　それじゃ星谷さんは違うと思っているんですか？　僕はまた、お二人とも同じ犯人による犯行と思っているものだとばかり考えていましたが」

「それは確かに、素人考えでは何でもありですけど、現実には無理なんじゃありませんか？　美瀬島で平子さんを殺した犯人が、夜には小田原で呑気に釣りをしていたなんて考えること自体、どうかと思いますけど、その上たまたま立ち寄った増田さんを殺したなんて、そんなに都合よくいくものかしら？　ねえ紗枝子さん」

「ええ」と、紗枝子も頷いた。

「それに、いまの浅見さんの口ぶりだと、まるで美瀬島の人間が犯人だと決めつけているみたいに聞こえます」

「いや、それは正確じゃないですね。みたいに聞こえたのではなく、そう言ったのです。もしそうでないとしても、美瀬島が犯行現場だということに間違いがない以上、美瀬島の人の関与はあったはずです。外部の人が美瀬島に入るには連絡船を利用するか、それともべつの船で上陸するかどちらかです。あの島にはレーダー施設があって、島に近づく船舶はすべてキャッチしているそうですから、少なくとも何も知らないということはありえません。それなのに、島の人たちは警察の調べには口を閉ざしている。それこそが関与の証拠だと言ってもいいでしょう」

「でも、それじゃ、犯人が二人を殺した動機は何なんですか？」

実希が訊いた。

「増田さんと平子さんという人は知り合いだったのかしら。そうだとしても、平子さんがあの日、美瀬島に行ったのは、浅見さんにお付き合いしたから――つまりほんとの偶然だったわけでしょう。増田さんが殺されたのも偶然の出来事みたいだし、偶然に起きた二つの事件が一つの動機で繋がっているとは、とても思えませんけど」

「それは僕も同意見です。そもそも増田さんと平子さんが知り合いだという証拠はありませんしね。しかし二つの事件のあいだには何らかの繋がりはある。二人とも何か美瀬島にまつわる秘密を調べようとして、それで殺されたのは間違いないでしょう」

「秘密って、またさっきの生贄の風習のことですか？」

「それもあるし、ほかにも何か、僕たちの知らない秘密があるのかもしれませんよ」

「美瀬島の秘密って、何があるのかしら？　ねえ」

質問を向けられ、紗枝子は思わず上体をのけ反らせた。

「そんなこと、私は何も知りません」

言いながら、自分が美瀬島のことについてほとんど無知であることを、紗枝子はあらためて思った。考えてみると、知りたくない気持ちがどこかで働いていたのかもしれない。あの不気味な幼時体験のことにしたって、どういう意味なのか、とことん突っ込んで調べようとしなかった。

「ほんとに何も知らないの？」

実希は怪訝そうに訊いた。

「ええ、ほんとにほんとなんです。生まれ故郷といっても、子供の頃は何も分からないままでしたし、中学を卒業した十五歳の時に島を出てからは、休暇で帰省する以外は遠い存在ですからね。ますます島のことに疎くなっちゃったんです」

「天羽助太郎さんを知ってますか？」

浅見が訊いた。

「ええ、もちろん知ってますよ。天栄丸のご主人です」

「あの日、助太郎さんのお宅にお邪魔して、ご馳走になった上に泊めていただいた。浄清寺のご住職とも会ったし、いろいろ話を聞いて驚いたのは、美瀬島はほとんど自給自足、さながら独立国のように経営されているんですねえ。ことに助太郎さんが話した島の経営哲学には感心しました。いちばん驚いたのは、あれだけの美しい島なのに、観光客はほとんど寄せつけないこと。釣り客にいたっては一切、オフリミット。主たる産業である漁業も、島周辺の優良な漁業水域を確保して、質のいい水産物を中央の市場を通さず、高級食材を扱う特別なルートに直接供給するという話でした。駐在所も置かないし、これはちょっとした治外法権みたいなものです」

美瀬島生まれの紗枝子でさえ、あまり詳しく知らないようなことを、よく調べたものだ――と思ったくらいだから、実希はそれ以上に感心したのだろう。「へえーっ」とか「そうなんですか」と相槌（あいづち）を打っている。

「美瀬島はある意味では理想郷だと思いました。余所者に荒らされるのを警戒して、釣り客はもちろん、観光客も歓迎しないけれど、だからといって、決して閉鎖的ではない。あなたのように、独立して外部に生活の場を求める人の自由を束縛したりはしない。助太郎さんが言ったことで最も印象的だったのは、『どこかの国のように、ひたすら戒律を守り神に仕えて生きているのでは、ただ種を保存するために生まれてきたようなものだ』という言葉でした」

「そうですね、そうですよねえ。いいこと言いますねえ」

実希はしきりに感心する。

「僕もなるほどなあと思いました。人間の尊厳を大切にしながら治安と秩序を守り、豊かな生活環境を維持してゆく、これは大変なことですよ」

あまりのベタ褒めに、紗枝子はかえって不吉なものを感じた。いったい何が言いたいのだろう——と思った。それは実希も同じ気持ちなのか、しばらく浅見の顔に見入って、相槌もやんだ。

「僕はね、やっぱり増田さんは美瀬島について何か秘密を知っていたと思います。それも美瀬島の名誉か、ひょっとすると存立に関わるほどの秘密ではないでしょうか。それとも、そうか、あるいは……」

何を思いついたのか、浅見はそこで言葉を止めた。

「何ですか？」

実希が催促するほど、長い沈黙だった。

「もしかすると、廣部代議士の問題が絡んでいる可能性もありますね」

「えっ、うちの先生が？……そんな、浅見さん、おかしなことを言うと、ただじゃすまないことになりますよ」

実希は険しい表情になった。浅見が言い淀んだのは、そんなふうに彼女の気分を害する恐れがあったからなのだろう。

「まあまあ、そう怒らないで聞いてください。星谷さんが議員会館のオフィスで、最後に増田さんを見た時、増田さんは何か言いたそうにしていて、結局何も言わないまま別れたって言いましたね。その時、増田さんは何か言っておきたかったにちがいありませんよ。増田さんにそんなふうに心残りがあったとすると、それはやはり、廣部代議士に関係することじゃないですかね。それと僕に何度も電話してくれたことを思い合わせると、本能的に身の危険を察知していたのかもしれません。そして誰かに言っておかなければならないけれど、めったな人には言えない、まして警察には言えない何らかの疑惑か秘密を握っていた……」

「廣部に関する疑惑って、何ですの？」

実希は鬼のような目になって、噛(か)みつきそうに訊いた。

「知りませんよ、そんなこと」

対照的に浅見はあっけらかんと言った。顔は笑っている。

「知らないって、無責任な……」

実希は唇を尖(とが)らせている。いくら好きな相手でも、自分の仕事に影響することとなると話は違うらしい。

「無責任て……だって、僕が廣部代議士のことを知っているはずがないでしょう。何か疑惑や秘密がないか、むしろ星谷さんに訊きたいくらいです」

「そんなもの、ありませんよ。第一、政治家にとって疑惑っていう単語はタブーですよ。万一、誰かに聞かれたりしようものなら、それこそ政治生命に関わる重大な結果に繋がりかねないんですから」

言いながら、実希は周囲の客たちに気を配っている。

紗枝子は話題が美瀬島から少しはずれたことで、束の間、傍観者の気分になった。

「本当に何もないのですかね」

浅見はのんびりした口調で、しかし執拗に掘り下げたいらしい。

「政治家はどんなに清廉潔白を標榜しているような人でも、何かしら後ろめたいことがあるんじゃないですか。ましてや廣部代議士はそんなに清く正しい人とは思えません。あ、気を悪くしないでください。これはあくまでも一般論として言ってるだけです。あなたが廣部事務所のスタッフだということは意識しないで喋っているのです」

「そう言われても……」

「増田さんにとって何が最も重大事だったかといえば、それは廣部代議士のことでしょう。二代にわたって仕えて、廣部さんを守り抜いてきたのは、仕事だからといってしまえばそれまでですが、やはり誠実な忠誠心があればこそだと思います。代議士秘書の中には、自分の先生を食い物にして、政治献金のピンハネをしたり、あわよくば取って代わろうなどと虎視眈々、狙っているような人間もいますが、増田さんはそういうタイプの人ではなかったのではないでしょうか。そういう意味では、廣部さんはいいスタッフに恵まれているのだと思います。星谷さんだって、僕が廣部さんの名誉に関わるようなことを言ったのに対して、真剣に怒りますからね」

実希は、褒められたのか貶されたのか分からないような、曖昧な顔で黙った。

「スタッフに恵まれていたといっても、廣部さん自身が有能な政治家かどうかは別問題です。先代の廣部さんは豪放な昔型の政治家で、清濁併せ呑むような魅力があったそうですが、それに較べるといまの廣部代議士は、無鉄砲で暴れん坊に見えるけれど、短気で、包容力と思いやりに欠ける……いや、これはあくまでも僕個人のというより、地元の人たちから聞いたことですから、ほんとに気を悪くしないでくださいね」

浅見はペコリと頭を下げた。ずいぶん失礼なことを言っているのだが、そういうポーズを見ると憎めないものがある。実希も苦笑して、あえて文句は言わなかった。

「政治家の疑惑や秘密となると、一般的に考えられるのは政治資金がらみの話でしょう。私利私欲のためや拝金主義でなくても、政治活動っていうやつは、いくらお金があっても足りないそうですからね」

それは実希も否定しない。

「政治家に胡散臭い金を持って接近を図る連中は、あとを絶ちません。純粋な政治献金ではなく、政治家を金で抱き込んでおけば、それから先、思いのままになると思っている連中です。金品受け渡しの写真だとか何か証拠が残っていれば、事実そのとおりになるでしょう。どうですか、廣部代議士のところは？」

「ないと思いますけど……」

実希は否定したものの、歯切れが悪い。

「かりにこれまではなかった……少なくとも危ない話はなかったとしても、これから先は分からない。もし増田さんの関知しないところで、そういう危ない話が進行していたとしたら、増田さんとしては、何とか回避しようとしたはずです」

「それがこの事件に関係あるんですか？」

「あくまでも仮定の話ですが、ありうることだと思っています」

「それと美瀬島の関係は？」

紗枝子はたまらず、訊いた。

「関係があるのでしょうね。美瀬島が舞台になっただけなのか、それとも美瀬島の人が登場人物だったのかは分かりませんが」

浅見の顔が急に怖くなった。

5

「僕がいまいちばん恐れていることは」と、浅見はいったん唇を引き締めてから、言った。

「第三の殺人が行なわれはしないだろうかということなんです」

「えーっ……」

星谷実希は少し大げさに驚いたが、紗枝子はそういう声も出ないほど緊張した。

「殺人て、誰が殺されるんですか？」

実希が訊いた。

「僕か、あなたか、それとも天羽さん」

浅見の軽い口調は、まるで楽しんでいるように聞こえる。

「そんな、冗談を言ってる場合じゃありませんよ。探偵の浅見さんはともかく、どうして私や紗枝子さんが狙われるんですか」

「いや、冗談でなく、本気でそう思っているんです。あなたが言ったとおり、まず僕がその危険性を負っていることは間違いないでしょう。僕は平子さんを最後に目撃した人間だし、事件当時、現場近くにいて状況を把握しています。おまけに警察と接近して何やら探っている。犯人側にとっては最も危険な存在ですからね。僕だけじゃないですよ。事情をある程度知っているという点では、お二人も同じようなものです。しかも警察がせっかく、喧嘩による偶発的な事件だと言っているのに、いやそうではないと余計な口出しをして、警察をけしかけました。それを知って、いま頃、犯人はきっと怒ってますよ」

実希は「いやだぁ」と、なかば冗談ぽい受け止め方をしているが、紗枝子はますます深刻にならざるをえない。なぜなら、紗枝子は第三の殺人事件の被害者になりそうな、あるいはすでになってしまったかもしれない人物を知っているのだ。

「ははは、天羽さん、そんなに暗い顔をしないでください」

笑いながら言う浅見の目を見て、紗枝子はドキリとした。こっちの心の奥底を見通すような眸だった。

「そうだわ、紗枝子さんは美瀬島の身内の人ですもの、安全ですよ。となると、さしずめ次なる被害者は私ってことか……」

実希は軽いノリで言って、グラスの赤い液体を口に流し込んだ。

「それだと、何だか私は犯人の仲間みたいに聞こえますけど」

紗枝子はたまらず、抗議した。

「そんなこと言ってませんよ。だけど、美瀬島の人たちの団結心は固いって聞いてるわ。あれなんですってね、そもそもの発祥は南総里見家で、里見家が滅亡した時、家臣たちがひそかに島に渡ったという因縁で結ばれているんですってね」

「えっ、『南総里見八犬伝』のあの里見氏ですか」

浅見が飛びつくように反応した。

「ええ、増田さんからそんな言い伝えがあるって聞いたことがあります。でも本当かどうかは知りません」

「そうですか、里見氏ですか……やっぱり房総は里見氏のお膝元なんですね。なるほど、天栄丸の里見さんはその末裔か……」

浅見は何に思い当たったのか、しばらく考えてから、紗枝子に言った。

「そうすると、美瀬島に多い天羽姓の人たちの先祖は、当時、里見家の家臣団のリーダー格だったか、それとも里見氏が世を忍んで名前を変えたのかもしれませんね」

「さあ、それは知りませんけど……あの、それより、天栄丸さんにも里見っていう人がいるのですか？」

「いましたよ。若い衆っていうような立場らしいのですが、顔だちや挙措にどことなく品のある人で、ただの使用人というわけではなさそうでした……というと、天羽さんの知り合いにも里見さんがいるのですか？」

浅見は紗枝子が不用意に「天栄丸さんにも」と言ったことを衝いてきた。

「えっ、ええ、知り合いっていうわけじゃないんですけど……」

祖母には「内緒に」と言われていたので、はぐらかそうとしたのだが、浅見は興味深そうに言葉のつづきを待っている。そういう時の浅見は、少年のような顔になって、そのひたむきな目で見つめられると、とてものこと抵抗できない。

「……うちに『里見家文書』って書かれたものがあるんです」

「ほうっ、どういう文書ですか」

「このあいだ帰省した時、祖母にもらったもので、まだ上書きしか見てませんから、中身は知りません」

「それ、ぜひ見たいですねえ、だめですか、見せていただけませんか。僕は『旅と歴史』という雑誌に原稿を書いているものだから、そういう古文書のたぐいにすごく関心があるのです。それに、あの里見さんのルーツが分かるかもしれないし。第一、そういう文書がどうして天羽さんのお宅に受け継がれているのかも不思議です」

（ああ——）

そのことは紗枝子も、祖母から文書を受け取った時に思った。中身を確かめなかったのは、あれからいろいろあって忙しかったこともあるけれど、中身を広げるのが怖かったためだ。なぜ——と訊かれても理由は分からない。ただ漠然と、そういうルーツのようなことに関わる煩わしさを、敬遠したのかもしれない。

「どうでしょう、いつか拝見できるチャンスを作っていただけませんか」

浅見は急き込むような口調で言う。この異常な熱心さには紗枝子以上に、実希のほうが辟易したような呆れ顔で、「そんなに面白いものなんですか？」と言い、「だったら紗枝子さん、浅見さんと一緒に私も拝見したいわ」と応援に乗り出した。たぶんに、浅見だけが紗枝子と接触するのを許せない気持ちもあるのだろう。

「分かりました、じゃあ……」

紗枝子が了解の意思表示をすると、浅見は勢いづいて、「早いほうがいいですね。明日はどうでしょう」と言った。結局、また明日の晩、この場所で――と約束が成立した。

それからロビー脇のレストランで食事をすることになった。ニューオータニではここがいちばん安価に食事ができる店である。「ドイツ料理ウィーク」というのをやっていて、ドイツの田舎料理がお勧めだそうだ。三人ともそれを注文した。肉とジャガイモのシチューのようなのがメインディッシュだった。お世辞にも特別に旨いとは思えないのだが、ボリュームだけはたっぷりある。ドイツ料理とはそういうものらしい。何はともあれ満腹感だけは味わえた。

ビールを飲んだせいもあって、紗枝子は気持ちが緩んだ。心を開くと、浅見という男のよさが見えてきた。マナーがよく、だからといって気取りはなく、率直だが図々しくはなく、控えめだが卑屈ではない――と、いろいろな角度から見ても好ましい。しいて欠点を挙げれば、本人が申告（?）した、いまだに実家から独立できず、居候でいる甲斐性なしであるところか。歳は三十三だそうだから紗枝子とは少し離れていて、もう青年といえる年代ではないけれど、そんなオジンには見えない。しっかり者の実希のほうが年長に見えるほどだ——と、そこまで妄想を広げてきて、紗枝子は赤くなった。

(私って、何を考えてるのよ——)

明らかに浅見のことを付き合う相手に擬している。無意識のうちには、結婚生活まで夢見た可能性もあった。

紗枝子は自意識過剰のせいで寡黙になる。星谷実希が饒舌なくらい、浅見との会話を楽しんでいるのが羨ましい。浅見は気を遣ってくれて、たびたび話しかけてくるのだが、紗枝子は「ええ」「いいえ」といった、簡単な間投詞で受けるのが精一杯。しかし、浅見のバリトンを聞いているだけでも心地よく、楽しかった。

浅見の居候話から「幸福度」がテーマになって、実希が「紗枝子さんはいいわよねえ」とフッてきた。

「いいって、何がですか?」

「若いし、きれいだし、何の苦労もないでしょう。私なんか毎日が戦争みたい。こんなに早い時間に事務所を抜け出せるのは珍しいのよ。増田さんが亡くなって、警察との折衝もいろいろあったりして、ノイローゼになりそう。バタバタしながら、どんどんおばさんになっちゃうわね。そこへゆくと紗枝子さんは恵まれてるわ」

「そんなことありませんよ。私だってそれなりに、気の重いことがあるんです」

「あら、ほんと? どんなこと? 結婚話とか、恋愛問題の悩み?」

「そんなんじゃなくて……」

浅見のほうをチラッと見ると、また興味深そうな目がまともに注がれている。紗枝子はついムキになって、強い口調で言った。

「そんな悩みじゃなく、もっと深刻で恐ろしいことです」

「どういうことなの？　まさかストーカーじゃないでしょうね」

「違います。私自身のことじゃないんですけど、心配なことです」

「というと、今度の事件に関係のあることかしら」

「……」

話すべきかどうか、紗枝子は迷った。石橋先生の問題は自分独りで抱えているには、荷が重すぎる。かといって、話すとなると正叔父のことにも触れなければいけなくなりそうだ。結局、それがある以上は沈黙を守らざるをえなかった。

「いいんです、大したことじゃないから」

掌を返したような頑な態度を示したので、少し座が白けた。せっかくいいムードの食事だったのに、最後は何だか気まずい状態で別れることになってしまった。

マンションに戻ると、部屋の明かりを点けるのを、どこかで見ていたようなタイミングで、チャイムが鳴った。ちょうど着替えにかかったところだったので、紗枝子は慌てて、脱いだばかりのスカートを穿きなおして玄関に出た。

マジックアイで覗きながら「どなたですか?」と訊いた。若い男が二人佇んでいた。紗枝子の問いかけに対して、覗かれているのを承知しているように胸のポケットから黒っぽい手帳を出して「警察の者です。夜分恐縮ですが、ちょっとお聞きしたいことがありまして、よろしいでしょうか?」と訊いた。

「警察……」

不吉な予感を抱きながら、紗枝子はドアチェーンを外した。

二人の刑事は玄関に入り、後ろ手にドアをそっと閉めた。近所に気を遣っている様子がよく分かる。紗枝子はスリッパを揃えて「どうぞ」と言ったのだが、中に上がる気はないらしい。あらためて千葉県の館山署から来たと名乗り、「天羽紗枝子さんですね?」と確かめてから、質問した。

「早速ですが、石橋洋子さんをご存じでしょうか? 館山市の小学校に勤めている石橋洋子先生ですが」

やはり不吉な予感は的中したようだ。

「ええ、知ってますけど」

「どういうご関係ですか」

「小学校時代の恩師です。石橋先生が美瀬島の小学校にいらっしゃった頃です……あの、石橋先生に何かあったんですか?」

「いや、そういうわけじゃないのですが」

刑事はいったん躊躇ってから言った。

「じつは石橋さんの勤務先である小学校と、ご自宅であるアパートの管理人さんから、石橋さんに関わる捜索願が出されましてね、それについては、天羽さんのほうから管理人さんに再三にわたって問い合わせがあったそうですが、間違いありませんか？」

「ええ、間違いありません。石橋先生に連絡が取れなくて、電話も通じないし、ずいぶん長いこと行方が分からないので、とても心配だったのです。じゃあ、やっと捜索願が出たのですね。でも、それじゃ、ほんとに石橋先生は行方不明なんですか」

「そのとおりです」

「それだけですか。石橋先生の身に何かあったんじゃないのですか？」

「いや、現在までのところ、そういう情報は入っておりませんよ。しかし、そういうことをおっしゃったり、かなり早い時点から、石橋さんの行方不明を心配していたようですが、それについて、天羽さんには何か理由でもあるのですか？」

「いえ、ですから、何回電話してもお留守ばかりだし、手紙を出しても、ちっともお返事がないので……それだけです」

「それは警察でも着信の記録を調べて、確かにあなたが何回も電話していることを承知していますよ。それで、石橋先生に電話したのは、どういう用件だったのですか？」

「それは、先生のほうから電話があったからです。私の留守電に入っていました」

「どういう内容ですか。その時に何か、行方不明になることを予感させるような話はしていませんでしたか？」

「ただ電話をして欲しいということだったと思いますけど、正確な内容は忘れました」

答えながら心臓がドキドキした。忘れるはずはない。留守電に入っていた石橋先生の声は、いまでも耳朶（じだ）に蘇る。

（あれは本当だったみたい。とても怖いことだけど、それを知ったお蔭でやっと私の居場所が見えてきました。それを確かめ……）

そこまでで録音は途切れていた。何を確かめるつもりだったのか分からないなりに、十分、恐怖が伝わってくる。

刑事は紗枝子の動揺を見透かすような鋭い目つきで、言った。

「何か思い当たることがあったら、ぜひ教えて欲しいのですがね。でないと、取り返しのつかないことになりかねません」

取り返しがつかない——とは、石橋先生の死を意味するのだろう。全身から血が引いてゆくような気分だ。

「そう言われても……」

一応、記憶を探るように視線を中空に舞わせてから、紗枝子は「思い当たることはありません」と首を横に振った。

刑事はなおも追及したい様子だったが、被疑者でもない相手にこれ以上は無理と思ったのか、「何か思い出したら、ここに電話してください」と名刺を残して引き揚げた。〔千葉県館山警察署刑事課巡査部長　吉田利幸〕とあった。

紗枝子は部屋に戻って、絨毯の上にへたり込んだ。

（どうしよう——）という思いが突き上げてくる。自分の言ったことで、石橋先生の運命が大きく左右されるような気がした。実際はもう間に合わないにしても、本当のことを話すべきだったかもしれない。

だからといって、刑事に話したことを引っくり返して、あらためて警察に真実を話すのは、よほどの勇気を必要とする。サイは投げられたというけれど、紗枝子はすでに偽証の一歩を踏み出してしまった。

（こういうのって、広い意味での共犯者っていうことかしら——）

そう思っただけで身震いが出た。「共犯」の仲間はむろん正叔父である。そのことを警察に打ち明ければ、まさに身内を裏切り、美瀬島に汚名を着せることになる。かといってこのまま秘密を抱えて生きてゆくのは、紗枝子には耐えられそうになかった。

（どうしよう——）とまた考えた。その思案の先にあの男の顔が浮かんだ。優しげで、それでいて鋭さのあるあの男の鳶色の眸が、紗枝子の脳裏でこっちを見つめている。

第七章　里見家文書

1

浅見が帰宅したのは十時過ぎだった。須美子が待ち受けていたように、大原署の小玉部長刑事から電話のあったことを伝えた。

「夕方から三回もお電話いただきました」

「急ぎの用だったのかな」

「そうみたいですけど、また明日の朝おかけするとおっしゃってました」

何か新展開があったのかもしれない。こっちから電話してみたい気分だが、先方にも都合があるのだろう。

「兄さんは？」

「だんな様は、お電話で、今夜は遅くなるとおっしゃってました」

刑事局長どのの帰宅時間はほとんど毎日、深夜がふつうである。大きな事件でも発生しようものなら、連日が「午前様」になる。その彼がわざわざ電話してきて「遅くなる」と言うのだから、たぶん「午前様」になるのは間違いない。

テレビのスイッチを入れると「ニュースステーション」が、東シナ海で海上保安庁の警備艇二隻が、国籍不明の不審船を追跡、銃撃の応酬の結果、沈没させた――というニュースを報じていた。兄の「午前様」の原因はこれだな――と浅見は思った。海上保安庁は国土交通省の管轄だが、国際的刑事事件の可能性がある以上、警察庁も幹部クラスは緊急事態に備えて足止めされる。

東シナ海の不審船というのは、どうやら北朝鮮（朝鮮民主主義人民共和国）国籍のものと推定されるらしい。テレビには、その不審船がフルスピードで逃走し、停船の呼びかけに銃撃で応える様子が映し出された。一見した感じでは漁船のような外観だが、明らかに武装船である。

先方の銃撃は警備艇のブリッジ付近に着弾し、負傷者が出た。さらにミサイルまで発射したが、それは頭上を大きく外れて通過して行った。武器の精度はあまりよくないようだ。それに対してわがほうからも銃撃を加え、船首付近に着弾して火花を発した。この一部始終は後々のため、「専守防衛」の事実を示す証拠として撮影したものだろう。

数年前に日本海沖で同様の不審船を追跡したが、振り切られ逃げられた。当局はその弱腰ぶりに国民から批判を浴びた。今回の強硬手段の背景には、その轍を踏むまいという姿勢もあったにちがいない。

浅見は「不審船」という言葉から美瀬島の「船」のことを連想した。

日本近海に出没する不審船は、中国・福建省辺りからの密入国を目的とする船と、北朝鮮のものと思われる高速の工作船との二種類がある。密入国目的の船はひどい老朽船が多く、せいぜい十ノット程度で航行する。一方、おそらく四十ノット近くも出して、海上保安庁の船をぶっちぎって逃げる高速船は後者で、秘密工作員の潜入や、麻薬の密輸が目的ではないかと見られている。

さらに言うと、日本人や在日朝鮮人の誘拐や拉致というケースもあるのではないかと、これはかなり以前から巷で噂されていたのだが、警察や政府の対応は鈍く、公式的、対外的にその疑いがあるという発表をしたことは最近までなかった。某週刊誌がその問題の特集記事を掲載したところ、かえって社会党（当時）の首脳が、北朝鮮との友好関係に水をさす陰謀であると憤激して、その出版社を非難した。

この手の国際犯罪には日本の警察組織はまことに弱い。政府そのものがまったくの弱腰なのである。一九七三年、韓国（大韓民国）の秘密警察とおぼしきグループが、九段下のホテル・グランドパレスから、宿泊中の金大中氏を誘拐し、国外へ拉致するという大胆不敵な事件を起こした時も、日本の警察はあっさり犯行を成功させている。

首都東京のど真ん中である。しかも次期大統領候補と目されている要人である。いったい日本の公安警察は何をやっていたのか、危機管理はどうなっているのかと、肌に粟を生じさせるような出来事だった。

それくらいだから、韓国とは比べ物にならないほどベールに包まれた国・北朝鮮からの侵犯行為など、日常的に行なわれているにちがいない。今回のケースは、銃撃をしかけてきた上にミサイルまで装備しているのだから、少なくともただの民間船でないことは確かだ。

柿島一道が美瀬島の海で目撃したという船は、そのたぐいのものだったのかな——と、微かな疑惑が脳裏に浮かんだ。しかし、房総半島はかの国からは最も遠い位置にある。日本海側の海岸で十分、用が足りるものを、どういう目的であるにせよ、美瀬島に現れる理由はなさそうに思えた。

ホテルの「ドイツ料理」のせいか、やけに喉が渇いた。浅見は自分でインスタントコーヒーをいれて飲んだ。須美子が「私がしますのに」と不満そうに言ったが、たとえお手伝いといえども、夜遅くまで女性の手を煩わせることはしない主義だ。結婚しても、そういう主義は変わりそうにない。それがなかなか結婚に踏み切れない潜在的な理由なのかもしれない。

それからバスをつかって、自室に入った。ワープロに向かったが、いろいろな想念が邪魔をして、さっぱり執筆が進まない。

諦めてベッドに寝ころがった。かといって眠れるわけでもない。コーヒーのせいばかりでなく、やはり考えることが多すぎるのである。

ニューオータニでの天羽紗枝子の、何やら意味ありげな様子は、時間が経つにつれ記憶が薄らぐどころか、浅見の中でどんどん膨らんでいった。「深刻で恐ろしいこと」と、青ざめた顔で言っていたから、よほどのことなのだろう。しかもそれを他人には漏らせない事情があるらしい。打ち明けたくても打ち明けられない――という気配が彼女のオドオドした表情から窺えた。

紗枝子自身のことではない――という点も気になる。自身のことでなくて深刻な恐怖とは、いったいどのようなものか、あれこれ想像してもまったく見当がつかない。

いずれにしても、紗枝子がいま、とてつもなく難しい状況に直面して悩み苦しんでいることは想像に難くない。彼女の複雑な胸の内は、その一貫性のない言動が如実に示している。いったんは自ら警察に対して「増田さんの事件は単純な喧嘩の結果などではない」と訴えながら、いざ浅見が関心を抱いて、その線に謎解きの糸口を求めかけると、とたんにトーンダウンしたのもその表れなのだろう。事件の真相を掘り下げれば、美瀬島の人々を告発する結果を招くことに気づいて、明らかに躊躇が生じている。

しかし、紗枝子の言う「深刻な恐怖」の原因はそのこととは別物のような気がする。

どうやら、増田や平子が殺された事件以外に、彼女の上に重くのしかかっている「恐怖」があるらしい。はたして明日のニューオータニで、その固く閉ざされた口を開くことができるだろうか。

翌朝、浅見は八時に起床したが、陽一郎はすでに警察庁へ向かった後だった。未明に帰宅したのを、浅見は知らない。いつものこととはいえ、まったく官僚というのはよく働く生き物である。その直後、大原署の小玉部長刑事から電話がかかった。「そんなに急いで知らせるほどのことじゃないかもしれないんですけどね」と前置きした。

「いえ、どんなことでも、一刻も早く知りたいですよ」

「じつは美瀬島の調査結果ですが、浅見さんが言っておられた不審な船について、島の連中に訊(き)いて回ったところ、連中はそういう船には心当たりはないと言っておるのですよ。浅見さんが言われたとおり、島にはレーダー設備もあるので、誰か監視していれば接近する船舶にはたいてい気がつくはずだけれど、その日はたまたま不在だったかもしれないということでした」

「レーダーには何か、自動記録装置のようなものはないのでしょうか」

「いや、そういったものはないそうです。東京湾内には館山だとか鋸山(のこぎりやま)や三浦、横須賀、観音崎など、港湾の出入口に船舶の運航を監視し記録するところはあるのだが、美瀬島ではそこまで厳密にやっておるわけではないので、何も残っていないということでした」

「そうですか」

現に柿島一道の「密漁」もチェックできていなかったのだから、美瀬島のレーダーはあまり性能のいいものではないのかもしれない。浅見は東京湾付近の地図を思い浮かべた。東京湾は東の千葉県鋸南町と西の神奈川県三浦市に挟まれた、幅十数キロの浦賀水道に始まる。さらにその奥の富津市と横須賀市付近のあいだは十キロにも満たない狭い航路だ。そこを行き来する船舶数の多さから、日本でも有数の「危険海域」といっていい。遊漁船と潜水艦が衝突して多くの死者を出した事故もこの辺りで発生している。

「どうなんでしょうか、東京湾内のレーダーサイトに、その船の記録が残っているということは考えられませんか」

「なるほど、一応訊いてみましょう」

小玉はすぐに手配をしてくれて、夕刻前に回答が来た。結果は「だめみたいですね」だった。

「東京湾の海上レーダーは三浦半島の観音崎にあるのだが、房総半島の山並みに遮られていることもあって、野島崎から東の海域は死角になっているのだそうです。外房については銚子にあるレーダーが監視しているのだが、勝浦市辺りまでが範囲内。さらに和倉漁協にも小型レーダーはあるのだが、かりに監視していたとしても、美瀬島の島陰まではキャッチできないことも分かりました」

「なるほど……」

不審船にとって、美瀬島の島陰は安全地帯というわけだ。そのことに浅見は何か意味がありそうな気がした。

「それにしても、おかしいですねえ。殺された柿島一道さんがおふくろさんに、その船を目撃したとはっきり言っているのですから、島の人たちが誰も知らないということはないと思いますけどねえ」

「いや、われわれもできるかぎりの調査はしたつもりですよ」

小玉は調査の不備を言われたと思ったのか、不満そうな口調になった。

「あ、すみません、そういう意味ではないのです。島の人の誰かが嘘をついているとしか考えられないと思ったのです。もしそうだとすると、なぜ嘘をつく必要があるのか、それが問題だと思うのですが」

「さあ……その船はたまたまそこに風除けか何かで停泊していたんでねえでしょうか」

「その晩は凪だったはずですよ。柿島さんが漁に出たくらいです。それに不審船の側もボートを降ろして島へ向かったというのですから」

「そこんところがねえ……警部も言っていたが、柿島さんは通りすがりに目撃したというのでしょう。闇夜の海で、そんなことまではっきり見えたっていうのが、どうも信じられねえのですがなあ」

とどのつまりはそこに壁がある。

「通りすがりではなく、碇を下ろし、船を停めていたとすればどうでしょう」

「まあそういう状況なら、ある程度詳しく目撃できたかもしれんですなあ。となると、これまで聞いた話はいくらか信憑性を帯びてきますね。不審な船から降ろされたボートってのは、いったい何だったんですかね」

「何かは分かりませんが、船に残った人間は甲板で歌を歌っていたそうですよ。少なくともあまり隠密裡の行動だったとは思えません」

「そりゃまあ、周りに誰もいなけりゃ歌ぐらい歌うんでねえでしょうかなあ」

「いたかもしれませんよ。島まではかなり近かったのですから」

「うーん……だったら浅見さんはどういうことだったと思うんですか？」

電話の向こうで小玉は焦れている。

「分かりませんが、密入国とか、あるいは密輸とか、そのたぐいのことが行なわれたかもしれません」

「えっ密入国？……しかし密入国者が呑気に歌は歌わないでしょう」

「そうなんです。隠密裡の行動ではない点がひっかかるのです。美瀬島の人たちが気づかないはずはないという意味です。つまり、島の人たちはそこに船が来ていることを知っていたのではないでしょうか」

「じゃあ、警察の調べに対して嘘をついたってわけですか」

「たぶん」

「うーん……要するに、美瀬島の連中はその不審な船とグルになって、何やらよからぬことを企てていたというわけですな」

「たぶん」

「しかし、それはかなり大胆な推論ですな。証拠は何もない」

「柿島さんの目撃談があります」

「それだけじゃねえ……」

「柿島さんは船の上で歌われた歌は、意味不明だったというようなことを言っていたそうです。はっきり聞こえていたにもかかわらず意味不明というのは、おそらく外国語の歌だったからではないでしょうか。中国語かロシア語か、あるいは朝鮮語か」

「朝鮮語？」

「いや、分かりませんが、いずれにしても外国語だったと考えれば納得できます」

「うーん、そういえば、昨日、不審船を撃沈したっていうニュースがありましたな。あれも北朝鮮の船でねえかという話ですが」

小玉は「撃沈」という威勢のいい単語を口にしたが、ニュースキャスターはそうは言っていない。外交上はそういう好戦的とも取れる言い方は禁物なのだろう。

「まさか浅見さん、美瀬島に現れた不審な船ってのが、昨日の不審船だったたって言うんじゃねえでしょうな」

「それは分かりません。可能性としてはありえますが、ただ、房総は北朝鮮から見ると裏側で、日本の中では最も遠隔地です。密入国にせよ何をするにせよ、美瀬島を選ぶ理由というのがあるかどうか」

「そうですよねえ。もしあれが不審船だったたってことにでもなれば、大騒ぎですな。そうなれば四課か公安の出番になりますか。だからって、われわれがひまになるわけでもねえですけどね」

小玉部長刑事はそう言って、なぜか「へへへ」と少し卑屈に聞こえる笑い方をした。これだけ説明しても、まだ小玉の態度が曖昧(あいまい)なのだから、まして捜査本部に美瀬島に「不審船」が現れたという話の信憑性が伝わるには、相当な時間がかかりそうだ。あまり信じていない気配が感じられた。そんな具合に腰の引けた調査では、思ったほどの成果が上がらなくて当然だろう。

もっとも、そうなってしまう一因は浅見にもある。浅見は柿島一道の密漁を露骨に「密漁」とは説明していなかったのだ。警察では単に「夜の漁の途中」という表現にとどめた。それは柿島の母親のたっての頼みだったからだ。もし息子が密漁をやっていたということにでもなると、息子の名誉にかかわることはもちろんだし、自分までが町にいづらくなるから、そこの部分だけは伏せておいて欲しいと言っていた。

浅見はそういう「紳士協定」を誠心誠意、遵守する性格だ。人情紙のごとき世の中だという。たとえ柿島の母親に恨まれようと、そんなことは事件解明のためには知ったことでない――と言ってしまえばそれまでだが、浅見にはそれができない。したがって警察は、柿島が真っ暗な夜の海で、長いことじっと息を潜めるようにして、不審な船の様子を窺っていたことを知らなかったし、まして、浅見が柿島の体験をわが身に起こったこととして、疑似体験に昇華させたことなどは知るよしもない。

浅見にはその時の情景は、柿島の緊張した気持ちまでが、手に取るように見える気がするのである。沖の闇の中から不審な船が現れ、島の間際まで近づいて停まる。島の海岸では合図の灯火が揺れ、船側からも灯りを振って応じる。何人かがボートを下ろして美瀬島へ向かう。残った男が甲板に出て、耳慣れない異国語の歌を歌う――。

その様子を細部まで見届けるためには、長い時間、ひっそりと息を潜めて観察しなければ不可能だ。柿島は望んだわけではないけれど、まさにそういう状況に置かれていた。

「きょうも晩ご飯はいらないから」

浅見はそう言い置いて家を出た。出掛けに須美子が玄関先まで送ってきて、つまらなそうに「今夜はどちらへおいでですか？」と訊いた。ニューオータニで食事をする約束だと言うと、「おきれいな方なんですね」と白けた顔になった。

「ふーん、どうしてさ？」

「坊っちゃまはお顔に出ますから」

「ははは、残念ながら仕事の話だ。それに相手は二人だよ」

嘘ではないが、その二人とも「おきれいな方」であることは当たっている。まったく、女性の勘のよさには敵わない。

しかし、浅見が「相手は二人」と弁解じみて言ったことが、結果的には嘘になった。ニューオータニのラウンジに現れたのは天羽紗枝子、一人だけだった。挨拶しながら、

「あの、夕方になって星谷さんから、急に行けなくなったってお電話があったんです。浅見さんによろしくっておっしゃってました」と、当惑げに言った。

2

星谷実希と一緒の時はさほどでもなかったのだが、天羽紗枝子一人となると、浅見は相手がうら若き女性であることを意識してしまった。出掛けに須美子が「おきれいな方」と言った言葉が、妙に引っ掛かる。

ともあれ、二人はグラスウォールの向こうに見事な滝の見えるラウンジで、向かい合わせに坐った。紗枝子は見れば見るほど奈良興福寺の「阿修羅」像にそっくりだ。ふだんは寡黙だが、いったんこうと思い定めたら、必ずやり遂げるほど意志が強く、ひたむきな生き方をするひとにちがいない。

「星谷さんは忙しいんでしょうね」

「ええ、廣部代議士が予定を繰り上げてお戻りになったんだそうです。でも、電話の星谷さんの声は、何だか鼻にかかったような声でした」

「風邪でも引いたんですかね」

「そうじゃなくて、もしかすると泣いた後じゃないのかしら。きっと浅見さんに会えなくて悲しかったんですよ」

反応を確かめるような紗枝子の目に出くわして、浅見は慌てて話題を変えた。

「ところで、天羽さんは、どういうお仕事なんですか」

「ふつうのOLです。ごく平凡な」

しばらくのあいだ、あまり意味のない会話を交わしたが、それもじきに種が尽き、重苦しい気分が立ち込め始めた。浅見光彦という男は、こういう場面で、女性の気持ちをかき立てるような気のきいた台詞など浮かばない性格だ。

「あの……」と、紗枝子が決然——という思い入れを込めた様子で口を開いた。ここに来るまでのあいだに、すでに言うべきことを用意していたようなニュアンスが感じ取れる。

「星谷さんから、浅見さんは名探偵だって聞きましたけど、お願いすれば相談に乗っていただけるんですか？」

「えっ？……ははは、いや、探偵っていうのは嘘ですよ。職業はただのフリーのルポライターなんです」

「それは昨日、お聞きしましたけど、でも星谷さんは、やっぱりその実体は探偵だって言ってました」

「弱ったな……しかし、もし僕が探偵だとすると、何かあるのですか？」

浅見は紗枝子のただならぬ様子に、興味を惹かれた。

「ええ、お願いしたいことがあります」

「どういうことですか」

「人を探していただきたいのです。もしかすると、殺されているかもしれません」

「ほうっ……」

「でも、このことは浅見さんだけの秘密にしていただくのでなければ、お話しするわけにいきません」

「そうですか……それじゃ、話さないほうがいいですね」

浅見が突き放すようにあっさり言うと、紗枝子の表情はサッと曇った。

「僕の気持ちとしては絶対に秘密は守るつもりですが、しかしそうはいかない場合だって発生しかねないでしょう。たとえばあなたに生命の危険が迫ったりしたら、警察に助けを求めなければならない」

「私の身の危険だなんて、そんな心配はありません」

「いや、それはたとえばの話です。それ以外にも秘密にしておけないケースはいろいろ考えられますよ。あなた以外の人の生命が危険になるかもしれないし、沈黙を守ったために重大犯罪を見逃す結果にでもなったら、僕自身が共犯関係に陥りますからね。いや、僕だけじゃない。あなただって同罪ですよ」

「………」

浅見が言った最後のひと言で、紗枝子は明らかに動揺した。

「あなたが美瀬島や島の人たちを守りたい気持ちはよく分かりますが、だからといって、犯罪に目をつぶるのはよくないですね。あなた一人の問題でもないし、美瀬島だけの問題でもないのです。日本中の人たちが、犯罪や犯罪者を見て見ぬふりをしたり、庇（かば）ったりすれば、この国の法秩序は崩壊しちゃいます。仲間や友人や家族だからといって例外ではないでしょう。それに、誰にも知られない秘密なんてありえないものです。昔中国で、ある人が賄賂（わいろ）を贈られようとしたのを断った時、相手が『私とあなたしか知らないのだから、いいじゃないですか』と言ったのに対して、『天知る、地知る、吾知る、汝知る』と叱責したという故事があります。僕はそんなに清廉潔白な人間じゃないから、年中、多少のことには目をつぶってばかりいますが、人のいのちに関係するようなことなると、話は別です。ギリギリまでは秘密を守れたとしても、本当に危険が迫っている事実を知ってしまったら、必要なかぎりのことはしなければなりません。もちろん警察の介入を求めることも含めてです。そういう条件を理解していただけるなら、あなたのために僕の最善を尽くしますよ」

紗枝子はうつむいて浅見の熱弁を聞いていたが、話が終わると「ふーっ」とため息をついて言った。

「警察はもう動いているんです」

「えっ、それだったら、僕なんかに相談する必要はないじゃないですか」

「でも、警察は本当のことを知りません」

浅見は口を閉ざして、紗枝子の話のつづきを待った。それからまたしばらく沈黙があって、紗枝子はポツリポツリ、石橋洋子という「先生」の失踪事件のことを話した。石橋洋子がいなくなってから、すでに三週間以上経っているらしい。その失踪の原因に紗枝子の「正叔父」が関係している可能性があることを、紗枝子は恐れているというのである。

紗枝子が正叔父を嫌うようになったのは、子供の頃に体験した不思議な夜の出来事が原因だと話した。紗枝子が寝ている隣室で、大勢が寄ってたかって「人の形」をしたものを運んで行ったこと。翌朝、正叔父が来て「いい送りになった」と話していたこと。

「それって、昨日お聞きした浅見さんのお父さんの体験談と似てませんか」

「似てますねえ、そっくりですね。僕の父親の『臨死体験』と同じじゃないですか」

浅見は驚いた。

「ええ、だから私、あの夜の出来事は単なる錯覚や幻覚じゃなかったって、あらためてそう思いました。いつも剽軽な軽口ばかり叩いているような正叔父だけど、本当は陰湿で過激な性質の持ち主なんだって、大きくなってから思うようになったのは、トラウマっていうのでしょうか。たぶんその時の直観がずっと尾を引いているんです」

その直観は間違っていなかった――と紗枝子は語った。石橋先生に結婚を拒絶された時の「ぶっ殺してやる」と息巻いた正叔父の言葉は本音だったにちがいない。いつかきっとそういうことになりそうな予感が、とうとう現実になった。石橋先生はどこかで殺されているのではないだろうか――。

恐ろしい話だったが、語り終えた時の紗枝子の顔は、ルビコン川を渡ったような興奮から、むしろ紅潮していた。そういう瞬間の彼女のひたむきさは、何かに取りつかれたようで、少し異常に感じられるほどだ。浅見のようにどんな事物に対しても好奇心に駆られる人間ならともかく、ふつうの感覚の人には、ちょっと怖いかもしれない。

「石橋先生からの留守電には『あれは本当だったみたい』『とても怖いことだけど、それを確かめ……』と入っていたのですね」

浅見はメモしていた部分を読み返した。

「この『あれ』というのは、つまりあなたが石橋先生に話した、贄門岩から生贄を送り出す風習があって、正叔父さんがそれに加わっていた。つまり人殺しをしたっていうことを指しているのですか？」

「たぶんそうだと思います」

「それが事実かどうかはともかくとして、『確かめ』とは、どう解釈すればいいのでしょうか。石橋先生はどこへ行って、誰に、どうやって確かめようとしたのかな？」

「それはだから、正叔父に会いに行ったのじゃないですか。そうして殺されたんです」

「ははは、どうしてもそこへ持って行きたいみたいですね」

「笑いごとじゃないです」

紗枝子に阿修羅のようなきつい目で抗議されて、浅見は「失礼」と頭を下げた。

「かりに天羽さんの言うとおりだったとしましょう。しかし、その事実を確かめに殺人者本人に会いに行くとは考えにくいですね。まあそれはいいとして、その前に石橋先生は、天羽さんの言ったことが真実だと、いったい誰に聞いたんでしょうかねえ」

「それは……」

紗枝子はその答えを模索して、大きな目をクルッと一回転させた。しかし何も思いつくものはなかったらしい。言葉が喉につかえたように「コクン」と音を立てて唾(つば)を飲み込んだ。

「天羽さんが石橋先生にその話をしたのは、もう七、八年も昔のことでしたね。それが原因で先生は正叔父さんと訣別(けつべつ)して美瀬島を去った——かどうかも、じつははっきりしていませんが」

「えっ、それは間違いないと思いますよ。先生が美瀬島から館山へ移ったのは、それから間もない時期ですから」

「だからといって、あなたの話が原因のすべてだったかどうかは断定できません。かりにそうだとすると、あなたは人の恋路を邪魔したことになる」

「うそ……私にはそんな気はありませんよ。私はただ、石橋先生のことが心配だっただけです。人殺しの叔父なんかと結婚したら大変だって思って……」

「叔父さんが殺人を犯したかどうか、はっきりしないのに、ですか？」

「それは……」

「石橋先生だって、あなたの話を頭から信じたとは思えません」

「じゃあ、石橋先生はなぜ美瀬島から出て行ってしまったんですか？」

「学校の先生には異動がつきものだし、正叔父さんとの別れもほかの理由があったのかもしれない。付き合っているうちに、相手のいやな面が見えて、気持ちが冷えてしまうことはよくある話です。あるいは、正叔父さんが浮気したとか、石橋先生にほかの男性ができたことだって考えられます」

「石橋先生はそんな人じゃないわ」

紗枝子はムキになって、ますます阿修羅の顔になった。そういう彼女を見ると、ひょっとすると紗枝子は石橋先生と叔父との結婚にジェラシーを抱いたのではないか——と思えてきた。「人殺し」の告発をしたのは、それがあったからかもしれない。

「しかしまあ、結婚の相手が殺人者だと聞かされたのでは、それがたとえ真実ではないとしても、やっぱり気になりますから、少なくとも原因の一部にはその話が作用した可能性があるものとしましょう」

浅見は紗枝子の思いを忖度(そんたく)して、推論に区切りをつけた。

「かりにそういう苦い別れだったとしても、ふつうに考えれば、やがては記憶の中の出来事にすぎなくなりそうなものです。それなのに石橋先生は、いまになって蒸し返して真相を確かめようとしたということですか」

紗枝子はコクリと頷(うなず)いた。

「なぜでしょうかねえ？　もしそれが事実だと分かっていたのなら、もっと早く——たとえば島を離れる時点で警察に告発しそうなものです。たぶん石橋先生はその時点では、あなたの話が事実かどうかは分かっていなかったのでしょう。だとすると、最近になって、誰かから美瀬島の生贄の風習が事実であると聞いたことになります。石橋先生がどうなったか――ということよりも、いまはむしろ、誰がその話を石橋先生に吹き込んだのか――のほうが気になりますね」

「ほんと、そうですよね。浅見さんの言うとおりです。ぜんぜん思いつきませんでしたけど……だけど、誰なのかしら？」

「常識的には美瀬島の関係者だと思いますが、天羽さんに心当たりはないですか」

「ぜんぜん見当もつきません。それって警察が調べるんじゃないですか」

「警察は捜索願を受けて、ひととおり石橋先生の交友関係を調べるでしょう。ただし、警察にやる気があればの話ですけどね。警察は何かの事件性でもないかぎり、単純な家出人や行方不明者の捜索を本気になってやることはほとんどありません。しかしまあ、当然のこととして、石橋先生の前任地である美瀬島にも捜査員が行くでしょう」

「石橋先生は美瀬島へ行ったんでしょうか」

「さあ、どうかなあ。行っていれば目撃者がいるはずです。少なくとも連絡船の船長か乗客の誰かが見ていますよ。警察が家宅捜索までしていれば、手紙やアドレス帳など、何かの手掛かりが出てくるかもしれないし……それより、ちょっと気になったのだけれど、捜索願は学校とアパートの管理人から出されたということでしたね」

「ええ」

「ご家族はどうだったのかな？　ご両親やご兄弟は失踪を知らなかったのでしょうか。もし気づいていなかったとしても、管理人や学校から警察へ届ける前にご実家のほうに問い合わせが行きそうなものですが」

「あ、そうですよね……」

「石橋先生のご実家はどこなのですか？」

「はっきりは知りませんけど、お父さんのご出身は神奈川県の古戦場の近くだと聞いたことがあります。そういえば、先生はあまりご家族だとか、ご自分の家のことは話したがらなかったみたいです」

「神奈川県の古戦場ねえ……まさか小田原じゃないでしょうね」

「小田原？……あの、増田さんが殺された、ですか？　さあ……でも、どうして？」

「石橋という名前から連想しただけです」

「？……」

紗枝子はキョトンとした顔をした。

「あ、知りませんか、石橋山の合戦のこと。ほら、源頼朝が兵を挙げて、平家の軍勢と戦って敗れたところですが」

「ああ、そのことでしたら、歴史で習ったことがあります」

「その石橋山は小田原市の郊外ですよ。増田さんの事件の現場からも近い。石橋という地名だから、ひょっとすると住人にも石橋姓が多いかな――と、単純にそう思っただけですけどね。しかし、そういえば平子さんのお宅で聞いた話によると、その石橋山の合戦に敗れた頼朝は船で逃れて、美瀬島に上陸したのだそうですよ。美瀬島では頼朝を匿い、丁重に扱った。その時の恩義に報いるために、頼朝は後に鎌倉幕府を開いた時、島の名主に永久漁業権を与えたという話でした。それが江戸時代にも受け継がれ、いまもなお美瀬島の独自性に繋がっているというのです」

「じゃあ、小田原と美瀬島はずっと昔から結びつきがあったんですね」

そう言ってから、紗枝子は急に不安げな様子になった。

「もし石橋先生が小田原の出身だとすると、そのことと増田さんの事件と、何か関係でもあるのでしょうか？」

「うーん……何とも言えませんね。ただ、館山には廣部代議士の事務所があるわけだし、さらに石橋先生の故郷が小田原市の石橋だとすると、増田さんと石橋先生にはどこかで接点があった可能性はあります」

紗枝子はますます怯えた顔で、黙った。

「それはそうと、例の『里見家文書』ですが、見せていただけますか」

浅見が気分を換えるように言うと、紗枝子は「ああ……」とわれに返って、膝の上のバッグを持ち直した。

3

紗枝子がバッグから取り出したのは大型の封筒で、その中から奉書様に畳んだものを引っ張りだした。よく時代劇映画で、将軍の意を体した使者が、家臣や時には大名に対して「上意でござる」などと居丈高に叫ぶ場面があるが、その時に「上意」と書いた奉書を手にかざす、いくぶん小ぶりではあるけれど、あれとよく似ている。

ただしそこには「上意」ではなく「里見家文書」と書いてあった。

「中身を見てもいいですか」

浅見が訊くと、紗枝子はあっさり「中は空っぽです」と言った。ひろげると確かに中には何もない。外側が年月を物語るように茶色味を帯びているのと較べると、内側はいくぶん白さが残っている。

「中身はどうしたんですか？」

「昨日、帰ってから開いてみたんですけど、何もありませんでした。祖母からもらった時からなかったんでしょう。祖母はそのことを知らなかったんだと思います」

浅見は拍子抜けがして、しばらくは言葉も出なかった。

「すみません、お役に立てなくて」

紗枝子は肩を竦めるようにして、頭を下げた。

「いや、あなたが謝ることはありませんよ。しかし、どういうことかなあ……」

「最初から何も入っていなかったとは考えられませんから、きっと誰かが盗んだのだと思います」

紗枝子は言った。

「正叔父かもしれません」

「ははは、悪いことは全部、叔父さんに持っていきたがりますね」

浅見は笑ったが、紗枝子は真顔だ。

「だって、叔父以外にそんなことをする人間は考えられませんもの。家に自由に出入りできるのは叔父だけですしね。祖母は系図って言ってましたけど、たぶん叔父は埋蔵金か何かの隠し場所が書かれてあると思ったにちがいないですよ」

「なるほど、埋蔵金ですか」

また笑いそうになるのを抑えて、浅見は頷いた。里見家がなぜ没落したのか、その事情はよく知らないが、主家再興を願う八人の剣士が立ち上がる『南総里見八犬伝』の物語は浅見も読んだことがあるし、里見家には膨大な埋蔵金があったという伝説も聞いたことがある。

「浅見さんはどうせ信じないでしょう。でも私は半分ぐらい信じてます」

「いや、僕だって少しは信じますよ。美瀬島が里見家ゆかりの島だとすると、埋蔵金もありそうな話じゃないですか」

「でも、目が笑ってました」

「ははは、参ったな」

浅見はついに笑ってしまった。紗枝子もつられて苦笑している。張り詰めていたものが緩むと、急に空腹を覚えた。

「おなか空きましたね。何か食べに行きませんか」

浅見の提案に、紗枝子はすかさず「私はラーメンが食べたい」と言った。こっちの懐具合を推量したにちがいない。一流ホテルにふつうのラーメンがあるとは思えないが、中華レストランはあるし、めん類がないわけではない。上等で少し値段は高いけれど、五目つゆそばぐらいはある。二人はそこへ行って、それぞれが高級「ラーメン」と、それだけでは申し訳ない気がして、春巻を二本ずつ注文した。

食事をしながら、浅見は美瀬島のことなどを聞いた。紗枝子も問わず語りのように、家のことや自分の生活など、かなり細かいところまで話した。話の様子で、紗枝子には目下のところ特定の恋人といえるような男性がいないらしいことが分かった。

紗枝子のほうも同様に、浅見が純粋な意味で「独身」であることを得心したようだ。そうなると、ふつうは相手に異性を意識するものだが、浅見は紗枝子に対してそういう気分が起きない。その点に関して紗枝子がどう思っているかまでは分からないが、少なくともぎこちない感じは消えて、急速に打ち解けてゆくのは実感できた。

箸を置いて、紗枝子はしみじみした口調で「よかった」と言った。

「ほんと、さすがニューオータニのラーメンは旨いですね」

「そうじゃなくて、浅見さんがいい人でよかったっていう意味です」

「はあ、どうも……」

浅見は返答に窮して、頭を下げた。

「星谷さんが浅見さんのこと、とても素敵な男性って言ってたの、ほんとでした」

「ははは、そう言われると何て答えればいいのかな。どうですか、デザートに杏仁豆腐は。それにメロンをおつけしましょうか」

「またそうやって、はぐらかす……」

紗枝子は恨めしそうな目で睨んでから、一転して「それじゃ、杏仁豆腐をいただきます」と明るく言った。

帰宅してから、浅見は里見家のことを調べた。里見家と美瀬島との関係はおぼろげながら分かったが、天羽家あるいは天羽一族が里見家とどういう関係があるのかは、紗枝子にも分からないそうだ。おそらく、かつて里見家の重臣だったか何かの縁があるのだろうというのも、憶測にすぎない。

『日本伝奇伝説大事典』（角川書店刊）等によると、里見家は清和源氏の裔といわれ、新田義重（源義家の孫）の子・義俊が上野国里見郷に住んだ時から里見姓を名乗ったとある。源頼朝に従って安房守護となり、室町時代に安房を制圧して上総にも進出、戦国大名として力を伸ばしたが、小田原の北条氏康と戦って敗れ衰退した。しかし、館山に城を構えたのち、関ヶ原合戦などで徳川方に貢献したことから三万石を加増された。

慶長十六（一六一一）年、当主の里見忠義は大久保忠隣の孫娘を妻としたが、忠隣の失脚に伴い伯耆国倉吉に左遷された。この大久保忠隣の失脚の原因には諸説があり、その一つは忠隣の小田原城普請の際、忠義が鉄砲百丁を送ったことによるとされる。忠隣には謀叛の疑いがあり、忠義はそれに同調したと見做されたのだという。

ここにまた「小田原」が出てきたことに、浅見は少なからず驚いた。こうまで小田原と美瀬島が関係していたとなると、ますます因縁めいてくる。

もっとも、里見忠義は暗君だったらしい。大久保彦左衛門の事蹟などが書かれた『古老茶話』という書物には、忠義のことを露骨に「元来ばかにして」と書いてある。テレビで志村けんが演じる「ばか殿」そっくりの奇矯な振る舞いが多かったそうだ。この暗君に最期の時までつき従った側近の八人は、主君の墓前で殉死した。その八士の骨は分骨され、安房国に運ばれたという。曲亭馬琴の『南総里見八犬伝』のモデルがこの八士だといわれている。

倉吉に左遷された里見家は一族全員が安房国を去ったとは思えない。中にはひっそりと房総半島の山中か、それこそ美瀬島の一隅に隠れ住んだ家もあったにちがいない。多くは姓を変えるか、後年になってほとぼりが冷めて復姓した者もいただろう。美瀬島で天羽姓を名乗る家々は前者の末裔かもしれないし、天栄丸の里見は後者の流れを汲む一人かもしれない。

暗君によって滅亡した里見家ではあるが、かなりの経済力を備えていたと考えられる。小田原に百丁の鉄砲を送ったという財力は相当なものだ。もしそうだとすると、倉吉に移封された時、その財宝はどうなったのだろう。その疑問から埋蔵金の伝説が生まれる余地がある。

天羽紗枝子が「里見家文書」は埋蔵金の在り処を示す文書ではないか――と推測したのは、しかし違うような気がする。もしそうであれば、長いこと天羽家の簞笥で眠ったままになっているはずはない。

それはともかくとして、差し迫った問題は紗枝子に依頼された石橋洋子の「失踪」である。彼女の叔父が怪しいとする推理は別にしても、石橋洋子が何かを「確かめ……」

に行った先は当然、美瀬島だと思えるのだが、いまのところ、少なくとも連絡船を利用した正規のルートでは、美瀬島に渡った形跡はないらしい。

（警察は何をしているのだろう――）

家出人や行方不明者に対する警察の対応の鈍さを承知している浅見としても、苛立ちを覚える。考えてみると、柿島一道から平子裕馬、増田敬一とつづく一連の事件捜査は、どれもあまり進展していないのである。柿島の事件に至っては、はやばやと事故で処理されている。

4

翌朝、浅見が完全に眠りから醒めていないような午前九時に、思いがけない人物から電話が入った。電話に出た須美子に「神奈川県警の長南」と名乗ったそうだ。

「坊っちゃま、また何か？……」

浅見の部屋に呼びにきた須美子は、気掛かりそうに、手の焼ける次男坊っちゃまを見上げていた。

電話の相手は浅見に対して「神奈川県警捜査一課の長南といいます」と、あらためて自己紹介をし、さらにつづけて「小田原署の増田敬一さん殺人事件捜査本部の指揮を執っております」と説明を加えた。

浅見のほうは「はあ、はあ」と聞いているしかない。

「じつは、その事件の関連で千葉県警大原署と連携を取っているのですが、その際に浅見さんのことをお聞きしまして、また星谷実希さんからも浅見さんのお名前が出まして、ぜひいちどご卓見をお聞かせいただけないかと思った次第です」

「ご卓見」などと言っているが、体のいい事情聴取かもしれない。どっちにしても浅見としては望むところであった。増田の事件に関しては、こっちのほうから警察にいろいろ聞いておきたいことばかりだ。

長南警部は「ご自宅に伺う」と言っているのだが、それは具合が悪いので「平塚亭」を会見場所に指定した。浅見家から五百メートルほどのところに、源義家ゆかりの「平塚神社」というのがあり、その境内のはずれにある団子屋だ。以前は茶店だったのだが、時勢の波に流されたのか、現在は店売りだけの商いである。ただし、先々代からの馴染(なじ)みの関係で、浅見が客を連れて行くと奥のテーブルを使わせてくれる上に、団子を食べさせてくれる。恐怖の母親に知られたくない客の時は、ここが浅見の「応接室」になる。

長南警部は約束の時刻ピタリに現れた。名刺の肩書は「神奈川県警察本部捜査一課警部」。細面のいかにもキレ者という印象の警察官である。自分よりかなり歳上と思える年配の部下を伴っている。差し出した名刺には〔巡査部長・森地(もりち)昭夫〕とあった。

長南は電話の時は「団子屋」と聞いて、他の客の耳を気にしていたようだが、むろん客は三人だけである。浅見が「大福おばさん」と命名した店主夫人は団子とお茶を出したっきり、店先のほうへ行ってしまった。時刻は十一時を回って、浅見は遅い朝食だったからいいが、二人の捜査員は空腹だったらしい。出された団子を「旨い、旨い」と二本ずつ平らげ、「よかったら」と勧めた浅見の分も遠慮しなかった。

団子が皿の上から消えるのを待って、「最初にお断りしておきたいのですが」と、浅見は機先を制するように切り出した。

「僕が警察の捜査に関係するのは、我が家ではタブーでして、とくに母親には絶対に知られてはなりません。それに、兄に迷惑がかかるようなことになると、僕の快適な居候人生が終焉を迎えかねませんので、その点をぜひご配慮ください」

冗談めかして言っているが、本人としては切実な問題だ。

「承知いたしました。当方としましても、民間の方に捜査情報を流すようなことをしたと見られると、何かと面倒でありますので、ぜひともご内聞にと思っておったところであります。おたがいの事情が一致したということで、なにぶん一つよろしくお願いします」

長南警部はしゃっちょこばって言い、丁寧に頭を下げた。

長南の話によると、小田原署の捜査本部としては、増田敬一殺害が喧嘩による偶発的な事件であったという基本方針は、当初から変わっていないのだそうだ。

「しかし、星谷さんや天羽紗枝子さんという女性――浅見さんもご存じだそうですな――その彼女たちの進言もありまして、なお一部に怨恨の可能性のある点も留保して捜査を進めておるのです。浅見さんも小田原署や事件現場を訪れたそうで、星谷さんはおそらく浅見さんには何らかの推理がおありになるのではないかと言っております。つきましては、本事件に対する浅見さんのお考えはいかなるものか、お聞かせいただけませんか」

いきなり迫られて、浅見は面食らった。星谷実希が浅見の名探偵ぶりをよほどオーバーに焚きつけたにちがいない。でなければ、事件について妙に詳しい浅見光彦なる人物を、捜査の対象に加えているということも考えられた。

「僕の推理といっても、仮説もいいところ、素人の思いつきにすぎません。細かいデータを把握しているわけでもありませんから、まったくの憶測に頼っています。ことに動機の面については何も知らないも同然なのですから、その点はご理解ください」

浅見は予防線を張っておいてから、おもむろに自説を開陳した。

「結論から言いますと、僕はあの小田原の現場には増田さんは来なかったのだと思っているのです」

言い終えてから、しばらく沈黙があった。二人の捜査員は二人とも、自分が聞いたことを咀嚼しようとして、何か聞き違えているとでも思ったらしい。ずいぶん経ってから、長南警部は「は？」と問い返した。ずいぶん間の抜けたタイミングであった。

「いま、浅見さんは『増田さんは来なかった』と言いましたか？」

「ええ、そう言いました」

長南は部下と顔を見合わせた。森地部長刑事の表情には、チラッと軽侮の色が見えた。この素人探偵はアホだ――という顔である。長南のほうは相手が警察庁刑事局長の弟だけに、なおフォローするつもりなのか、当惑ぎみに「あのですね」と言った。

「浅見さんはご存じないのかもしれませんが、小田原海岸の現場で殺された人物は、間違いなく増田敬一さんであることは、警察の調べで明らかになっておるのですが」

「ええ、そのことは僕も承知しています。しかし、そこに死体があったことと、増田さんが現場に来たこととはイコールであるとは限らないのではないでしょうか」

「……それはあの、どういう意味ですか」

俊敏そうな長南の顔が、困惑と苛立ちで少し歪んだ。

「つまり、現場に現れ、隣の岩場にいた釣り人に目撃された紳士は、増田さんではなかったのではないかという意味です」

「いや、ですからね、被害者が増田さんであるということは、警察の調べで百パーセント間違いないと言っているのです。その点について、浅見さんは何か勘違いしておられるのではありませんかな」

長南警部もついに、話にならないという目を、部下の森地に向けた。

長南警部は細面で、上目遣いに相手を見る刑事特有の癖がなければ、どこかのセールスマンといっても通じそうに見える。森地部長刑事はそれと対照的に角張ったごつい顔で、いかにも柔道が強そうだ。その二人の捜査官がたがいの目を見交わして、浅見の話にどう対応すべきか探りあっている。

彼らの反応が意外に鈍いことに、浅見はむしろ驚いてしまった。自分の言っている意味がなぜ理解されないのかが分からない。

「あの、どうも僕は説明するのが下手なようで、すみません。順繰りに時系列を追ってご説明しますが、事件はまず、礒村という釣り人のところに紳士が冷やかしに来たことから始まるのでしたね」

「いや、ですからね、その紳士が増田さんであることははっきりしているのです」

「しかし、その時点ではまだ、礒村さんはその紳士が増田さんであるかどうかは分かっていません」

「それはまあ、そのとおりですがね。それじゃ、そういうことで話を進めてください」

長南はうんざりした顔で頷いた。

「そしてその紳士はやがて、礒村さんの傍(そば)を離れて、隣の岩場へ向かった」

「そうです」

「しばらくして、争うような声につづいて叫び声と水音が聞こえ、間もなく、隣の岩場の上を走って逃げる釣り人の姿が見えた。礒村さんが犯人が遠ざかるのを待って、恐る恐る隣の岩場へ行ってみると、そこには釣り道具が残されているだけで、紳士の姿がなかった。これはたぶん、喧嘩のはずみで海に突き落とされたのではないかと思案した結果、警察に通報することにした。これが礒村さんの目撃証言のすべてですね」

「まあ、そんなところです」

「それを受けて警察が現場に駆けつけ、ほぼ同時に出動した別働隊が、間もなく海面に漂っている紳士を発見した。紳士はすでに死亡していて、頭部に打撲痕はあるものの、死因は溺死（できし）だった。その後、所持品等から身元が浮かび、関係者によって紳士が増田敬一氏であることが判明した。以上でしたね」

「まったくそのとおりですよ」

そこまでわかっていて、いまさら被害者が増田敬一ではなかったなどと、何をおかしなことを言っているのだ——という顔で、長南と森地は浅見を見つめた。

「ところで、礒村さんは増田氏とは初対面でしたね」

浅見は言った。

「もちろんです」

「しかも、増田さんは礒村さんのほうに懐中電灯を向けていたはずです。つまり、増田さんは礒村さん側からは逆光の奥の闇のような中にいたことになります。その条件で礒村さんに増田さんの顔がはっきり見えたとは考えにくいのですが」

「……」

長南は黙ったままだが、隣の森地が面白くなさそうに言った。

「それはまあそうですがね、しかしああいう場所ではきわめて場違いな、スーツ姿にネクタイまで締めている紳士のことは、かなりはっきり記憶に残るのじゃないですかなあ」

「そういう恰好(かっこう)をした紳士だったと記憶はできても、その紳士が増田さんであるかどうかまで、認識できたとは思えません」

「というと、何が言いたいのです？」

「その時、礒村さんのところに来た紳士は、じつは増田さんではなかった可能性があるということです」

「しかし、何度も言うようですがね、被害者の身元確認では、間違いなく増田敬一さんでしたよ」

「その点はよく分かりました」

「だったら、何も疑問の余地はねえんじゃないですか」

森地の口調は、だんだん腹立たしげになってきた。長南がそれを制するように手を差し伸べた。

「いや、浅見さんの言うことも一考の余地はあるかもしれない。浅見さんは要するに、礒村さんのところに現れた紳士と、死体で発見された増田さんとは別人だったとおっしゃりたいのだろう。そうですね」

「そうですそうです」

浅見はやれやれ——と思ったが、森地はかえって口を尖らせた。

「そんなばかな……じゃあ、増田さんのことはどう説明するんです？　増田さんがあの海に死体で浮かんでいたのは厳然たる事実なんですからな」

「その事実は認めますよ。しかし、死体が事件現場の岩場から流れて行ったことが事実かどうか、それは不明です」

「それじゃ、いったいどこから死体が出現したっていうんです？　それに、そうだ、増田さんかどうかはともかくとしてですよ、その紳士はどこへ消えちまったんですか？　まさか礒村さんが虚偽の証言をしていたなんてことはねえでしょうな」

「いえ、礒村さんは見たとおりのことを言っていたのだと思います。犯人側としては、そうでなければむしろ困るのです。礒村さんは重要な目撃証言者なのですから」

「えっ？　えっ？　どういうこと？……」

森地部長刑事は混乱して、救いを求める目を自分よりずっと若い上司に向けた。

「つまり浅見さんは、増田さんは別の場所で殺害され海に捨てられたと言いたいのでしょう。それがたまたまあの場所に流れていたということですか」

「いえ、厳密にいうとそれは違います。増田さんが殺されたのはあの現場付近です。そうでないと、死後経過時間などに不都合が生じますからね。ただ、殺害現場は岩場の上でなく、おそらく海の上だったのでしょう。犯人――当然、複数ですが――は陸上の『惨劇』とタイミングを合わせて、船の上で増田さんを殴打し、失神させて海中に放り込んだのだと思います」

「なるほど……しかし、それでは岩場にいた増田さん――贋（にせ）の増田さんだとして、その人物はどうなったのですか」

「それについては二つのケースが考えられます。第一のケースは、二人の共犯者が岩場で争うような芝居をうった後、一人は岩場の上をこれみよがしに逃走して、目撃者である儀村さんに強い印象を与える。そしてもう一人は海中に飛び込み、泳いで姿を消したというものです」

「なるほど……で、もう一つのケースというのは？」

「こっちのほうはいまの仮説よりさらに仮説で、もともと釣り人などいなかったのかもしれないというものです」

「は？　釣り人がいなかった？」

「ええ、つまり、紳士の恰好をした人物が一人芝居で喧嘩を演じたというわけです。現場にはあらかじめ釣り道具類を置いておき、礒村さんを冷やかして自分の姿を見せたあと、隣の岩場へ行って喧嘩騒ぎを演じてから、釣り人の恰好に着替えて逃げた……」

「驚きましたねえ」

長南は絞り出すような声で言った。

「よくそんなことを考えつくもんですね」

肯定とも否定ともとれる口ぶりだった。

「そんなことはありえねえでしょう」

森地は首を横に振った。もし浅見の言うとおりだとすると、警察の捜査には重大な手抜かりがあったことになる。

「いや、そうとも言いきれない。かなりミステリー小説じみているが、入念に完全犯罪を計画すればそう難しくはないだろう」

「しかし警部、増田さんには怨恨の関係は出てきていませんよ」

「それはどうかな。われわれは当初から、喧嘩という偶発的な事件と見做して扱っていたことは事実だ。怨恨関係の調べも増田さんの周辺に対する、ごく通り一遍のものであったことは否めない。もう少し、事件の背景にあるものを突っ込んで調べる必要があったかもしれない」

　さすがに長南は冷静である。

「それについては、浅見さんには何かお考えがあるのでしょうか。いったいこの事件の図式はどういうものなのか」

「いえ、怨恨関係のことは僕にはさっぱり分かりません。ただ、共犯者の関係から、この事件には少なくとも二人、たぶん四、五人からそれ以上の人間の関与があったのではないかと推測しています。事件全体の図式となると……」

　浅見はしばらく視線を中空に泳がせてから言った。

「増田さんは車で自宅アパートを出るところを、近所の人に目撃されたのを最後に、それ以降の足取りがはっきりしないのでしたね。実際はその日のうちに、すでに犯人グループによって拘束されたと考えられます。しかも車ごとです。現場付近にあったという増田さんの車の動きがどうだったのか、高速道路を使っていれば記録が残されているかもしれませんが、おそらく犯人たちはそれを避けて走ったでしょうから、期待はできません。いずれにしても犯人グループは増田さんを車ごとどこかに隠した。そしてその日か翌日の夕刻頃までには、船の上に増田さんの身柄を移しました。夕刻、それもかなり早い時刻に、小田原の岩場では犯人グループの一人が場所取りをする。現地に問い合わせたところ、あの岩場はスペースがなく、一つの岩場に一人が精一杯で、先着した者に優先権があるのだそうです」

「ああ、それは礒村さんもそう言っていましたよ。場所取りをするために、かなり早い時間から岩場を占領するのだとか」

森地が保証した。

「午後九時頃、増田さんの車を運転した『紳士』が小田原の現場に到着します。それと同じ頃、闇夜の海上には増田さんを乗せた船が接近しています。『紳士』の懐中電灯が合図代わりになったのかもしれません。『紳士』が礒村さんのいる岩場から、隣の岩場に移動するタイミングを計って、増田さんを殴打、気絶させて海に放り込みます。そして陸上ではたとえば『紳士』と釣り人が、釣り人が乗ってきていたであろう車で逃走した。この後の経過はすでに警察が把握していることと、あまり変わりはないのでしょう」

浅見が話し終えたあと、かなり長いこと二人の捜査官は黙りこくった。浅見の仮説のストーリーを反芻（はんすう）しているのだろう。

「確かに」と、長南警部が口を開いた。

「浅見さんが言うとおり、これだと完全犯罪も不可能ではないかもしれませんが、しかしそんなにうまくいくもんですかねえ。たとえばですよ、問題の岩場が計画どおりに場所取りできるかどうか、また、そこにも増田さん――いや、増田さんを装った『紳士』

のような、予期せぬ見物人が現れたりしないものかどうか、隣の岩場に目撃者がいてくれるかどうか——といった不確定要素が少なくありません」

「そうですね、おっしゃるとおりです」

浅見は深く頷いて言った。

「犯人たちが船の上で、最後の最後まで増田さんを殺害しなかったのは、そういう不確定な条件が整っているかどうかを確認する必要があったからだと思うのです。もし現場の様子に不都合があったり、少しでも犯行計画に齟齬をきたすような要素があれば、実行は延期したはずです。そのゴーサインを出すことも、『紳士』に課せられた重要な任務だったのでしょうね」

「なるほど、そこまでお考えでしたか」

長南は「ふーっ」と長いため息をついた。浅見のみごとな推理に驚いた——というよりも、犯行計画の緻密さに感心しているのかもしれない。

「だけど警部、それはすべて仮説にすぎないのではないですか」

森地が異議を唱えた。

「浅見さんの話したようなことがあったかどうか、立証する材料は何もありません」

「ああ、分かってますよ、それは。しかし、捜査は証拠からのみ始まるわけでもないでしょう。集めたデータや状況等、現に目の前にあるものを組み立てればいいっていうのなら、真相解明なんか誰にだってできる。そこに見えていないものから架空の事件ストーリーを想定することが、捜査を飛躍させるファクターになるのだ。そうですよね、浅見さん」

「はあ、まあ……」

浅見は苦笑して頷いた。森地のような固定観念はないけれど、長南のようにかっこよく論理を述べるのも照れ臭い性格である。

「そうすると、新たに解明しなければならない問題がいくつも生じてきましたね」

長南は思案深そうに腕組みをした。

「まず第一に動機ですか。われわれがこれまで調べた中には、増田さんを殺害するような動機のある人物は出てこなかったことは事実です。となると、それ以外の、予想外のところに何らかの動機を持つ人物なり殺人グループなりが存在するわけですね。それが一つと、現実の作業としては、実質的な殺人の現場となった謎の船の正体を突き止めなければならない。これは相当に難しそうですねえ。神奈川県だけでも、漁船、レジャー船を含めて、小型船舶の数はどれくらいあるか見当もつきません」

「神奈川県だけとは限らないでしょう」

浅見が言った。

「もちろんそうです。東京湾一帯、あるいは千葉県や静岡県等、近隣の都県か、それ以外のところからもやって来た可能性はあります。ただし犯行を成立させる上で、たとえば増田さんの身柄を拘束して、ひそかに船に連れ込んだり、あるいは増田さんの車を隠しておいて、必要な時には小田原の現場まで運ばなければならないといった、移動時間の制約からすると、せいぜい千葉県と静岡県までの範囲内に絞っていいと思います」

「すばらしい！」

浅見は思わず手を叩いた。長南はさすがにプロである。初めは浅見の仮説に心理的抵抗があったらしいが、いったん納得すると、そこから派生するいろいろな問題点に気づくのが早い。浅見の称賛に煽られたわけではないだろうが、長南警部はいっそう思索的なポーズを決めてから言った。

「それと、なぜ小田原のあの場所でなければならなかったか――ですね」

「それは警部、あれでしょう」

森地がようやく口を出した。

「東京から比較的近くて、ああいう条件のいい岩場があるのは、あの近辺ぐらいなものだからじゃないですか。三浦半島や東京湾に面した房総は人目が多すぎてだめだし、伊豆半島は伊東の先まで行かないと適当な場所がないです。あとは房総半島の外側がどんなか知りませんが」

自身も釣りが趣味で、あちこちの釣り場情報に詳しいという森地らしい意見だ。

「つまり、よほどの土地鑑のある人間だってことですな。となると地元の小田原港か、平塚から鎌倉、三浦の三崎港辺りにかけての船が最も怪しい。この相模湾沿岸だけでも、漁船や遊漁船、それにプレジャーボート、ヨットのたぐいはゴマンといますよ」

湘南海岸は確かに森地の言うとおり、小型船舶が多い。葉山マリーナや油壺マリーナに繋留（けいりゅう）してあるヨットだけでも数えきれないほどである。

（下巻へつづく）

初出　『週刊文春』平成十三年九月十三日号〜平成十四年十一月二十四日号

単行本　二〇〇三年三月　文藝春秋刊

ノベルス版　二〇〇五年一月　実業之日本社刊

本書は二〇〇六年八月刊文春文庫の新装版です

本作品はフィクションであり、実在の個人、団体、地名、事件などとは一切関係がありません。

文春文庫

贄門島（にえもんじま） 上

定価はカバーに
表示してあります

2020年8月10日　新装版第1刷

著　者　内田康夫（うちだやすお）
発行者　花田朋子
発行所　株式会社 文藝春秋

東京都千代田区紀尾井町 3-23　〒102-8008
TEL 03・3265・1211㈹
文藝春秋ホームページ　http://www.bunshun.co.jp

落丁、乱丁本は、お手数ですが小社製作部宛お送り下さい。送料小社負担でお取替致します。

印刷製本・凸版印刷

Printed in Japan
ISBN978-4-16-791548-3

（　）内は解説者。品切の節はご容赦下さい。

内田康夫
しまなみ幻想
しまなみ海道の橋から飛び降りたという母の死に疑問を持つ少女と、偶然知り合った光彦。真相を探るべく二人は、小さな探偵団を結成して母の死因の調査を始めるが……。（自作解説）
う-14-14

内田康夫
神苦楽島（かぐらじま）　（上下）
秋葉原からの帰路、若い女性が浅見光彦の腕の中に倒れ込み、絶命してしまう。そして彼女の故郷・淡路島へ赴いた光彦は、事件の背後に巨大な闇が存在することに気づく。（自作解説）
う-14-15

内田康夫
平城山（ならやま）を越えた女
奈良坂に消えた女、ホトケ谷の変死体、50年前に盗まれた香薬師仏。奈良街道を舞台に起きた三つの事件が繋がるとき、浅見光彦は、ある夜の悲劇の真相を知る。（山前　譲）
う-14-17

内田康夫
還らざる道
「帰らない」と決めたはずの故郷への旅路に出た老人が他殺体となって見つかった。その死の謎を追う浅見光彦は、事件の背景に木曾の山中で封印された歴史の闇を見る。（自作解説）
う-14-18

内田康夫
壺霊　（上下）
グルメ取材で秋の京都を訪れた浅見光彦は、妖壺〝紫式部〟と共に消えた老舗骨董店夫人の捜索を依頼される。行く手をはばむのは京女の怨念か。小林由枝による京都案内収録。（自作解説）
う-14-19

内田康夫
風の盆幻想
おわら風の盆本番前に、老舗旅館の若旦那が死体で発見された。周りは自殺とみる中、浅見光彦と軽井沢のセンセがタッグを組む！　幽玄な祭に隠された悲恋を描く傑作ミステリー。
う-14-21

内田康夫
汚れちまった道　（上下）
「ポロリ、ポロリと死んでゆく」——謎の言葉を遺し、萩で行方不明になった新聞記者。中原中也の詩、だんだん見えてくる大きな闇と格闘しながら浅見は山口を駆け巡る！（山前　譲）
う-14-22

（　）内は解説者。品切の節はご容赦下さい。

江戸川乱歩・辻村深月 編
江戸川乱歩傑作選　蟲
没後50年を記念する傑作選。辻村深月が厳選した妖しく恐ろしい名作。恋に破れた男の妄執を描く「蟲」。四肢を失った軍人と妻の関係を描く「芋虫」他全9編。　（解題／新保博久・解説／辻村深月）
え-15-3

折原 一
潜伏者
ルポライターの笹尾は新人賞の下読みで、容疑者の視点で生々しく綴られた原稿「堀田守男氏の手」を読み、埼玉県で起った少女連続失踪事件を追いかけるが、新たな悲劇が。　（三山 喬）
お-26-16

折原 一
異人たちの館
樹海で失踪した息子の伝記の執筆を母親から依頼された売れない作家・島崎の周辺で次々に変事が。五つの文体で書き分けられた目くるめく謎のモザイク。著者畢生の傑作！　（小池啓介）
お-26-17

折原 一
侵入者　自称小説家
聖夜に惨殺された一家四人。迷宮入りが囁かれる中、遺族から調査を依頼された自称小説家は、遺族をキャストに再現劇を行い、犯人をあぶり出そうと企てる。異様な計画の結末は!?　（吉田大助）
お-26-18

折原 一
死仮面
仕事も名前も隠したまま突然死した夫。彼が残した「小説」には、謎の連続少年失踪事件が綴られていた。DV癖のある前夫に追われながら、真実を探す旅に出たが……。　（末國善己）
お-26-19

大沢在昌
心では重すぎる（上下）
失踪した人気漫画家の行方を追う探偵・佐久間公の前に立ちはだかる謎の女子高生。背後には新興宗教や暴力団の影が……。渋谷を舞台に現代の闇を描き切った渾身の長篇。　（福井晴敏）
お-32-1

大沢在昌
闇先案内人（上下）
「逃がし屋」葛原に下った指令は、「日本に潜入した隣国の重要人物を生きて故国へ帰せ」。工作員、公安が入り乱れ、陰謀と裏切りが渦巻く中、壮絶な死闘が始まった。　（吉田伸子）
お-32-3

（　）内は解説者。品切の節はご容赦下さい。

まひるの月を追いかけて
恩田　陸
異母兄の恋人から兄の失踪を告げられた私は、彼女と共に兄を捜す旅に出る。次々と明らかになる事実は、真実なのか——。恩田ワールド全開のミステリー・ロードノベル。（佐野史郎）
お-42-1

夏の名残りの薔薇
恩田　陸
沢渡三姉妹が山奥のホテルで毎秋、開催する豪華なパーティ。不穏な雰囲気の中、関係者の変死事件が起きる。犯人は誰なのか、そもそもこの事件は真実なのか幻なのか——。（杉江松恋）
お-42-2

木洩れ日に泳ぐ魚
恩田　陸
アパートの一室で語り合う男女。過去を懐かしむ二人の言葉に、意外な真実が混じり始める。初夏の風、大きな柱時計、あの男の背中。心理戦が冴える舞台型ミステリー。（鴻上尚史）
お-42-3

夜の底は柔らかな幻（上下）
恩田　陸
国家権力の及ばぬ〈途鎖国〉。特殊能力を持つ在色者たちがこの地の山深く集う時、創造と破壊、歓喜と惨劇の幕が切って落とされる！　恩田ワールド全開のスペクタクル巨編。（大森　望）
お-42-4

死の天使はドミノを倒す
太田忠司
突如失踪した人権派弁護士の弟・薫を探すために上京した売れないラノベ作家の兄・陽一は、自殺志願者に死をもたらす「死の天使」事件に巻き込まれていく。（巽　昌章）
お-45-3

密室蒐集家
大山誠一郎
消え失せた射殺犯、密室から落ちてきた死体、警察監視下で起きた二重殺人。密室の謎を解く名探偵・密室蒐集家。これぞ究極の密室ミステリ。本格ミステリ大賞受賞作。（千街晶之）
お-68-1

赤い博物館
大山誠一郎
警視庁付属犯罪資料館の美人館長・緋色冴子が部下の寺田聡と共に、過去の事件の遺留品や資料を元に難事件に挑む。超ハイレベルで予測不能なトリック駆使のミステリー！（飯城勇三）
お-68-2

（　）内は解説者。品切の節はご容赦下さい。

あしたはれたら死のう
太田紫織

自殺未遂の結果、数年分の記憶と感情の一部を失った遠子。その時に亡くなった同級生の少年・志信と自分はなぜ死を選んだのか——遠子はSNSの日記を唯一の手がかりに謎に迫るが。

お-69-1

銀河の森、オーロラの合唱
太田紫織

地球へとやってきた、慈愛あふれる宇宙人モーンガータ（見た目はほぼ地球人）。オーロラが名物の北海道陸別町で宇宙人と暮らす日本の子どもたちが出会うちょっとだけ不思議な日常の謎。

お-69-2

夏のロケット
川端裕人

元火星マニアの新聞記者がミサイル爆発事件を追ううち遭遇する高校天文部の仲間。秘密の町工場で彼らは何をしているのか。ライトミステリーで描かれた大人の冒険小説。（小谷真理）

か-28-1

午前三時のルースター
垣根涼介

旅行代理店勤務の長瀬は、得意先の社長に孫のベトナム行きの付き添いを依頼される。少年の本当の目的は失踪した父親を探すことだった。サントリーミステリー大賞受賞作。（川端裕人）

か-30-1

ヒート アイランド
垣根涼介

渋谷のストリートギャング雅（みやび）の頭（ヘッド）、アキとカオルは仲間が持ち帰った大金に驚愕する。少年たちと裏金強奪のプロフェッショナルたちの息詰まる攻防を描いた傑作ミステリー。

か-30-2

ギャングスター・レッスン
ヒート アイランドII
垣根涼介

渋谷のチーム「雅」の頭、アキは、チーム解散後、海外放浪を経て、裏金強奪のプロ、柿沢と桃井に誘われその一員に加わる。『ヒート アイランド』の続篇となる痛快クライムノベル。

か-30-4

サウダージ
ヒート アイランドIII
垣根涼介

故郷を捨て過去を消し、ひたすら悪事を働いてきた一匹狼の犯罪者と、コロンビアからやって来た出稼ぎ売春婦。ふたりは大金を掴み、故郷に帰ることを夢みた。狂愛の行きつく果ては——。

か-30-3

（　）内は解説者。品切の節はご容赦下さい。

垣根涼介
ボーダー
ヒート アイランドⅣ
〈雅〉を解散して三年。東大生となったカオルは自分たちの名を騙ってファイトパーティを主催する偽者の存在を知る。過去の発覚を恐れたカオルは、裏の世界で生きるアキに接触するが。
か-30-5

加納朋子
螺旋階段のアリス
憧れの私立探偵に転身を果たしたものの依頼は皆無、事務所で暇をもてあます仁木順平の前に、白い猫を抱いた美少女・安梨沙が迷いこんでくる。心温まる7つの優しい物語。（藤田香織）
か-33-6

加納朋子
虹の家のアリス
心優しき新米探偵・仁木順平と聡明な美少女・安梨沙。『不思議の国のアリス』を愛する二人が営む小さな事務所に持ちこまれる6つの奇妙な事件。そして安梨沙の決意とは。（大矢博子）
か-33-7

香納諒一
無縁旅人
養護施設から逃げ出した十六歳の少女・舞子は、なぜ死なねばならなかったのか？　若者たちが抱える孤独を噛みしめ奔走する警視庁捜査一課大河内班の刑事たち。（中辻理夫）
か-41-3

桂　望実
エデンの果ての家
母が殺された――葬儀の席で逮捕されたのは僕の弟だった。「理想の家庭」で疎外感を味わう主人公の僕は、真相を求めて父と衝突を繰り返すが……。渾身の「魂のミステリ」。（瀧井朝世）
か-43-3

門井慶喜
天才たちの値段
美術探偵・神永美有
美術講師の主人公と、真贋を見分ける天才の美術コンサルタント・神永美有のコンビが難題に取り組む五つの短篇。ボッティチェッリ、フェルメールなどの幻の作品も登場。（大津波悦子）
か-48-1

門井慶喜
天才までの距離
美術探偵・神永美有
黎明期の日本美術界に君臨した岡倉天心が、自ら描いたという仏像画は果たして本物なのか？　神永美有と佐々木昭友のコンビが東西の逸品と対峙する、人気シリーズ第二弾。（福井健太）
か-48-2

（　）内は解説者。品切の節はご容赦下さい。

門井慶喜
注文の多い美術館
美術探偵・神永美有

榎本武揚が隕石から作ったという流星刀や支倉常長が持ち帰ったローマ法王の肖像画、京都から出土した〝邪馬台国の銀印〟は本物か？　大好評のイケメン美術探偵シリーズ！　（大崎　梢）

か-48-5

門井慶喜
悪血（あくのち）

高名な画家の家系に生まれながらペットの肖像画家に身をやつす時島一雅は、怪しげなブリーダーに出資を申し出る。血の呪縛に悩み、かつ血の操作に手を貸す男を、神は赦し給うか？

か-48-3

門井慶喜
ホテル・コンシェルジュ

盗まれた仏像を取り返せ、アメリカ大使の暗殺計画を阻止せよ…。宿泊客が持ち込む難問を、ベテラン・コンシェルジュと新米フロント係が解決。ユーモアミステリの快作！　（大矢博子）

か-48-4

門井慶喜
キッドナッパーズ

その犯罪者は、なぜか声が甲高く背は低く……オール讀物推理小説新人賞受賞の誘拐ミステリー「キッドナッパーズ」ほか、楽しく機知に富んだ単行本未収録ミステリー集。　（宇田川拓也）

か-48-6

北方謙三
擬態

四年前、平凡な会社員立原の躰に生じたある感覚……。今や彼にとって人間性など無意味なものでしかなく、鍛え上げた肉体は凶器と化していく。異色のハードボイルド長篇。　（池上冬樹）

き-7-7

北村　薫
街の灯

昭和七年、士族出身の上流家庭・花村家にやってきた若い女性運転手〈ベッキーさん〉。令嬢・英子は、武道をたしなみ博識な彼女に魅かれてゆく。そして不思議な事件が……。　（貫井徳郎）

き-17-4

北村　薫
玻璃の天（はり）

ステンドグラスの天窓から墜落した思想家の死は、事故か殺人か——表題作「玻璃の天」ほか、ベッキーさんの知られざる過去が明かされる、『街の灯』に続くシリーズ第二弾。　（岸本葉子）

き-17-5

（　）内は解説者。品切の節はご容赦下さい。

北村 薫
鷺(さぎ)と雪(ゆき)
日本にいないはずの婚約者がなぜか写真に映っていた。英子が解き明かしたそのからくりとは——。そして昭和十一年二月、物語は結末を迎える。第百四十一回直木賞受賞作。（佳多山大地）
き-17-7

北村 薫
中野のお父さん
若き体育会系文芸編集者の娘と、定年間近の高校国語教師の父。娘が相談してくる出版界で起きた「日常の謎」を、父は抜群の知的推理で解き明かす！　新名探偵コンビ誕生。（佐藤夕子）
き-17-10

貴志祐介
悪の教典（上下）
人気教師の蓮実聖司は裏で巧妙な細工と犯罪を重ねていたが、綻びから狂気の殺戮へ。クラスを襲う戦慄の一夜。ミステリー界の話題を攫った超弩級エンターテインメント。（三池崇史）
き-35-1

喜多喜久
プリンセス刑事(デカ)
女王の統治下にある日本で、王女・白桜院日奈子がなんと刑事になった！　血が苦手な若手刑事とのコンビで挑むのは、凶悪な連続〝吸血〟殺人！　二人は無事に犯人を逮捕できるのか？
き-46-1

黒川博行
離れ折紙
失われた名画、コレクターの愛蔵品、新発見の浮世絵、折紙つきの名刀…。幻の逸品をめぐる騙しあいを描き、人間の尽きることない欲望をあぶり出す傑作美術ミステリ。（柴田よしき）
く-9-12

黒川博行
後妻業
結婚した老齢の相手との死別を繰り返す女・小夜子と、結婚相談所の柏木につきまとう黒い疑惑。高齢の資産家男性を狙う〝後妻業〟を描き、世間を震撼させた超問題作！（白幡光明）
く-9-13

倉知 淳
片桐大三郎とXYZの悲劇
元銀幕の大スター・片桐大三郎の趣味は、犯罪捜査に首を突っ込む事。その卓越した推理力で、付き人の乃枝と共に事件に迫る。絶妙なコンビが活躍するコミカルで抱腹絶倒のミステリー。
く-40-1

（　）内は解説者。品切の節はご容赦下さい。

曙光の街
今野 敏（びん）
元KGBの日露混血の殺し屋が日本に潜入した。彼を迎え撃つのはヤクザと警視庁外事課員。やがて物語は単なる暗殺事件から警視庁上層部のスキャンダルへと繋がっていく！（細谷正充）
こ-32-1

白夜街道
今野 敏
外務官僚が、ロシア貿易商と密談後に変死した。警視庁公安部の倉島警部補は、元KGBの殺し屋で貿易商のボディーガードとなったヴィクトルを追ってロシアへ飛ぶ。緊迫の追跡劇。
こ-32-2

凍土の密約
今野 敏
公安部でロシア事案を担当する倉島警部補は、なぜか殺人事件の捜査本部に呼ばれる。だがそこで、日本人ではありえないプロの殺し屋の存在を感じる。やがて第2、第3の事件が……。
こ-32-3

アクティブメジャーズ
今野 敏
「ゼロ」の研修を受けた倉島に先輩公安マンの動向を探るオペレーションが課される。同じころ、新聞社の大物が転落死した。二つの事案は思いがけず繋がりを見せ始める。シリーズ第四弾。
こ-32-4

防諜捜査
今野 敏
ロシア人ホステスの轢死事件が発生。事件はロシア人の殺し屋による暗殺だという日本人の証言者が現れた。ゼロの研修から戻った倉島は、独自の〝作業〟として暗殺者の行方を追う！
こ-32-5

天使はモップを持って
近藤史恵
小さな棘のような悪意が平和なオフィスに八つの事件をひきおこす。新人社員の大介には、さっぱり犯人の見当がつかないのだが――名探偵キリコはモップがトレードマーク。（新井素子）
こ-34-1

モップの精は深夜に現れる
近藤史恵
大介と結婚したキリコは短期派遣の清掃の仕事を始めた。ミニスカートにニーハイブーツの掃除のプロは、オフィスの事件を引き起こす日常の綻びをけっして見逃さない。（辻村深月）
こ-34-5

（　）内は解説者。品切の節はご容赦下さい。

近藤史恵
賢者はベンチで思索する
常連客の老人には指定席があった。公園のベンチでみかける彼の印象は全く違う。久里子は不思議に思うのだが。日常の魔の謎を老人と少女が鮮やかに解決するミステリー。（柴田よしき）
こ-34-3

小森健太朗
大相撲殺人事件
相撲部屋に入門したマークを待っていたのは角界に吹き荒れる殺戮の嵐だった。立ち合いの瞬間、爆死する力士、頭のない前頭。本格ミステリと相撲、伝統と格式が融合した傑作。（奥泉　光）
こ-35-2

笹本稜平
時の渚
探偵の茜沢は死期迫る老人から、昔生き別れになった息子を捜し出すよう依頼される。やがて明らかになる「血」の因縁と意外な結末。第18回サントリーミステリー大賞受賞作品。（日下三蔵）
さ-41-1

笹本稜平
フォックス・ストーン
あるジャズピアニストの死の真相に、親友が命を賭して迫る。そこには恐るべき国際的謀略が。「フォックス・ストーン」の謎とは？　デビュー作『時の渚』を超えるミステリー。（井家上隆幸）
さ-41-2

佐々木　譲
廃墟に乞う
道警の敏腕刑事だった仙道は、ある事件をきっかけに休職中。だが、心身ともに回復途上の仙道には、次々とやっかいな相談事が舞い込んでくる。第百四十二回直木賞受賞作。（佳多山大地）
さ-43-5

佐々木　譲
地層捜査
時効撤廃を受けて設立された「特命捜査対策室」。たった一人の専従捜査員・水戸部は退職刑事を相棒に未解決事件の深層へ切り込む。警察小説の巨匠の新シリーズ開幕。（川本三郎）
さ-43-6

佐々木　譲
代官山コールドケース
神奈川県警より先に17年前の代官山で起きた女性殺しを解決せよ。密命を受け、特命捜査対策室の刑事・水戸部は女性刑事とコンビを組んで町の奥底へ。シリーズ第二弾。（杉江松恋）
さ-43-7

（　）内は解説者。品切の節はご容赦下さい。

島田荘司
夏、19歳の肖像

バイク事故で入院中の青年が、病室の窓から目撃した恐るべき光景。ひそかに想いをよせる憧れの女性は、父親を刺殺し工事現場に埋めたのか？　青春ミステリー永遠の傑作、改訂完全版。

し-17-2

島田荘司
アルカトラズ幻想（上下）

ワシントンDCで発生した猟奇殺人は、恐竜絶滅の謎を追うひとりの男をあぶり出す。そして舞台は難攻不落の牢獄アルカトラズへ。現代ミステリーを導く鬼才の到達点！　（伊坂幸太郎）

し-17-10

島田荘司
幻肢

交通事故で記憶を失い不安と焦燥でうつ病を発症した遥。TMS（経頭蓋磁気刺激法）の治療直後から出現した恋人・雅人の幻との逢瀬にのめり込む遥にやがて悲劇が!?　（中野信子）

し-17-12

柴田よしき
紫のアリス

こんな最悪の日がある？　不倫を清算し会社を辞めた日、公園で死体を発見！　脇に立つのはウサギ？　そして不倫相手が自殺したという知らせが。脅える紗季を待ち受けるのは？（西澤保彦）

し-34-16

大崎　梢・近藤史恵・篠田真由美・柴田よしき・永嶋恵美
新津きよみ・福田和代・松村比呂美・光原百合
アンソロジー　捨てる

連作ではなく単発でしか描けない世界がある――9人の女性作家が持ち味を存分に発揮し、「捨てる」をテーマに競作！　様々な女性たちの想いが交錯する珠玉の短編小説アンソロジー。

し-34-50

雫井脩介
検察側の罪人（上下）

老夫婦刺殺事件の容疑者の中に、時効事件の重要参考人が。今度こそ罪を償わせると執念を燃やすベテラン検事・最上だが、後輩の沖野はその強引な捜査方針に疑問を抱く。　（青木千恵）

し-60-1

塩田武士
雪の香り

十二年前に失踪した恋人が私の前に現れた。だが彼女には何か大きな秘密があるらしい。彼女が隠す「罪」とは。『罪の声』著者が京都の四季を背景に描く純愛ミステリー。　（尾関高文）

し-63-1

（　）内は解説者。品切の節はご容赦下さい。

瀬川コウ
君と放課後リスタート
君を好きだった気持ちさえなくしてしまったのだろうか？　ある日、クラスメート全員が記憶喪失に!?　全ての人間関係の記憶も失われた状態で生まれた謎を「僕」は解き明かせるか。
せ-13-1

高樹のぶ子
マルセル
一九六八年、京都国立近代美術館から消えたロートレックの名画「マルセル」。未解決の盗難事件の謎を追ううち、新聞記者・千晶は自らの出生の秘密を知る。傑作絵画ミステリー。（池上冬樹）
た-8-19

高橋克彦
石の記憶
霊能力者・火明継比古により秋田県鹿角市の大湯ストーンサークルに残された太古の記憶が解き放たれる。表題作など、珠玉の伝奇&ホラー作品集、文庫オリジナルで登場。（澤島優子）
た-26-17

高村　薫
地を這う虫
――人生の大きさは悔しさの大きさで計るんだ。夜警、サラ金とりたて業、代議士のお抱え運転手……。栄光とは無縁に生きる男たちの敗れざるブルース。「愁訴の花」「父が来た道」等四篇。
た-39-1

高野和明
13階段
前科持ち青年・三上は、刑務官・南郷と記憶の無い死刑囚の冤罪をはらす調査をするが、処刑まで時間はわずか。無実の命を救えるか？　江戸川乱歩賞受賞の傑作ミステリー。（友清　哲）
た-65-2

高野和明
K・Nの悲劇
若い夫婦に訪れた予想外の妊娠。経済的理由から中絶を決意した時、妻に異変が起きる。治療を開始した夫と精神科医を襲う壮絶な事態。恐ろしくも切ないサイコホラー傑作。（春日武彦）
た-65-3

辻村深月
太陽の坐る場所
高校卒業から十年。有名女優になった元同級生キョウコを同窓会に呼ぼうと画策する男女六人。だが彼女に近づく程に思春期の痛みと挫折が甦り……。注目の著者の傑作長編。（宮下奈都）
つ-18-1